茅盾研究
八十年書系

錢振綱・鍾桂松◎主編

孫中田◎著

20

《子夜》
的藝術世界

花木蘭文化出版社

國家圖書館出版品預行編目資料

《子夜》的藝術世界／孫中田 著 — 初版 — 新北市：花木蘭文
化出版社，2014〔民 103〕
目 2+186 面；19×26 公分
（茅盾研究八十年書系；第 20 冊）
ISBN：978-986-322-710-6（精裝）
1. 沈德鴻　2. 中國小說　3. 文學評論
820.908　　　　　　　　　　　　　　　　103010242

中國茅盾研究會《茅盾研究八十年書系》編委會

主　　編：錢振綱　鍾桂松

副主編：許建輝　王中忱　李　玲

特邀顧問：

邵伯周　孫中田　莊鍾慶　丁爾綱　萬樹玉　李　岫

王嘉良　李廣德　翟德耀　李庶長　高利克　唐金海

茅盾研究八十年書系
第二十冊　　　　　　　　　　　　　ISBN：978-986-322-710-6

《子夜》的藝術世界

本書據上海文藝出版社 1990 年 12 月版重印

作　　　者　孫中田
主　　　編　錢振綱　鍾桂松
總 編 輯　杜潔祥
副總編輯　楊嘉樂
編　　　輯　許郁翎
出　　　版　花木蘭文化出版社
社　　　長　高小娟
聯絡地址　235 新北市中和區中安街七二號十三樓
　　　　　　電話：02-2923-1455／傳真：02-2923-1452
網　　　址　http://www.huamulan.tw 信箱 hml 810518@gmail.com
印　　　刷　普羅文化出版廣告事業
初　　　版　2014 年 7 月
定　　　價　60 冊（精裝）新台幣 120,000 元

《子夜》的藝術世界

孫中田 著

作者簡介

孫中田，黑龍江省安達縣人。1928 年 2 月生。1950 年起任教於東北師範大學中文系。現任東北師範大學中文系教授、茅盾研究室主任、中國現代文學博士研究生導師，兼任中國現代文學研究會常務理事、中國茅盾研究學會副會長、吉林省中國現代文學學會會長。主要著作有：《論茅盾的生活與創作》（獲吉林省 1988 年社會科學優秀成果獎）、《茅盾》（與人合著）、《魯迅小說藝術札記》。主編並撰著《中國現代文學史》。

提　　要

　　茅盾的創作是以小說著稱的。他是 20 世紀當之無愧的小說（特別是長篇小說）巨匠。《子夜》是他的代表作。本書力圖展現其以社會整體性和全景式的藝術探求爲重要特徵，在深廣的社會生活的描寫，清晰的時代風雲的展現，以及錯綜複雜的社會矛盾的概括中，以理性的精神，所造成的史詩般藝術品格。作品以宏偉的構思和敏銳的發現，使歷史向著深層遊動。蘇聯的語文學博士索羅金說：「中國作家中大概沒有人描繪出中國歷史上變動的幾十年，國家生活的如此遼闊多彩畫面。沒有人描繪出幾乎代表著社會生活各方面如此五光十彩的人物畫廊。」《〈子夜〉的藝術世界》初版於 1990 年，引論外，計分 15 章，在理性精神和藝術感知中，多方探求文本和藝術表現的多姿多彩的形態。後面附以《子夜》的出版紀事和版本修訂紀要。

目

次

引論：茅盾的文學業績

一

　　歷史不會重演，但在某些情況下卻不乏它的相像之處。恩格斯在《自然辯證法・論文・導言》中講到歐洲文藝復興時期的情況時說，這是一個需要巨人而且產生巨人的時代，是「多才多藝和學識淵博方面的巨人時代」，「他們的特徵是他們幾乎全部處在時代運動中，在實際鬥爭中生活著和活動著，站在這一方面或那一方面進行鬥爭，一些人用舌和筆，一些人用劍，一些人則兩者並用」。〔註1〕恩格斯所談及的情況，在我國「五四」以來現代文學發展的歷史上，也有類似的反映。偉大的新文化的旗手魯迅是這樣的人物，卓越的無產階級文化戰士郭沫若是這樣的人物，偉大的革命作家茅盾也同樣是這樣的人物。他們都是我們民族文化歷史的積澱和「五四」偉大時代的機遇所造就的偉大人才；他們都以多方面的藝術才能，淵博的學識，在革命鬥爭中活動著。他們以憤世嫉俗的社會功利目的選擇了文學事業，並以辛勤的勞動開拓了現代文學的新時代，奠定了現代文學的基礎，爲中國現代文學的發展立下了豐功偉績。

　　茅盾的文化事業是從「五四」前夕開始的。或者不妨說，是和五四新文化運動同步的。其間，經歷了舊民主主義革命、新民主主義革命和社會主義革命、建設的年代。如果說，一個眞正偉大的藝術家是屬於他的時代的，是同時代的人民革命運動密切呼應的，那麼，茅盾正是以自己的風格特色、姿色韻味，反映了他所處的時代，或者確切地說，在他的創作中反映了整個新

〔註1〕　《馬克思恩格斯全集》第 20 卷第 361～362 頁，人民出版社 1971 年版。

民主主義革命時代。

茅盾是現代文學史上最早的有影響的批評家。他以自己的文學批評、美學理論，有力地促進了現代文學的發展；他在文學活動中一直注重翻譯、介紹外國文學的工作，孜孜不倦地為現代文學尋求借鑒，在世界文學的中西融貫間架起一座同化或溝通的橋樑；他更以傑出的創作實踐，為現代文學畫廊提供了新的東西。總之，他以淵博的學識，多方面的藝術才幹，為民族和人民大眾的革命事業，貢獻了畢生的精力。他在病危的時刻，依然不時地要戴眼鏡掬筆，要看資料，要寫作，要完成未盡的工作。他像魯迅一樣，一生吃的是「草」，擠出來的是「奶汁」，為了革命事業戰鬥、工作到生命的最後一息。

茅盾早年便代表有志於文學的人宣言：我們的最終目的要在世界文學中爭個地位，並盡我們民族對於將來文明的貢獻。〔註2〕他果然以自己的作品走向世界，豐富了世界文化的寶庫。

茅盾的創作是以小說著稱的。他是當之無愧的小說（特別是長篇小說）巨匠。茅盾的小說，是以社會整體性和全方位的藝術探求為重要特徵的。深廣的社會生活的描寫，清晰的時代風雲的展示，錯綜複雜的社會矛盾的概括以及自然景觀和心態的細膩刻畫，使他的藝術具有史詩般的品格。他以宏偉的構思和敏銳的發現，造成巨大的精神跨度。這種精神的力量，向歷史的深層遊動，自然使時代的輪廓、歷史的走向清晰浮展，同時也見長於對歷史規律的深邃把握。正是如此，在他意識到的歷史內容中，不斷地展現出某些本質方面和歷史的發展態勢。這些內涵，都以復合形態蘊藏在他的藝術世界中，構成不同的層次。就表層形象的系列延展來說，如果不是按照作家的寫作時間，而是依據作品所反映的年代加以粗疏的品鑒，便可得見，從《霜葉紅似二月花》、《虹》、《蝕》三部曲，到長篇《子夜》和「農村三部曲」《春蠶》、《秋收》、《殘冬》，以及獻給抗戰的三部長篇《第一階段的故事》、《走上崗位》、《鍛煉》，加上揭露抗戰後霧重慶陰霾歲月的《腐蝕》，這些血肉關聯，相互映照、補充、發展的作品，可以說正如巴爾扎克、左拉的宏大藝術編年史一樣，映現了 20 世紀初到 50 年代整整半個世紀的時代生活畫卷，或者可以說構成了現代中國的形象史。在這部「形象史」中，每「章」都是一部或幾部小說，每部小說都是一個時代。當然，有的作品僅僅是個開端，並未完成作家最初

〔註2〕 參見致李石嶺信，刊於《學燈》1921 年 2 月 3 日。

的構想，但就總體來說仍不失宏闊的史詩般的藝術追求和審美體現。

誠然，僅僅從歷史的連續性，即從表層的歷史映像來評斷茅盾小說的史詩性，這是不夠的。許多研究者認為，史詩性的內涵，不僅包容藝術編年史的規範，同時更涵蓋它的宏大的框架和豐厚的內蘊，以及在藝術直接性的觀照中所潛藏的特有的深邃思想，或者不妨說，在歷史畫面中所寓示的可然律或必然律。黑格爾指出，史詩以敘事為職責，「在它的情境和廣泛的聯繫上，須使人認識到它是一件與一個民族和一個時代的本身完整的世界密切相關的意義深遠的事跡」。〔註3〕茅盾的創作，正是以全方位的視點，囊括那一特定時代和民族歷史的全部複雜性和豐富性。他逐漸地以開闊的視野，注視著社會生活的各個側面：政治舞臺上的糾葛，軍閥間的廝拚戰亂，工農民眾的抗爭和革命的風濤，工商業界在民族危難中的起伏奔波，不同工業巨頭間的競爭，以及都市和農村所形成的對立的兩極，都明暗隱顯地融化在他的藝術世界中。他不僅從政治、軍事、經濟的交織中展示大時代，而且從倫理道德、婚姻愛情、家庭情境等層面展示東方社會的變化。因此，它又塗抹上社會風俗史的彩色。茅盾說：「《蝕》和《子夜》發表時，曾引起了轟動，其原因，評論家有種種說頭。但我以為我敢涉足他人所不敢而又是人們所關注的重大題材，是原因之一」。〔註4〕涉足重大題材，需要有藝術探取的勇氣，更需要有駕馭宏大生活的才情和敏銳的發現。史詩性的品格，既包容藝術編年史的脈絡，更深藏史家的慧眼，它在歷史風濤的連鎖進程中揭示深層的規律，顯示出歷史的真知，從而造成欣賞者的感奮和領悟。正是如此，茅盾的小說引起了國內外評論者的讚許。日本有個評論者說，「茅盾的創作，以『史詩』的宏偉構思，反映了辛亥革命後近代歷史發展的全部過程」。〔註5〕蘇聯的語文學博士索羅金說：「中國作家中大概沒有人描繪出中國歷史上這大變動的幾十年國家生活的如此遼闊多彩的畫面，沒有人描繪出幾乎代表著社會生活各個方面如此五光十色的人物畫廊。這一點特別適合三十年代初期茅盾才華橫溢的時代的作品。……它的力量在於對生活的嚴肅見解，清楚的社會分析，在於善於傳達時代精神」。〔註6〕

〔註3〕 《美學》第3卷（下）第107頁，商務印書館1981年版。
〔註4〕 英文版《〈茅盾選集〉自序》，引自《茅盾研究在國外》第89頁，湖南人民出版社1984年版。
〔註5〕 太田進：《〈第一階段的故事〉試論》，日本《野草》1973年第18號。
〔註6〕 1981年4月8日蘇聯《文學報》。

陀思妥也夫斯基認為，「將人的靈魂的深，顯示於人的」，是「高的意義上的寫實主義者」。〔註7〕我們不妨說，對於人物的繁富的心靈的展示，是作品價值的更高層次。茅盾說過，「人」——是他寫小說的第一個目標。對典型人物及其命運的探求，始終是茅盾小說執著注意的中心。在他作品的藝術編年史和社會風俗史的中心位置上，正是典型人物的形象系列。如果說，魯迅筆下是江浙一帶農村的閏土、祥林嫂、七斤和阿Q等人物以及辛亥革命到「五四」後的知識分子形象，巴金抒寫的是「五四」前後到新中國成立前青年一代的命運，老舍用藝術刻刀凸現出古老中華的市民社會，那麼，茅盾的藝術畫廊中，構成形象系列的則是「五四」前夕到新中國成立前不同類型的資產階級群像。他在這方面所取得的成就，是其他作家所不能代替的，是獨具異彩的。作家主體性的優長正顯現在這裡。他不但有自己獨特的藝術天地，也形成了自己的人物群體，創造了獨具生命的藝術典型。吳蓀甫的藝術典型便是其中的一個，趙伯韜、杜竹齋等也莫不如此。馮雪峰曾經指出，「要尋找在一九二七年至抗日戰爭以前這一時期的民族資產階級和買辦資產階級的形象，除《子夜》，依然不能在別的作品中找到」。〔註8〕有意義的是，除了《子夜》中的吳蓀甫外，人們還在茅盾的其他創作中，看到唐子嘉（《多角關係》）、何耀先（《第一階段的故事》）、阮仲平（《走上崗位》）、林永清（《清明前後》）、嚴仲平（《鍛煉》），還有那個苦心經營，精心划算卻逃不脫破產命運的林老闆（《林家鋪子》）。這些人物的藝術成就自然不同，但是作為形象的群體和作家執著探尋的深層意旨，他們顯然都是同構互補的「熟悉的陌生人」。如果說，典型的意義在於借助活生生的個別，展示一定的時代、階級的徵象和本質的面貌，那麼，從茅盾所苦心營造的人物群中，確實可以看到歷時性中資產階級及其命運的歷史。

與此同時，構成系列的還有各式各樣的女性群像。靜女士（《幻滅》）、孫舞陽（《動搖》）、章秋柳（《追求》）、梅行素（《虹》）、林佩瑤（《子夜》）、唐文君、黃夢英（《清明前後》）以及嚴潔修、蘇辛佳（《鍛煉》）等等，在茅盾的藝術刻刀下都顯得栩栩如生。丹納在《藝術哲學》中認為，無論是一幅畫，還是一齣悲劇，都屬於一個總體。就共時關係來說，它隸屬於共同的藝術宗派；就自我創作來說，則構成一個系列。「一個藝術家的許多不同的作品都是

〔註7〕 轉引自《魯迅全集》第7卷第103頁，人民文學出版社1981年版。
〔註8〕 《中國文學中從古典現實主義到無產階級現實主義的發展的一個輪廓》，《文藝報》1952年第17號。

親屬，好像一父所生的幾個女兒，彼此有顯著的相像之處」。〔註9〕茅盾筆下的女性群體，便構成既相似又有區別的精神上的姐妹。其中慧女士、章秋柳、孫舞陽和梅行素，頗近於古希臘名醫希波克拉特所界分的多血質和膽汁質心理類型，而靜女士、方太太（《動搖》），也包括唐文君則呈現出抑鬱質和黏液質的徵象。前者活潑、好動、率直而富於激情，多呈「外傾情感型」的態勢；後者穩重、黏著、孤僻、情緒多陷於內向性狀態。如果可以說梅行素具有雄強美，是富於進取的，那麼在章秋柳乃至孫舞陽身上則意味著種種逆反的變形，是一種異化的病態。她們放浪形骸，無所顧忌，而靜女士和方太太則趨向於東方型的陰柔美的範式。她們或雄強外露，或柔弱內傾，構成兩種類型的小資產階級女性，但又都是時代的新女性。因此，與其從心理素質加以品評，毋寧從時代、社會的大潮中加以釐定更為本質、自然。正是在這個意義上，人們不難看出張素素（《子夜》）和嚴潔修、蘇辛佳（《鍛煉》）的變化和發展來。新女性的歷史命運，其實早已獲取了現代作家的關注。魯迅作品中的子君，丁玲筆下的莎菲，都在時代的洪流中秉賦著各自的神采。但是，從比照中還是不難發現，新女性們畢竟尚有差異。子君所承受的重負顯然是對封建禮教和世俗的挑戰，同時又逃脫不了它們的重壓，她是作為封建禮教的叛逆者和殉難者而體現在作品中的。莎菲雖然屬於大革命時代的女性，卻有些游離於時代的大潮，而是以兩性生活的折光，自我的理想同現實的衝突，潛露出時代的投影。到了茅盾的筆下，女性群體一開始便在大革命的洪流中沉浮，或露其鋒芒，或現其弱質，或從大時代中汲取力量。茅盾的小說不僅從主體建構中揭示了小資產階級女性在革命中的重重矛盾，也從客體構置中通過女性這個窗口，展現了大時代的矛盾情境——正是在這個意義上，他的作品更有時代感。車爾尼雪夫斯基說：「詩人在他的作品中傳給後代的，不就是他的個性？要是他的個性不比任何人更巨大，要是個性不是佔主要的，他的創作就是無色彩而蒼白的。就因為如此，每一個偉大詩人的創作，都是一種完全特殊、獨創的世界」。〔註10〕作為小說家，茅盾的藝術生命正是他的「獨創的世界」。這個「獨創的世界」使茅盾的作品在現代文學的畫廊中顯示久遠的魅力。當然，茅盾創造人物的路子是很寬的。他可以寫工人、市民，也長於寫農民，可以寫洋紳士，也能勾勒土財主的神態，可以說，經過他的揣摹

〔註9〕《藝術哲學》第4頁，人民文學出版社1983年版。
〔註10〕《車爾尼雪夫斯基論文學》上卷第524頁，新文藝出版社1957年版。

構造，哪方面的人物都會神態活現，遵循各自的性格的發展邏輯行動起來。

　　許多研究者以茅盾爲社會剖析派小說的重要代表，這是不無因由的。如果從現代文學的發展流程審視，從「人的文學」到社會的文學的嬗變中，茅盾的小說都烙印著歷史的足跡。這種社會剖析小說，可以說是同早期的爲人生的旨意相承傳的，但是茅盾從創作伊始便注意拓寬範圍，深化層面。《子夜》明顯地顯現出它的質的規定性。它經歷過「革命文學」的歷史風塵，揚棄了「革命小說」派的「革命浪漫蒂克」傾向，在豐富的客體把握中寓蘊理性的光澤。自然，它失卻了浮泛的激情，卻深藏著憂時憤世的際遇。《腐蝕》、《鍛煉》以及爲數眾多的短篇，則愈加增強了時代感和干預生活的社會鋒芒。在這種時代感中，濃鬱的時代氣息爲第一個層次；時代精神同人物心態的交織與反射構成第二個層次；主體對客體的深層掘發，對於世態人寰的剖析和歷史走向的展示爲第三個層次。可以說，在茅盾的創作中，社會剖析集中地體現出它的價值觀，而這種價值的靈魂，則是它的理性的力度和社會功能的鮮明體現。對茅盾的小說，人們盡可以說它有「濃厚的政治色彩」，或者乾脆稱爲「政治小說」，但不能否認它的社會效應和歷史的價值。歌德說，「時代給予當時的人的影響是非常大的，我們眞可以說，一個人只要早生十年或遲生十年，從他自己的教養和外面的活動看來，便成爲全然另一個人了」。〔註11〕在內憂外患，民族危亡的歲月，一些有社會責任感的作家從「象牙之塔」中走向街頭，把藝術的重心傾向於體現社會使命，這是完全可以理解的。所以當朱光潛以布洛的「心理距離說」闡釋美感態度，認爲「你把海霧擺在實用世界以外去看，使它和你的實際生活中間存有一種適當的『距離』，所以你能不爲憂患休戚的念頭所擾，一味用客觀的態度去欣賞它。這就是美感的態度」〔註12〕時，巴金便會立即發出質問：「我不知道以青年導師自居的朱先生要把中國青年引到什麼樣的象牙塔裡去」。〔註13〕事實上，到了 30 年代，對社會力量進行馬克思主義的估量和分析，已經成爲世界性的文化思潮。這時期，英國和美國許多作家的政治立場都向左轉。譬如邁克·哥爾德主編的《新群眾》，埃德格·瑞克伍德主編的《左派評論》，就被認爲是「馬克思主義評論的喉舌」。專題著作、論文集也相繼湧現。卡弗頓的《美國文學的解放》（1931）、斯特拉奇的《即將到來的奪權鬥爭》（1933）和希克斯的《美國的無產階級文

〔註11〕 《歌德自傳》第 10 頁，商務印書館 1933 年版。
〔註12〕 《朱光潛美學文集》第 1 卷第 21～22 頁，上海文藝出版社 1982 年版。
〔註13〕 《向朱光潛先生進一忠言》，《中流》第 2 卷第 3 期。

學》（1935），都表現了社會批評的左傾勢頭。〔註14〕蘇聯在30年代提出的社會主義現實主義的創作方法，很快地得到世界無產階級文學運動的響應，像德國的布萊希特、法國的阿拉貢、智利的聶魯達等革命作家也都擁護這個創作方法。日本在1928年3月成立「日本左翼作家總聯合」之後（該組織很快便在政府的鎮壓下瓦解），又成立了「全日本無產者藝術聯盟」（納普），出版了機關刊物《戰旗》。日本的無產階級作家小林多喜二，就是在這個時期完成了《蟹工船》、《一九二八年三月十五日》兩部作品。在世界格局中發展的中國現代文學，在30年代裡，以魯迅為旗幟的左翼文學運動得到了長足的發展。《子夜》等作品，正是這一時期的重要代表作品。所以魯迅在《子夜》出版後，充分肯定它的歷史貢獻。魯迅在敵我力量的比照中指出，我們這面，「茅盾作一小說曰《子夜》，計三十餘萬字，是他們所不及的」。〔註15〕顯然，茅盾的小說在審美價值上是屬於「另一個世界的」。如果說，魯迅的小說開闢了文學的新紀元，奠定了新文學的基石，那麼，茅盾則以《子夜》奠定了長篇小說的社會主義現實主義的基礎，顯示了無產階級左翼文學的思想和藝術力量。茅盾的小說，在中外文學的同化、熔鑄中，繼承、發展了魯迅的戰鬥的現實主義傳統，把現代文學的發展推向了新的里程。

當然，說茅盾以他的長篇奠定了社會主義現實主義的基礎，為左翼文學開拓了道路，這只是就創作方法進行的一般的理論概括。實際上，在現實主義的道路上，每個作家的藝術行蹤是很不同的，可謂千姿百態，各呈其妙。這緣於物理世界的複雜萬端，也同心理世界的審美方式特徵攸關。就此說來，對於在生活和創作上都經過充分準備而走上創作之途的茅盾來說，是需要加以細緻研究的。

茅盾是個嚴峻的現實主義作家，但在前進的道路上並不為模式所限。他是開放型的。他借鑒自然主義的逼真的冷靜的描寫態度，轉化成現實主義的血肉。他為自己的創作規定了「最近似的典型性格」原則，甚至在史實上都可以做到「無懈可擊的地步」，卻揚棄了那種用生物學的觀點來觀察人生的弊端；他吸取了舊現實主義揭示病態社會的批判精神，又賦以理想的光輝；對於象徵主義的逃避現實，破壞思想邏輯，把藝術引向神秘主義的弊害自然是反對的。但是，他認為象徵主義的某些方法和技藝卻應同現實主義藝術密相

〔註14〕 參見美魏伯・司各特：《當代英美文藝批評的五種模式》，《文藝理論研究》
　　　　 1982年第3期。
〔註15〕 《魯迅書信集》上卷第352頁，人民文學出版社1976年版。

契合。藝術的直截性與模糊性，隱與顯，並非是截然排斥的。他從 1919 年起便翻譯、介紹比利時象徵派作家梅德林克的劇本《丁泰琪之死》、《室內》等，對於安特列夫、霍普得曼的創作也多所研究。從《蝕》的創作開手，他就融會象徵、隱喻的藝術手法，以豐富現實主義的創作。茅盾說，《蝕》的命題「表明書中寫的人與事，正像日蝕月蝕一樣，是暫時的，而光明則是長久的；革命也是這樣，挫折是暫時的，最後勝利是必然的」。〔註16〕《虹》也是一個象徵性的題目。它取希臘神話中墨耳庫里駕虹橋從冥國索回春之女神的意義。《霜葉紅似二月花》反用杜牧原詩的意思，以霜葉喻「假左派，雖然比真的紅花還要紅些，究竟是冒充的『似』而已，非真也。再如果拿一九二七年以後反革命勢力暫時佔了上風的情況來看，他們（反革命）得勢的時期不會太長，正如霜葉，不久還是要凋落」。〔註17〕《蝕》、《虹》、《子夜》、《霜葉紅似二月花》的命題都是自然景象，但作家所寓寄的意象卻深遠得多，是社會化的「人化的自然」，是作家思想的外射或物化。

就茅盾小說的藝術建構來說，從形象的熔鑄到細節的描寫，環境氣氛的烘托，象徵手法的運用也是隨處可見的。《子夜》開篇寫吳老太爺逃來上海，因強烈的刺激猝然死去，便以形象的實體寓寄社會解體的象徵與聯想。在《春蠶》、《當鋪前》以及《霜葉紅似二月花》中屢屢出現的小火輪，作為地方風物的點染，固然是逼真的寫實的，但形象的涵蓋量顯然要寬廣得多。當人們看到那「威武」的小火輪沿著官河駛進寧靜的鄉野，甚至逼得鄉下的「赤膊船」趕快攏岸，船上的人揪住了泥岸上的茅草，船和人都好像在那裡打秋韆時，不是會聯想到釀成老通寶等人悲劇的深刻的社會因緣嗎？同樣的，在《腐蝕》中，通過趙惠明的特殊鏡角所感受的「大風暴之前，一定有悶熱，各式各樣的毒蚊，滿身帶著傳染病菌的金頭蒼蠅，張網在暗陬的蜘蛛，伏在屋角的壁虎：嗡嗡地滿天飛舞，嗤嗤地爬行嘶叫，一齊出動，世界是他們的」！這顯然也是霧重慶險惡的社會環境和肆虐的各種鬼魅的象徵。茅盾曾認為，一部作品的深刻程度，要看它暗示的幅射有多麼寬廣，要看它透視的力度有多麼深遠，而象徵手法的運用對增強作品暗示、幅射的深廣度，顯然是有助力的。在藝術的探索中，茅盾甚至也戲用古典主義「三一律」的模式來結構自己的小說。《創造》的故事就是發生在早晨一小時內，地點始終在臥室，人

〔註16〕《我走過的道路》（中）第 11 頁，人民文學出版社 1984 年版。
〔註17〕《茅盾全集》第 6 卷第 250 頁，人民文學出版社 1984 年版。

物只有兩個：君實和嫻嫻夫婦。這在藝術上也是一種嘗試。

魯迅在談及文藝創作的功力時說，只有博採百花，才能釀出蜜來。茅盾在革命現實主義道路上，總是吸吮吐納，建構自己的藝術世界的。他不斷試練，突破自己，但又較穩定地糅合在革命現實主義的主體中，拓展創新，以藝術的實體豐富現代文學的寶庫。

二

在探討茅盾的文學業績時，不能不看到，他的理論建樹和文學批評活動也是重要的組成部分。

魯迅說，「凡是關心現代中國文學的人，誰都知道《新青年》是提倡『文學改良』，後來更進一步而號召『文學革命』的發難者」。〔註18〕但是，《新青年》畢竟側重於社會評論，後來的《新潮》雜誌也是綜合性刊物。1921 年 1月，由茅盾接手編輯並全部革新的《小說月報》，才是崛起於南方的一個純文藝陣地。從這時起，茅盾便集中力量扶植創作，倡導新文學理論，開展文學批評的工作。一面對封建的、鴛鴦蝴蝶派的舊文藝，豎起「紮硬寨，打死仗」的大旗，一面獎掖創作，培育文藝新軍。在《小說月報》周圍，團結起一批新文學的骨幹力量，有力地促進了新文學事業的發展。「《小說月報》記錄了我國老一代文學家艱辛跋涉的足跡，也成為老一代文學家在黑暗的年代裡吮吸滋養的園地」。〔註19〕這個園地，是由許多人的心血灌溉的，茅盾是其中最早的開拓者。後來，他在參與《文學》雜誌的編務中，在主編《文藝陣地》的時期，以及開國後主編《人民文學》的日子裡，始終以發展創作，培育新人為己任。適應文學事業的需求，他寫下了為數眾多的評述、論文和專著，其中大則作家專論，某些論題的研究，小則作品評介，編後附記。放眼文壇的宏觀審視，精細品味的微觀賞析，給予他的理論以活脫、豐富的內容，而對作家、作品的評價則時時會以敏銳的發現，講出別人講不出的話來。自然，某些篇章也會受時代和各種思潮的影響和局限，但從總體說來，作為文學批評家的貢獻是卓越的。

這情況，會使人們想起俄國著名的文學批評家別林斯基來。別林斯基和茅盾所處的時代、社會和他們本人的思想儘管不同，但有些地方不乏相像之

〔註18〕《〈中國新文學大系‧小說二集〉導言》，上海良友圖書印刷公司 1935 年版。
〔註19〕茅盾：《重印〈小說月報〉序》。

．

處。比方，在爲社會進步而熱切地探尋正確的革命理論方面，在文學爲社會、爲人民利益服務的現實主義道路上，他們的工作都是不遺餘力的，卓有成效的。別林斯基在 19 世紀 40 年代承擔《祖國紀事》雜誌編務後，團結了果戈理、涅克拉索夫、屠格涅夫和岡察洛夫等大批作家，並以文藝批評促進了他們創作的發展。茅盾在早期主持《小說月報》編輯過程中，依靠魯迅的支持，同時和鄭振鐸、葉聖陶、王統照、冰心等作家建立起廣泛的聯繫，攜手並進地開拓新文學的道路。爾後，在漫長的文學事業中，更以懇切的評論，評析了大批作品的得失，培育了幾代作家的成長。可以說，在現代文學史上有成就、有影響的作家，大都直接或間接地受到他的幫助或影響。他的《魯迅論》、《王魯彥論》、《徐志摩論》、《廬隱論》、《冰心論》和《落華生論》是大家所熟知的。他還以活脫的筆墨評析丁玲的創作，推重姚雪垠的小說，肯定臧克家詩作的堅實生活內涵，也在肯定中指出沙汀小說中可能出現的兆頭。駱賓基在《悼念茅盾先生》中說：「蓋先生識我於四十五年前，助我者多，期於我者厚」；王願堅以《他，灌漑著》爲題說：「我直接受到茅公的教誨，是由一支火柴的亮光開始的」（指茅盾對王願堅的《七根火柴》的評論）。《金陵春夢》的作者唐人在談到自己的「成長過程——土壤與氣候等等條件」時認爲，「以言教我寫作的『敲門磚』，則是茅盾的《創作的準備》」。別林斯基從 1840 年起，注意對俄國文學進行二年一度的綜合審視，在宏觀的氣度中闡釋文學的歷史的和美學的價值。他認爲，批評，應當成爲雜誌的靈魂和生命，應當是它的經常工作的一部分。在中國，從新文學的創始期起，這個重要的使命便由茅盾承擔起來。這裡，粗粗地回顧他寫下的《春季創作漫評》、《評四五六月的創作》、《「九一八」後的反戰文學》、《〈中國新文學大系・小說一集〉導言》、《抗戰期間中國文藝運動的發展》、《在反動派壓迫下鬥爭和發展的文藝》，建國以後的《短篇小說的豐收和創作上的幾個問題》、《一九六〇年短篇小說漫評》、《六〇年少年兒童文學漫談》，以及史料豐富、論證嚴密的《關於歷史和歷史劇》、《夜讀偶記》等著述，便可見概略。這些評論，不僅留下了現代文學發展的重要史料，而且對現代文學的歷史概況具有某些側面的透視作用。在《小說月報》改革後，文學批評在茅盾等人手中成爲經常性的、自覺的活動，成爲解讀創作，審美品鑒，促進文藝實踐的積極力量。這自然是歷史發展的必然趨勢，但茅盾等開拓者的勞績——爲中國現代文藝批評奠定了基石，也是不能泯滅的。

　　茅盾的文學批評是同活生生的文藝實踐聯繫在一起的。他以切實的觀察和縝密的研究作爲立論的基礎，因此論證深切，見地可信。以「五四」文學革命初期來說，當時雖然有如魯迅等偉大作家，但就整個創作領域來說，畢竟處於創始的階段。就創作實踐來說，究竟存在什麼問題呢？茅盾的《評四五六月的創作》，〔註20〕便是切實地審視了 1921 年這三個月中發表的一百二十餘篇小說後寫成的。文章將這些作品分類，分析「有什麼共同的色彩與中心思想，描寫的技巧可有幾個不同格式」，從而認定「切切實實寫一般社會生活的還是少數」，「最少的卻是描寫城市勞動生活的創作，只有三篇；描寫農民生活的創作也只有八篇」，而「描寫男女戀愛的小說佔了百分之九十八」。茅盾得出結論說，大多數作家對於農村和城市勞動者還是很疏遠的，「知識界人不但沒有自身經歷勞動者的生活，連見聞也有限，接觸也很少」。茅盾以切實的分折，鼓勵作家要面向社會，去「經歷勞動者的生活」，描寫勞苦大眾的生活。俄國的文學批評家車爾尼雪夫斯基認爲，「一般說，批評總是根據文學所提出的事實而發揮的，文學作品是批評結論必要的材料」。〔註21〕茅盾不僅這樣實踐著，而且也有類似的見解。他認爲創作與批評之間是「相生相成」的。「某一派文學之完成與發展，固需要批評以爲指導；但是反過來，亦必先有了多少某一派的文學作品，然後該派的文學批評方才建設得起來。……『巧婦難爲無米之炊』，批評材料缺乏，雖天才的批評家恐亦難以見好，何況淺陋如我呢！」〔註22〕實踐同理論的統一，貫徹於他批評活動的始終。他不是書齋中的學者，而是以深切的研究，在作家與群眾之間架起一道橋樑，成爲作家、作品的貼切的解釋者和指導者，也以藝術的批評和欣賞，向廣大群眾提倡正確的審美情操。

　　魯迅指出，文學是戰鬥的！這自然也包括文學批評。這種見解，充分地顯示出一定時代的歷史責任感。從茅盾的文學批評活動中，也處處可以看出戰鬥的思想光芒。這可以說是他文學批評的另一個特點。我國的現代文學是在複雜的矛盾鬥爭中發展起來的。正是在是與非、善與惡、美與醜的論爭中，茅盾寫下了一篇篇的評論。在談到革新《小說月報》的歷史情況時，茅盾自謙地說他「只是一個清道夫，談不上什麼貢獻」。實際上，在現代文學的前進

〔註20〕《小說月報》第 12 卷第 8 號。
〔註21〕《車爾尼雪夫斯基論文學》上卷第 6 頁，新文藝出版社 1957 年版。
〔註22〕《論無產階級藝術》，《茅盾文藝雜論集》上集第 186 頁，上海文藝出版社 1981年版。

途程中，他一直在披荊斬棘，論辯是非，開拓前路。他對封建文藝、鴛鴦蝴蝶派、「民族主義」文藝、「第三種人」、封建的小市民文藝、漢奸文藝以及形形色色的不良文藝傾向，進行過勇敢的論爭，也對進步、革命文藝發展中的各種問題進行過熱烈、坦率的討論。其中自然也反映出自身的失誤的歷史性的偏頗，但是是非曲直，他的態度是明朗的。茅盾的文學批評，不但記錄了自身文藝觀念的發展嬗變過程，也反映了現代文藝思想競相發展、論爭的脈絡。

按照別林斯基的見解，批評「是行動中的美學」。這表明文學批評並非直感的材料的簡單組合，而是以美學的理想和原則爲指導的，「批評的對象是理論在實踐上的運用」，因此它意味著某些材料的超越和昇華。茅盾在文學批評中，正滲透著他的美學探求和美學理想。他否定舊物，也揚棄舊我，同時在有所倡導中尋找自我的位置，尋求自我的美學特徵。他在「五四」時期便以開闊的視野，系統地研究歐洲的古典主義、浪漫主義、自然主義、寫實主義、現代主義種種流派，也精細地考察了我國先秦以來傳統文學的歷史，從而提出了眞、善、美統一起來的美學原則。他認爲「最新的不就是最美的、最好的」，「『美』，『好』是眞實」。〔註23〕這見解不一定充滿辯證性，卻貼近於唯物主義的美學原則。茅盾主張，這種文藝唯其是眞實的，因此要直面現實，反映人生。他倡導爲人生而藝術的寫實主義文學，「人們怎樣生活，社會怎樣情形，文學就把那種種反映出來」。人的發現並構成反封建的價值系統，這是「五四」文化革命的功績。茅盾闡釋那情勢說：「人的發現，即發展個性，即個人主義，成爲『五四』期新文學運動的主要目標；當時的文學批評和創作都有意識的或下意識的向著這個目標。個人主義（它的較悅耳的代名詞，就是人的發現，或發展個性），原是資產階級的重要的意識形態之一，故在新興資產階級的意識形態對封建思想開始鬥爭的『五四』期而言，個人主義成爲文藝創作的主要態度和過程，正是理所必然。」〔註24〕由是，把人視爲主體，強化人的價值，自然是同「存天理，滅人欲」的封建理念抗衡的。如果說，周作人是「人的文學」的首倡者，那麼茅盾雖然也認同他建構的進化論的觀念，卻從空泛而轉入實際，從動物的自然屬性向社會性逐步深化。在「表現怎樣的人生」這個問題上，他又把藝術上的眞同社會功利、德行的善統一起

〔註23〕《小說新潮欄宣言》，《小說月報》第 11 卷第 1 號。
〔註24〕《關於創作》，《茅盾文藝雜論集》上集第 298 頁。

來，把眞實性同傾向性互補融合，從而認爲這種爲人生的藝術應該是「爲平民的非爲一般特殊階級的」。在他看來，文學應該反映民眾的苦痛和期望，揭露社會黑暗，同情、哀憐「被損害與被侮辱者」，要揭示「全社會的病根」，發揮激勵人心的積極性。同時，這種眞、好（善）的文學，也必須是美的，它不是耳提面命的，而是訴諸於形象的，以情動人的。但是，他不同意爲藝術而藝術的主張，認爲美應該是眞與善和諧的統一，他堅持爲人生爲社會利益服務的現實主義原則。茅盾當時的主張，雖然帶有某些直覺的因素，然而在文學同社會生活的關係上堅持了唯物主義的美學原則，他的理論是「行動中的美學」。

如果就批評的模式尋索，茅盾顯然更接近於社會批評派。他的《文學與人生》等論文，明顯地留下了社會批評派美學家丹納的影響。不過，茅盾在對人種、環境、時代的解釋中，開始就注入了「自我」意識和時代精神。在演變中更加著意於馬克思主義思想的汲取。他在 1925 年應藝術師範學校的邀請所做的《論無產階級藝術》的演講，標誌著他的美學思想的新發展。這篇論文參照和總結了國內外的文藝實踐和經驗，以鮮明的階級觀點指出：「在我們的世界裡，『全民眾』將成爲一個怎樣可笑的名詞？我們看到的是此一階級和彼一階級，何嘗有不分階級的全民眾？」所以，「我們便不能不拋棄了溫和的『民眾藝術』這名兒——這便是『無產階級藝術』。」論文充分地闡述了無產階級藝術的性質，指出這是一種「完全新的藝術」，它應以無產階級精神「創造一種適應於新世界的藝術」，「應當助成無產階級達到終極的理想」。論文針對當時對文藝發展的種種謬誤認識，指出「無產階級藝術」並非「勞動文藝」，「並非即是描寫無產階級生活的藝術」。這種藝術不但要描寫無產階級的生活和鬥爭，而且應當不斷地擴大題材的範圍，以豐富它的內容；這種藝術並非只在破壞，而且貴在建設和創造，不但要執著現實，而且具有高遠理想。由此可見，茅盾在《論無產階級藝術》中系統地闡述了無產階級藝術發展中的一系列重大問題。這見解，反映出他在馬克思主義思想指引下的進展，而就整個文藝運動的發展來說，它和惲代英、郭沫若等的革命文學理論在一起，構成革命文學運動的前奏。茅盾後來回憶說，「這篇文章的內容，在今天已是文藝工作者普通的常識，但在當時卻成了礦野的呼聲」。〔註25〕此後，茅盾不斷地深化自己的社會批評的觀念和方法。基於豐富的創作實踐和文藝實踐的

〔註25〕《我走過的道路》（上）第 292 頁，人民文學出版社 1981 年版。

經驗，他始終同庸俗社會學或以政治學取代藝術的觀念相對立，在思辨中沿著歷史的美學的批評準則前進。30 年代以後，他更爲自覺地運用社會主義現實主義方法從事創作和批評。

三

倡導「五四」新文學，在世界文化的撞擊中放開眼界，思辨汲取，同化創造，是新文學開拓者共同的觀念和使命。魯迅在談到翻譯和介紹外國文學時說：「注重翻譯，以作借鏡，其實也就是催進和鼓勵著創作」。〔註26〕茅盾在 1920 年撰寫的《小說新潮欄宣言》中提出，要創造中國新文藝，在繼承民族文化傳統的同時，要重視西洋文學的研究和翻譯工作。他認爲從事寫作自然要處處留心生活，同時還要博採眾家，取其所長，豐富自己的創作。「取西洋寫實自然的往規，做個榜樣，然後自己著手創造」，是「很急切」的事。〔註27〕對此，茅盾不但是熱切的倡導者，而且是翻譯和介紹外國文學的積極實踐者。早在 1916 年，他便開手譯書，從此就不曾間斷。他回憶說，那時他「在上海的商務印書館編譯所做了四、五年，一向是『打雜』——又編又譯，亦中亦西……業餘時間譯點歐洲近代小說，投給當時的革新了的《時事新報》副刊」。〔註28〕這結果便是俄國契訶夫的《在家裡》、印度泰戈爾的《饌髏》和法國巴比塞的《爲母的》等等譯作的發表。據不完全統計，1920 年翻譯的作品有三十餘篇，1921 年翻譯了五十餘篇。此後，便有《雪人》、《桃園》、《文憑》、《戰爭》、《蘇聯愛國戰爭短篇小說譯叢》、《團的兒子》、《復仇的火焰》、《俄羅斯問題》等譯作陸續呈獻在讀者面前。1934 年，在「中國官府的壓迫特別凶」和出版商惡翻譯的情勢下，他協助魯迅創辦了《譯文》雜誌，介紹蘇聯和其他國家的進步文學，爲讀者輸送精神食糧。經過艱辛的努力，苦心經營，終於打開了局面，給翻譯工作洗卻了惡名。直到開國後，在茅盾主編《譯文》（後改名《世界文學》）時節，仍然保持當年《譯文》的風格，使翻譯和借鑒外國文學的優良傳統不斷地發揚下去。現在，在他的文學遺產中，翻譯的部分究竟佔多大比重，尚難明確說明，據大體推斷，在數量上也許不會比魯迅少些。他的這部分文學業績，也是值得珍視的。

〔註26〕《南腔北調集・關於翻譯》。

〔註27〕《答黃厚生〈讀《小說新潮宣言》的感想〉》，《茅盾全集》第 18 卷第 29 頁，人民文學出版社 1989 年版。

〔註28〕《關於文學研究會》，《文藝報》1959 年第 8 期。

　　茅盾對外國文學的介紹和翻譯工作，是適應時代的需求，爲了建構現代中國文化而進行的。他的抉擇和鑒別有明確的目的。在「五四」時期，從「富國興邦」，拯救危難祖國的意旨出發，他在文學作品的借鑒中十分推重作品的傾向性。他說，「介紹西洋文學之目的，一半欲介紹他們的文學藝術來，一半也爲的是介紹世界的現代思想——而且這應該是更注意些的目的」。〔註29〕所以，他熱切地翻譯和介紹歐洲一些被壓迫民族的文學、俄羅斯文學以及十月革命後的蘇聯文學作品。他指出，近代俄國文學的特色是爲「平民的呼籲和人道主義的鼓吹」，而歐洲弱小國家的文學，則是「被損害的民族的求正義求公道的呼聲」，是「眞的正義眞的公道」的聲音，「他們中被損害而向下的靈魂感動我們，因爲我們自己亦悲傷我們同是不合理的傳統思想與制度的犧牲者；他們中被損害而仍舊向下的靈魂更感動我們，因爲由此我們更確信人性的砂礫裡有精金，更確信前途的黑暗背後就是光明」！〔註30〕1928年，茅盾在譯文集《雪人·自序》中記述說：「三四年來，爲介紹世界被壓迫民族的文學之熱心所驅迫，專找歐洲的小民族的近代作家的短篇小說來翻譯。當時的熱心，現在回憶起來，猶有餘味……」正是帶著這種時代的革命激情，或者說在民族憂患意識的驅使下，他在抗戰烽火中更努力譯介蘇聯衛國戰爭時期歌頌抗敵救國的革命英雄主義的作品到中國來。

　　如果把原著視爲藝術傳遞的客體，那麼譯介、接受總是有選擇的，這種選擇又是同主體意向、審美情趣相應合的。茅盾譯作中便深切地體現出他的美學意向。比如，在他早期的譯作中，始終關注並讚揚俄國文學和歐洲弱小民族文學中的人生價值。他寫道：「俄人視文學較他國人爲重，他們以爲文學這東西不單怡情之品罷了，實在是民族的『秦鏡』，人生的『禹鼎』；不但要表現人生，而且要用於人生。」〔註31〕對於被壓迫民族文學的介紹也是如此，他注意它們的風格、色調上的異同，尤其注重作品對人生的態度。《雪人》結集時，經過篩選收入十二個民族的十九個作家的作品。譯者認爲「這些色彩不同的作品，無論如何有一個基調是相同的，便是對人生意義的追尋，及追尋未得或所得太少的幻滅的悲哀」。〔註32〕可見，茅盾對外國文學的接受和傳遞是以倡導爲人生而藝術的現實主義文學爲宗旨的，並以此促進中國新文學

〔註29〕　《新文學研究者的責任和努力》，《小說月報》第12卷第2號。
〔註30〕　「被損害民族的文學號」《引言》，《小說月報》第12卷第10頁。
〔註31〕　《俄國近代文學雜談》（下），《小說月報》第11卷第2號。
〔註32〕　《雪人·自序》，開明書店1928年版。

的發展。今天，人們不獨可以審視茅盾翻譯和介紹外國文學的勞績，還可以從更深的層次上把握茅盾的美學思想。

自然，說茅盾是按照自己的美學意向傳遞外國文學作品的，對此不能作狹窄的理解。事實上，他熱心為新文學尋取可資借鑒的樣本，同時以寬廣的視野，敏銳的目光，考察、思辨世界文化現象和各種流派的作家作品。對於尼采便是一例。茅盾對尼采的超人哲學，對他擁護的所謂「主者道德」，是很反對的。但是又認為不能因此就不去接觸他。茅盾認為「跟了尼采走的人完全錯了；避了尼采不肯見面，或不可和他一譚，也不見得是完全不錯」。他指出，「我們讀尼采的著作，應該處處留心，時常用批評的眼光去看他；切不可被他犀利駭人的文字所動；因為他是文豪，文字是極動人的」。〔註33〕但是，他主張不妨藉重尼采的思想作為「摧毀歷史傳統的，畸形的，桎梏的舊道德的利器」。〔註34〕在他晚年寫的《回憶錄》中，依然告訴人們，「我那時所以對尼采有興趣，是因為尼采用猛烈的筆觸攻擊傳統思想，而當時我們正要攻擊傳統思想，要求思想解放」。這就可見，在世界文化思想的撞擊中，茅盾不僅思辨明敏，而且充滿了擷取精神。

應該指出，在黑暗的舊中國，對於人民切實有益的翻譯介紹工作並不易做，因此，它是別一樣的戰鬥。也許正是這樣，魯迅把這一工作喻為普羅米修斯盜火給人類，或者說，是私運軍火給造反的奴隸的工作。茅盾從事這一工作的境況，也大抵如此。在統治者和衛道者造謠誹謗，把進步文化視為「洪水猛獸」的情況下，他堅持了這一嚴肅的工作。在他主編《小說月報》的時期，曾不斷排除阻力，以切實的資料把新世界、新文學的情況介紹給讀者。為此，他執筆撰寫《海外文壇消息》。在《最近俄國文壇的各方面》中，他揭露「現在很有些人誹謗俄國待遇藝術家苛薄」的謊言，以詳實的資料說明：「赤化後的俄國，更能促進藝術的進步，滋長新藝術的產生」。他還具體地介紹「勞農俄國……將以前藏於皇宮及富室巨閥家的藝術品都收集在一處，開放給民眾者」的事實。〔註35〕他當時高度評價列寧領導下的蘇聯的文學和藝術，認為這是「開始藝術史的一頁新歷史的先聲」。還在1919年，他就指出：「今俄之 Bolshevism（布爾什維主義）已彌漫於東歐，且將及西歐，世界潮流湃澎動

〔註33〕 《尼采的學說》，《學生雜誌》第 7 卷第 1～4 號。
〔註34〕 《尼采的學說》，《學生雜誌》第 7 卷第 1～4 號。
〔註35〕 《勞農俄國治下的文藝生活》，《小說月報》第 12 卷第 1 號。

盪……」「二十世紀後數十年之局面決將受其影響，聽其支配」。〔註36〕可見，茅盾對於歐洲乃至世界文化的矚目，已經超越了文學的範疇，而成爲「私運軍火給造反奴隸」的重要手段。這種勇敢的奮爭精神是貫穿在他一生的行跡中的。1946 年，在《蘇聯愛國戰爭短篇小說譯叢・後記》中，他把蘇聯衛國戰爭同國民黨治下的中國戰場進行鮮明的對照，揭穿中國戰場極不體面的事實，暴露當時社會的「烏煙瘴氣」，然後指出，這些作品的介紹「不但使我們對於蘇聯的戰爭文學有更多的知識，而且可以使得一些狂妄的反蘇的法西斯分子對於蘇聯人民有更多的認識」。凡此種種，無不滲透著堅持眞理，勇於對敵人挑戰的精神。

　　我國的翻譯歷史是悠久的。據茅盾說，中國的翻譯工作從佛經就開始了。唐玄奘便是翻譯佛經的大師。到了清末，嚴復翻譯了哲學、社會科學的著作，林紓則致力於文學作品的翻譯工作。林紓在四十四五歲時開始譯《茶花女》，傳說「書出而眾嘩悅，林亦欣欣」。從此便不斷譯述，直到逝世。他把許多國家的作家、作品介紹到中國來，譯著達一百七十餘種（一說一百五十六部），開闊了國人的眼界。「但林的早期譯作，信雖未必，雅、達則有之；至其後期譯作，則信、達、雅三者都沒有了」。「五四」前後，翻譯傳遞者多起來了，「但是介紹儘管有人介紹，卻微嫌有點雜亂」。因此，把翻譯傳遞工作同新文學的發展諧調統一，造成互補狀態，並且忠實於原著精神，不斷地把信、達、雅的譯作獻給讀者，這的確並非易事。就這點來說，魯迅、茅盾等老一輩的翻譯家的艱辛努力，是不能泯滅的。

〔註36〕《托爾斯泰與今日之俄羅斯》，《學生雜誌》第 6 卷第 4～6 號。

《子夜》的藝術感知與理性特徵

一

　　藝術構思是紛繁的、包羅萬象的總體工程，也是頗為引人的創作境界。事件、人物、情節、細節和著情感的波瀾，作家對生活客體的尋索和品評，乃至整個作品的格調，都交織紛呈，雜糅其間，漸漸地透過情與理的網羅，熾熱與冷靜的熔鑄，被外化為固定的形象。最初的表象衝動，可能只是一個混沌的輪廓，只是一點隱約的感知，乃至幾個人的音容笑貌，逐漸地分化彌合，去濁澄清，紋理清晰地呈現出一個誘人的審美境界。茅盾說，關於《子夜》的構思，「我算是用過一番心的」。〔註 1〕如今，《子夜》作為一種物化形態，誠然已經定型，但是，從它的藝術感知、心理定勢，到這部巨著的生成造化所呈現的心理情境和生活的積澱篩選過程，依然需要細密的考察。比方說，《子夜》的藝術感知肇始於何時？它是怎樣從潛意識的儲存中生成為意識的層次，作為一個心理過程，依然是個並不清晰的情境。

　　是的，《子夜》的醞釀、構思是 1930 年夏秋之交的事。那時，茅盾從日本歸來，因為神經衰弱，胃病和眼疾同時並作，不能讀書作文，於是每天訪親問友，在一些忙人中間消磨時光。他說，「我在上海的社會關係，本來是很複雜的。朋友中間有實際工作的革命黨，也有自由主義者，同鄉故舊中間有企業家，有公務員，有商人，有銀行家，那時我既有閒，便和他們常常來往。從他們那裡，我聽了很多。向來對社會現象，僅看到一個輪廓的我，現在看

〔註 1〕　《子夜・後記》，《茅盾全集》第 3 卷第 553 頁，人民文學出版社 1984 年版。

的更清楚一點了。」〔註2〕後來眼病好轉，他看了一些關於中國社會性質的論文，於是生成了「大規模地描寫中國社會現象的企圖」。〔註3〕不過，這並不意味著是藝術感知的起點，而是在不斷體察中所形成的一種「心理定勢」。有許多跡象表明，作爲最初的審美注意和藝術儲備是由來已久，多向紛呈的。就都市女性的感受來說，在他早期從事婦女工作時就凝結著深刻的印象。茅盾說，他和夫人德沚那時社會活動很多，在社會活動中結交了不少女友。

> 這些女朋友有我本就認識的，也有由於德沚介紹而認識的，她們常來我家中玩。……我和她們處久了，就發生了描寫她們的意思。那時，因團中央負責人之一梅電龍追求一位密司唐，到了發瘋的程度；有一次，他問密司唐：究竟愛不愛他。回答是：又愛又不愛。這在密司唐，大概是開玩笑而已。但是，梅卻認眞對待，從密司唐那裡出來坐上人力車，老是研究這「又愛又不愛」是什麼意思，乃至下車時竟把隨身帶的團中央的一些文件留在車上。梅下車後步行了一段路，才想起那包文件來，可是已經晚了。我聽到這個事件後，覺得情節曲折，竟是極好的小說材料。我想寫小說的願望因此更加強烈。〔註4〕

這種生活感受自然不會板塊式地移入《子夜》中關於女性群體的描繪，但在林佩珊的生活中，認爲愛一個人感到單調，認爲誰都可愛又都不可愛，等等，似有這類生活感知的影子。心理學的研究表明，文學創作的構思，可能是短暫的，也可能遷延到幾年或十幾年。據說，列夫·托爾斯泰的長篇小說《家庭的幸福》的構思，從青年時代起就長期地縈迴在腦際了。魯迅在《阿Q正傳·序》裡說，「我要給阿Q做正傳，已經不止一兩年了」，不寫出來「彷彿思想裡有鬼似的」。這部著作的開端便展示了一幅心理認知浮潛的歷史構圖。這裡也許還要牽涉到佛洛伊德的啓示。有關他的泛性論說，人們是很難接受的。但是他的潛意識說，特別是把意識界分爲本我（id）、自我和超我的層次，這賦予意識以豐富的內涵。按照他的見解，「心理過程主要是潛意識的，至於意識的心理過程則僅僅是整個心靈的分離的部分和動作」。「心靈包含有感情、思想、欲望等等作用，而思想和欲望都可以是潛意識的」。〔註5〕潛意

〔註2〕 《〈子夜〉是怎樣寫成的》，《茅盾論創作》第58頁，上海文藝出版社1980年版。
〔註3〕 《子夜·後記》。
〔註4〕 《我走過的道路》（中）第315頁。
〔註5〕 《精神分析引論》第8~9頁，商務印書館1986年版。

識並非是一種消極態勢，它常常「出格」升遷到意識的層面，只是被意識制約著。意識（自我、超我）像「看門人」一樣監視著無意識（本我）。近代腦科學的發展，愈加證實人腦作為一個巨大的信息儲存庫的事實。如果以每個神經元為一個記憶原件，那麼在僅只一千立方釐米左右的體積中，大腦的神經元至少在一百到一百五十億個之間。神經元每秒鐘的信息接受量可達十四比特（bit 信息量單位）。以此估量，人的一生用六十年計算，畢生的記憶儲存量相當於五億種書籍的知識總彙。也有人估計，在人的遺傳基因裡，每立方釐米所存儲的信息之多，足夠一台電視機連續放映四十年。〔註 6〕這種「雜多」的景觀，在一般情境下雖然只是渾沌地沉浮在潛意識層次中，卻具有無限的直觀性和生動的性質，一旦為作家眼前的事件造成強烈的創作欲望，人的記憶和聯想機制便會把存貯在許多部位的信息立即調集起來，從而實現信息的提取。歌德認為意識與無意識在自己創造性想像中在頻繁交替，相互作用。「在這兒意識和無意識就像經線和緯線一樣相互交織著」。〔註 7〕從而造成「寂然凝慮，思接千載；悄焉動容，視通萬里」之勢，形成「神與物遊」的內視景觀。這時節，時空的物理界限被打破了，童年和少年時代的生活貯備也會具有不衰的魅力。這種創作的欲望「即刻使思緒回到過去的第一次經驗，繼而產生出一種將要呈現於未來的情景」。〔註 8〕由是，可以說《子夜》的藝術構思，顯然包容著茅盾童年、少年時代的以及他後來對都市生活的林林總總的感知。不用說，吳蓀甫的原型潛隱著他少年時代及以後對盧表叔（鑒泉）的觀察。而吳少奶奶，在茅盾的表妹（即盧表叔正室所生之女）寶小姐看來，這人物的模特兒就是她自己。從張素素在南京路遊行的藝術觀照中，大概會聯想到茅盾和孔德沚參加「五卅」運動的經歷。在女性群體的塑造中，浮現出他在婦女工作中的藝術感知。這時候，佛洛伊德所看到的在達・芬奇的《岩石聖母》中嬰兒的神態，表現的就是戀母情結，是藝術家自己的戀母情緒的昇華被我們揚棄了；莎士比亞的十四行詩、柴科夫斯基的音樂以及法國普魯斯特小說中的性欲替代性滿足說也被揚棄，而他的本我、自我、超我以及潛意識說，都給予我們解析《子夜》藝術感知以助力。

　　自然，把《子夜》的藝術感知引向久遠的生活，絕非認同藝術即生活的模仿，而在於探索藝術創造紛繁的心理歷程。應該指出，藝術感知是一種審

〔註 6〕　參見馮諾伊曼：《計算機與人腦》和王谷岩等：《視覺與仿生學》。
〔註 7〕　轉引自滕守堯：《審美心理描述》第 396 頁，中國社會科學出版社 1985 年版。
〔註 8〕　同上書，第 404 頁。

美體驗。這種體驗自然是以對象世界的審美信息爲基礎，但卻是主客體同化、順應的統一，是雙向運動的有機化合。在這個動態流變中，主體始終是積極的，它以獨特的神思和情感色彩賦予對象以生命，同時也在對象世界的把握中不斷超越自我。生成造化，熔鑄新境。這裡，清代畫家鄭板橋的《題畫：竹》和石濤在《畫語錄·山川章》中的體會是不無啓示的。鄭板橋說：

> 江館清秋，晨起看竹，煙光、日影、霧氣，皆浮動於疏枝密葉
> 之間。胸中勃勃，遂有畫意。其實，胸中之竹，並不是眼中之竹也。
> 因而磨墨、展紙、落筆、倏作變相，手中之竹，又不是胸中之竹也。
> 〔註9〕

顯然，鄭板橋的「眼中之竹」、「胸中之竹」、「手中之竹」和石濤的「自然丘壑」、「胸中丘壑」和「畫上丘壑」是十分切近的體驗。這種物——我——物的轉化，實際上是表象、意象、再現形象的不同表現。手中之竹對眼中之竹來說，已經是經過胸中之竹的運籌所形成的新的質態，是人化的第二性自然。《子夜》的審美體驗，亦復如此。它是以作家爲主體，以對象世界爲客體，在審美層次上互相滲透，互相作用的多層體驗的融合。生活轉化爲作品，不是板塊式的量的相加，而是感知、同化與創造，是物我之間相生相剋的過程，是對現實的特殊感受。在這個過程中，「每個人都是按照他的見解和胸襟的深度與寬度去瞭解人物、行動和事件」，〔註10〕從而按照他所意識到的歷史內容形成作品的風貌。

二

茅盾在走親訪友的時節，便有了「大規模地描寫中國社會現象的企圖」，有了要寫「白色的都市和赤色的農村交響曲」的構想。實際上，這時已形成一種審美心理定勢。當審美體驗在感知中造成一種興奮優勢，產生定向反射，形成心理定勢，則主體的審美心理在藝術熔鑄中便具有強烈的選擇性和主觀色彩。茅盾對都市生活的感知，當然是千頭萬緒，林林總總，但在心理定勢的制約下，他的構思沿著知覺的表象流變轉化，生成揚棄，造成新的質態。克雷奇在《心理學綱要》中認爲，被這種定勢的效應捉住，會使「解決問題的行爲越來越自動化」。〔註11〕一切都在整體的構思中尋求自己的位

〔註9〕 轉引自《審美心理描述》第 128 頁。
〔註10〕黑格爾：《美學》第 1 卷第 21 頁，商務印書館 1979 年版。
〔註11〕《心理學綱要》下冊第 252 頁。

置。當然,對於這種變異過程,有的作家可能主要在頭腦中進行(所謂打腹稿),他們似乎無拘無束地信筆寫來,任其馳騁,實則是在情感和理智的制約下,似蠶吐絲,一點一點地傾盡所有,鑄成佳品。有的作家則重於細密的準備。他們執著的探求,潛寓在冷靜的佈局之中,細細的調理,精工的營造,鋪陳點化,一絲不苟地寫出故事提要、大綱來。可謂步步為營,一步一個腳窩。《子夜》的藝術構思,則近於後者。茅盾說:

> ……我傾向於另一方法:即是先寫好了一個詳細的幾乎等於全部小說的「縮本」那樣的「大綱」,或者是一篇記錄著那小說的「人物性格」和「故事發展」的詳細的「提要」。而實際的寫作就是把這「縮本」似的「大綱」或「提要」加以大大的擴充和細描。〔註12〕

這是茅盾對青年文藝愛好者講的話,其實就是自己經驗的實錄。如果尋索他借鑒的蹤影,也許托爾斯泰的寫作經驗,巴爾扎克的創作實況,左拉的藝術構思,都對茅盾的創作具有或隱或顯的影響。托爾斯泰對大綱的一再修改和更移,巴爾扎克在寫作過程中一稿、二稿、三稿的不斷增補,都會在《子夜》的創作過程有類似的反映。正如茅盾所說的,「這種方法不是我的創造,而是抄襲旁人的」。〔註13〕

若對現在看到的《子夜》的提綱、大綱、細綱進行考察,便會發現,茅盾在創作過程中至少更移過三次或四次。一是最初用「蒲劍」的署名寫下的《記事珠》A、B、C;二是收在《〈子夜〉寫作的前前後後》中的提要;三是刊發在《茅盾研究》中的大綱(部分)。後者,已近於定稿前的細綱。還有一份大綱的殘頁,似乎是細綱前的一次更動。這幾份大綱昭示著藝術構思的走向和為心理定勢的內聚力所驅遣的「自動化」流程。

從最初的大綱《記事珠》考察,最初引發茅盾審美注意的範圍,就不是某些生活景觀的單一色素,而是整體性的歷史鏡角,是從現代的審美觀念出發的一部大規模地描寫的「都市──農村交響曲」,是「他人所不敢而又是人們所關注的重大題材」。開闊的視野和現代的意識,是它的顯著特點。這最初的大綱,是由 A、《棉紗》,B、《證券》,C、《標金》這三個部分組成的。每個部分都有相對的獨立性,又是互相映襯、連結的整體。那模樣頗似《蝕》三部曲的結構方式。它包容著經濟、政治、倫理、愛情、社會風情諸多景象,

〔註12〕《創作的準備》,《茅盾論創作》第 476 頁。
〔註13〕《〈子夜〉是怎樣寫成的》,《茅盾論創作》第 61 頁。

卻又不是表象的簡單排列與組合。作家努力從紛紜的世態中去撲捉那流動在深層結構中的主脈。在《棉紗》的「表現之主要點」中是這樣寫的：

一、乘歐戰的機會，中國民族資產階級有了抬頭的希望；輕工業的棉紗紡織工業一時有發展之觀。

二、因此於初期資本主義輕工業的勃興，鄉村的破產乃以加速度進行了；在受地方軍閥壓迫剝削及洋貨之掠奪之農民，本來就已經不能生活。

三、然而此中國輕工業的嫩芽又旋踵即受東洋紗之競爭而瀕於破產；日本紡織工業家也是乘歐戰的機會而得大贏利的，此時以雄厚的資本和中國紡織工業家競爭了。

這最初的提綱，便以中國民族輕工業為中心，向國內外展出矛盾的幅線。它觸及到民族紡織業同外國資本的關係，農民同軍閥戰亂的關係，農村生活同外資侵襲的關係——這許多現象以民族工業為軸心，觸及到民族、國家的命運。不難看出，這最初的構想依然屬於粗疏、渾沌的表象。許多意念還是缺乏血肉的想像，許多感知的表象還顯得分散，缺乏整體的聯繫。這就使得《棉紗》、《證券》和《標金》這個「三部曲」，處於各自孤立的狀態中。它們是上海金融、工業經濟的幾個剖面，卻在情節上不能構成珠連玉合的框架。《棉紗》中的女主人公是紗廠的女工，男主人公是紗廠的資本家。《證券》中的主人公則是「鄉間放印子錢者，交易所事業投機成功而致富了」。這同後來的馮雲卿形象有些相近，或者不妨說是這人物的最初胚胎，但是他的命運顯然沒有在社會關係中貫通起來。《標金》中出現了古先生。他「在三十年前得了半肢瘋，臥居一樓，與世隔絕，日惟誦《太上感應篇》，又手錄《太上感應篇》全部」。這自然會使人想到吳老太爺的最初面貌。這幾個人物之間，都缺乏情節上的有機聯繫。至於後來出現的一百多個人物，在這裡或面目不清，或蹤影全無。這反映在整體構想中雖具心理定勢，但表象的感知還有待於深化，有待於向生活的深層遊動，從而才能使這部反映現代中國全貌的作品顯示出應有的深度和廣度。

提綱、綱要、大綱的不斷更移，記錄著作家在表象運動中沿著生活的軌跡向質的深層演化的進程。

第二稿的《提要》，比較接近《子夜》的現狀，同第一稿的三部曲的框架卻遠遠地區別開來。它的明顯變異是情節從三個分散的人物故事轉到以民

族資產者爲中心了。吳蓀甫的名宇，這時已確定下來。至於那個頗爲能幹並和廠方職員有染的女工，卻沉匿轉化起來，離開了故事的軸心位置。爲什麼從《棉紗》中的以一個女工爲主人公，轉化到以民族資產階級爲中心呢？這是因爲：一、民族工業家的社會關係比較複雜，可以連結社會的各個階級、階層，可以同政治、經濟、軍事各個方面進行交往，從而展開宏大的歷史畫面；二、民族資產階級的事業的成敗興衰，能夠觸及到中國社會性質的核心，從而更有利於揭示現代中國社會。正是從吳蓀甫同外資、工人的關係中，展現出中國社會性質的不同側面的構造特徵。情節和結構是展示作品意旨的手段。作品的骨架立起來了，就使得全篇的思想得以延伸、體現。爲了橫向展開吳蓀甫的社會關係網絡，《提要》中設置了兩個資產階級集團：以吳蓀甫爲主要人物的工業資本家團體和以趙伯韜爲主要人物的銀行資本家團體。這就基本上構成了吳蓀甫紛紜矛盾的總趨勢，或者說一個主要方面。於是，圍繞吳蓀甫的周圍生發出眾多的人物群。其中有軍火買辦、政客、地主、失意軍人、航商、礦商、惡霸、流氓、交際花以及左翼作家和青年等等。這些人物同吳蓀甫直接或間接地構成社會關係，形成一個真實的生活天地，使吳蓀甫的性格展現有了深厚的土壤。在家庭生活中，吳少奶奶的形象出現了。這同《記事珠·棉紗》中的女主人公迥然有異，而更接近於定稿中的林佩瑤。林佩瑤在事業中並沒有設置什麼活動，只是她同雷參謀的戀愛關係被寫了進來：「雷參謀之臨別的話忽然挑起了她『要戀』的熱情，則注目於阿萱（小叔）」。可以想見，在《提要》的心理定勢制約下，雷參謀和林佩瑤的羅曼史已形諸腦際，構成情境交融，物我雙會的意象。

在《提要》中，吳蓀甫的社會關係雖然得以橫向展開，但是縱深的歷史蹤跡卻很少觸及。例如，像這樣一個具有雄心宏志的資本家，自然需要有開闊的視野，豐富的見地。知和識是互相依存，互相作用的。「知性又是教養中一個主要成分。一個有教養的人決不以混濁模糊的印象爲滿足」。〔註 14〕所以，作者在定稿時把遊歷過歐美的經歷寫進了吳蓀甫的生活史。同樣地，爲了準確地塑造中國民族工業家的性格，也把第一稿綱要中的古老先生同吳蓀甫形成家族的血緣關係。在《標金》中的古先生，只是《子夜》最初閃現的雛型，那裡他還是火柴廠老闆的父親。而到《子夜》定稿時，他已成爲吳蓀甫的父親了。這種更移，不獨使整個故事得到了集中、概括的表現，而且把

〔註14〕黑格爾：《小邏輯》第 174 頁。

中國民族資產階級的性格同中國封建的社會關係聯繫了起來，造成有機的血緣關係。這就使吳蓀甫的事業史更具有史的延展和史的脈絡，也更符合中國民族資產階級的特殊性格。有趣的是，在中國現代文學的形象積澱中，古久先生的形象是有藝術經驗可尋的。魯迅在《狂人日記》中提供的古久先生，在寓意上便頗爲近似。不過，他在魯迅筆下還只是古久的歷史的象徵。到了30年代，茅盾在對中國社會進行概括時，古久先生的精神並沒有失去它的寓意，而在形象的實體上則賦予了新的血肉和現實的品格。這個人物，在經濟、政治、倫理、道德上都成爲象徵性的化身。由是，不妨說從魯迅的古久先生到茅盾的古老先生——吳老太爺，承傳了文學的歷史因緣，豐富了這一寓意頗深的形象的性格，並在30年代賦予他以現實的生命。而這又深化了吳蓀甫的生活史，這就更具有深刻的審美價值。

再以馮雲卿的構思爲例。在最初的提綱中，馮雲卿是在《記事珠·證券》裡露面的。《證券》的「故事結構」中有三個人物，「男主人公是鄉間放印子錢者，交易所事業投機成功而致富了。他的致富是犧牲了家鄉的一些人所得的」。在第二稿《提要》中，他的面貌似乎仍處於模糊狀態：「某甲，因內地匪多，挾資到上海爲遊資的。破產。」這同第一稿有些近似。到了第三稿的大綱中，在心理定勢的選擇、捕捉下，馮雲卿的形象顯現了，他的面貌清晰地確定下來。一、馮在鄉間放印子錢的歷史更加細緻地敘述出來。這不僅狀出了上海部分「遊資」的來歷，同時也揭示了這些土財主的本質。二、他現實的處境不是如第一稿所設想的那麼美滿——在交易所投機成功而致富，恰恰相反，在金融的投機的風浪中，陷入岌岌可危而不能自拔的境地。這就合乎規律地點化出30年代的「子夜」社會和他們的歷史命運。茅盾在第三稿的大綱中是這樣標記的：「要竭力寫出馮（雲卿）、何（愼庵）、李（壯飛）之窘」。正是如此，使得群醜畢現，形成金融投機市場的面面觀。三、在描寫方法上，第一稿的設想是：「（1）金錢的勢力，所謂『銅臭』要和舊時所謂『風雅』相對照；（2）『詩意』的章段和辛辣的醜惡的描寫相對照」。這就可見，用於馮雲卿的諷喻辛辣的筆墨，在最初的構想中便確定了情態並作的基調。愈到後來，愈加具象化和本質化，並在情節中顯示出作家鞭撻的情態。例如，在殘存的一頁大綱裡，解決馮的困境時，是其女（此時名爲馮宛君）提出「辦法」，即求助其友劉玉英以乞轉危爲安。這對馮的窘境，特別是他醜惡的靈魂並未能觸及到深層的本質。兩相對照，定稿時的筆墨顯然深刻而老辣得多：一、

改求助劉玉英爲直接捨女以美人計探求債券消息；二、這個「辦法」的教唆者，不是別人而正是她的父親，這個以「詩禮傳家」爲標榜的馮雲卿。如果把情節看成是展現作品思想的手段，那麼這情節的變化和更移，無疑地標誌著作家思想的深化。在這個有面子的地主馮雲卿教唆女兒以千金之體去鑽狗洞，企圖撈回公債市場上沉下去的血本的章節中，銅臭的罪惡和地主靈魂的齷齪都暴露無遺。最後人財兩空，鑄成無可挽救的悲劇，這更加符合歷史的規律。

三

從現存的幾份提綱和大綱來看，在最初的藝術構思中便顯示出濃厚的、冷靜的理性特徵。可以說，整個藝術構思都處於理性優勢同靈感的交錯之中。冷靜的觀察是它表層的色素，理性的光澤使它努力超越現象本身。如果按照巴甫洛夫的神經心理類型說，可以把人分爲活潑型、安靜型、不可抑制型和弱型的話，茅盾則近於安靜型。他瀟灑，病弱，文質彬彬，有點抑鬱質。按照增田涉的印象，他「黝黑面孔的深處，眼球在閃爍，其中流露出他過去的經驗，那人民的、時代的艱苦奮鬥的痕跡，並且它本身就包含著不少故事似的」。作爲人，他給別人的印象「倒是位理智的、克己的紳士，是個有頭腦的人」。〔註15〕他敏於感受，卻頗爲穩重，深刻的體驗經常在「外傾思維」〔註16〕中尋求平衡。據說這種「外傾思維型」的志趣，是常以客體的外向運動爲依歸的。茅盾在《子夜》創作中的冷靜、逼眞度和貼近生活的準則，都使人感到他切近於這一型。如果說，在現代小說家中，郁達夫重於主體和自我心理過程，巴金滿蘊激情，沈從文尋索幽遠的意境，頗有些尋根派的原型，那麼，茅盾的創作顯然更趨於冷靜的理性的光澤。他是以思辨的目光和工細的營造來完成這部反映現代中國社會的大書的。以《記事珠・標金》的綱目來說，分爲「表現之主要點」、「時間的分配」、「動作的組織」、「側面描寫的要點」、「人物的個性」等等，可謂神清志爽，條理分明。這種理性的思索，不是趨向於主觀自道，而是客觀地去捕捉生活中的內蘊和哲理。爲此，他不僅走親訪友，而且到工廠和交易所去體察。甚至爲了追求《棉紗》篇章的細

〔註15〕轉引自松井博光：《黎明的文學》第170頁，浙江人民出版社1982年版。
〔註16〕瑞士心理學家榮格曾把人的心理類型分爲外傾與內傾的不同機制。據說前者興趣指向客體外向運動，後者指向主體和自身心理過程的運動。

緻、眞切，在提綱中也規劃了對於「紗廠內部組織及工作情形」、「日紗競爭時代之中國紗廠情形」、「日本紗廠競爭的方法」都要進行工細的研究。這除了走親訪友體驗世間的活書外，還得從理論上裝備自己。例如，當時商務印書館出版的《中國之紡織業及其出品》（日·井村薰雄著，周培蘭譯），便被茅盾列爲參照書目。而社會科學，尤使茅盾感興趣。從 1933 年的朱自清日記中，可以看到這樣一段有趣的記述：

> （九月廿一日）健吾下午來，談甚歡……談在滬遇茅盾情形，
> 茅盾開口講社會問題，健吾開口講藝術（技巧），默揣兩方談話情形，
> 甚有味，而聖翁默坐一旁，偶一噫氣而已。〔註 17〕

寥寥幾筆不獨狀出擅長藝術品鑒的李健吾、中和敦厚的葉聖陶，同時活現出 30 年代窮究中國社會狀況，注重文學社會使命的茅盾來。這種理性的品格，與其作爲一個作家的氣質來理喻，毋寧把它看成是一個社會氛圍，「精神氣候」。這是造就作家的土壤。對於民族危難的憂患感和社會走向的關注，體現著一個眞正作家的良心和社會責任。由是，他把靜觀默察得來的材料，絕不帶熱地就鑄成藝術品，常常把生活現象放在科學的理性鏡角下去檢驗，刻意地提純。他在 1932 年的一篇經驗談裡說：「一個做小說的人不但須有廣博的生活經驗，亦必須有一個訓練過的頭腦，分析那複雜的社會現象。尤其是我們這轉變中的社會，非得認眞研究過社會科學的人每每不能把它分析得正確而有力的反映！」〔註 18〕也許正是如此，便引來了一些責難。有人說：「『社會』要求太重，致文學往往被壓扁壓死，《子夜》是最好的證明」。〔註 19〕有人一面肯定茅盾作爲重要的小說家的地位，肯定《子夜》「包羅的人物和事件之大之廣，乃近代中國小說少見的一本」，一面又認爲「本書的表現，僅是按照馬克思主義的觀點給上海畫張社會百態圖而已」。〔註 20〕

這裡需要闡釋的是，社會科學的把握，創作過程中理性的因素，究竟給《子夜》帶來一些什麼結果。毋庸置疑，藝術的審美感知，是需要束之於直觀的生動的景象，但這種生動的直觀景像是經過心靈淨化的，是一種滲透著理性而達到的新的感覺層次。實際上，任何感知也難於排除理智因素的，何況審美感知——高層次的「理性直覺」呢！只有經過理性之光的照耀才能更

〔註 17〕 《新文學史料》1981 年第 4 期。
〔註 18〕 《我的回顧》，《茅盾論創作》第 8 頁。
〔註 19〕 司馬長風：《中國新文學史》中卷第 50 頁，昭明出版社 1978 年版。
〔註 20〕 夏志清：《中國現代小說史》第 136 頁，友聯出版社 1979 年版。

深刻地感覺事物的內涵。魯道夫・阿恩海姆在《視覺思維》中提出,「藝術活動是理性活動的一種形式,其中知覺與思維錯綜交織,結爲一體」。他認爲「被稱爲『思維』的認識活動並不是那些比知覺更高級的其他心理能力的特權,而是知覺本身的基本構成成分」。高級動物的視覺「眼動」,就是本能性反應同有意識的反應的統一。積極的選擇是視覺的一種基本特徵。因此,他認爲視覺就是思維的一種基本的工具。〔註 21〕至於整個的藝術構想,契訶夫曾經指出:「如果否定創作中的問題和意圖,那豈不就得承認:藝術是無意識地、沒有任何預先意圖地、僅憑刹時衝動的影響來進行創作的。因此,假定有那麼一個作者向我誇口說,他沒有任何預先想好的意圖,又僅憑靈感寫成了一部小說,那我準會叫他瘋子」。〔註 22〕成竹在胸,意在筆先,這是通常對創作意向、思想的說法。事實上,不要說創作,按照一定的意圖去創造世界,正是人異於其他動物的根本區別。在這個意義上,最拙劣的工匠也會比最精巧的蜜蜂強多少倍。馬克思不止一次地論證人是「按照美的規律來造成東西」的事實。他指出,蜜蜂、海狸、螞蟻也生產,然而動物只生產自己,而人則按照自己的構想生產整個自然。「許多猿類用手在樹上築巢或者像黑猩猩一樣在樹枝間修造住處以避風雨」。「然而即使最低級的野蠻人的手,也能做幾百種爲任何猿類所模仿不到的動作」。〔註 23〕對此,丹納的描述就更妙了。他說代表思想智力、民族精神之神的光輝無處不在,用不到思索,只消有詩人或藝術家的眼睛或心靈,就能辨別出她和事物的關係:燦爛的天空有她,輝煌的陽光中有她,輕靈純淨的空氣中也有她。雅典人認爲他們的創造力和民族精神的活躍都得力於她。〔註 24〕藝術創作,需要再現五光十色的社會生活,自然難於排遣「精神滲入物質」的理性光澤。張賢亮、從維熙在創作思考中就深感到「馬克思有關現代社會的論斷」「給我們很大啓發」,認爲「高度發達的社會應該有同等審美力量和同等思想意義的文學藝術與之適應」。〔註 25〕這種認識,爲「第三次浪潮」衝擊下的當代文學工作者所需要,對 30 年代大變動中的現代中國文學工作者來說同樣也需要。因此,《子夜》的創作過程及其顯示出的理性的特徵,是完全可以理解的。

〔註21〕 參見《視覺思維》的《前言》和《視知覺的理解力》,光明日報出版社 1986 年版。

〔註22〕 轉引自赫拉普欽科:《世界觀與創作》第 5 頁。

〔註23〕 《馬克思恩格斯論藝術》(一)第 206 頁,人民文學出版社 1960 年版。

〔註24〕 《藝術哲學》第 331～332 頁。

〔註25〕 張賢亮:《關於時代與文學的思考》,1984 年 8 月 23 日《光明日報》。

　　這種注重理性，並非在創作中寫哲學講義。這種注重理性，並非否定客體，而是在「心既隨物以宛轉」，「物亦與心而徘徊」中所體現出來的冷靜、客觀的態度。同樣的，也沒有離開感情的色素；只是這種情感經過理性的淨化，色彩的明暗，光波的強弱而更見分明。整個藝術的知、情、意等心理要素，是互相滲透，互相依存的。從《子夜》的大綱中得見，在「無意識推理」中，靈感的思維不斷地衝擊著理性的直觀，從而造成同化創造的局面。比方說，在《子夜》的提綱、提要中（第一、二稿），屠維岳這個人物都不曾露面，而在最後定稿時，他卻走上了廠裡小頭目的崗位。這似乎是不速之客，卻又是生活自然的鋪排。這不獨是對吳蓀甫形象的映襯，同時也本乎裕華絲廠複雜的鬥爭的需求。因此，吳蓀甫才從眾多的人物間選拔出這個「小軍師」似的人物。這人物的出現，衝開了生活的某些格套，使人看到在資本家的走狗中並非都是莫乾丞之類的窩囊廢，也有幾個精明鬼。不然，裕華絲廠的企業發展是難以設想的。再如曾滄海，在第一、二稿的大綱或提要中也沒有出現。但是，在整體性的社會觀照中，作家感受到「原《提要》中卻沒有提到農村的動亂。這顯然是個遺漏」。曾滄海這形象的湧現是訴之於直觀的，乃至充滿了情感的色素。例如他那噴雲吐霧的宅邸，那齷齪的靈魂，以及曾滄海頭上頂了一本淋過尿的《三民主義》的細節，都借靈感的波光，賦予這人物以獨特的生命。這是藝術整體構想的產物，也是情與理交織的結晶。甚至在這些畫面中，不斷地衝擊著在整個作品中重於理性的準則和客觀、冷靜地熔鑄生活的特點。在馮雲卿和曾滄海的有些畫面中，諷喻性和情感的戲謔力量不就明顯地趨向漫畫化了嗎？

　　《子夜》在理性的優勢和靈感的交錯中，不能說都是珠聯璧合的，但畢竟不乏刻意的追求。圍繞著吳老太爺的寓意，作家顯然力圖以它的超越精神，使人得到更為深沉的意蘊。但是效果並不一致。比方，吳老太爺的死，引起的知識分子群的議論便顯得淺露。僅就將議論的結構引入藝術觀照來說，《子夜》是大膽的，有特點的。也許可以認為它有類似《三國演義》中諸葛亮舌戰群儒的議論的效應，不過，《子夜》中李玉亭、范博文等關於中國社會到底是怎樣的社會的議論，終於有失直露。比照之下，在封建理念束縛下成長起來的蕙芳，脫開思想的羈絆被拉去野餐，這時斜腳雨落下來，「雨點煞煞煞地直灑進那窗洞；窗前桌子上那部名貴的《太上感應篇》浸透了雨水……水又溢出來，淌了一桌子，浸蝕那名貴的一束藏香；香又溶化了，變成黃蠟蠟的

薄香漿,漫漫地淌到那《太上感應篇》旁邊」。這些具象的點染,並沒有突兀地議論什麼,卻具有深遠的意蘊。

歷史・人・主體審美取向

一

　　人們引證克羅齊的話認為：任何歷史都是當代史。歷史的流變賦予不同時代的審美群體以不同的價值取向和文化時差，這是可以理喻的，但是，文學作品畢竟是一定時空的產物，離開了文本產生的時代和文化態勢，以主觀的趣旨取代藝術思維過程的豐富實際，對作品的解讀同樣會造成隔膜。看來，在歷史與現實的審美品評中融通，在作品所負載的信息量中尋求審美價值，便成為文學品評的二重性和有意味的工作。

　　《子夜》誕生的年代離今天並不久遠，但是，對它的品評卻始終不一。這種見仁見智的現象，應該說是正常的，也許正是在一系列的否定與彌合中，不斷地深化、尋求統一的趨向與認同。1986 年頃，日本的研究者筱田一士認為《子夜》是 20 世紀世界文學的十大巨著之一。〔註 1〕他評價《子夜》說，以想像全社會的想像力而言，茅盾在同一時代的中國作家中可謂是最傑出的存在。總括作品的既堅牢又自由變幻的空間狀況形成作品的最特出的特徵，而同這個特徵對比起來，人物的概念化和人物描寫的粗糙則是次要的，以首要的全體想像力來補充次要的缺點是綽綽有餘的。《子夜》是把兩種語言——小說語言（虛構）和非小說類語言（非虛構）混在一起的，是探求 20 世紀的

〔註 1〕　其餘九部巨著是：普魯斯特（法國）《追憶流水年華》、博哈斯（阿根廷）《傳奇集》、卡夫卡（奧地利）《城堡》、道斯・帕索斯（美國）《U.S.A》、福克納（美國）《押沙龍，押沙龍！》、加西亞・瑪爾克斯（哥倫比亞）《百年孤獨》、喬依斯（英國）《尤利西斯》、穆齊爾（奧地利）《沒有個性的人》、島崎藤村（日本）《黎明之前》。

全體小說〈構建整體結構的全社會小說〉的實驗小說。從這個意義上說,《子夜》在同時代的世界文學上具有先驅性的存在,以及獨創的大膽的實驗,這是讓人欽佩的。〔註2〕不過,也有人認為,這部重筆的作品,一半以上的篇幅還是「素材」,缺乏「潛在文本」,把文學作品當成高級社會文獻,因此,它不大可能成為現代文學的「經典著作」。兩者的品評都看到了作品特徵性的趨向,但價值取向和結論並不相同。

　　筱田一士的開闊視野和寬容縝密的審美尺度值得欣賞。就他所矚目的文學現象來說,分明有現代主義的頗具影響的作家與作品,但是卻輕慢於他們所宣稱的「狄更斯早已經死了」,「巴爾扎克最不會寫小說」之類的妄言。在有所重輕地論證《子夜》的長處和短處時,他充分肯定了這部現實主義巨著的藝術魅力和存在價值。是的,在20世紀的世界文學的圖譜中,像卡夫卡的《城堡》、喬依斯的《尤利西斯》、加西亞‧瑪爾克斯的《百年孤獨》等現代主義文學確曾造成迥異的態勢,但嚴峻的寫實主義文學仍以再現生活的魅力,具有深厚的勢頭。藝術的拓展總是要營造新機的,但各種流派、思潮之間並不一定是線性的取代關係,而會呈現互補、競爭的趨向。《子夜》在歐洲古典現實主義與現代意識的同化熔鑄中,以「大規模地描寫中國社會現象」──這樣全景式的整體建構為審美取向,以自覺的參預意識表現了作家的社會責任感和藝術良知。如果說,現代派的作家是以文學的內向性,以扭曲的心態,表現世界的裂變在自我感應中的因果關係,那麼,《子夜》則以它的外向性,以常態的歷史與人的因果律來再現客觀世界的。知性與理性思索使茅盾的作品具有深厚的歷史感,而宏大的歷史觀照賦予作品以直觀的時代品格。按照別林斯基的見解,構成真正詩人(廣義的)的許多必要條件中,當代性應居其一。詩人比任何人都應該是時代的產兒。茅盾秉承時代的使命,在當代性與時代精神的渾然熔鑄中推出了《子夜》這部大規模描寫中國社會的小說。從《子夜》的文本中可以見出,作品同時代是貼得很緊的。彷彿現實生活在時間的進程中還散發著餘熱,彷彿角逐和廝拼的事端還留著騷動的音響,它們便被鑲嵌到藝術的天地中來了。許多重要的歷史事件,在它成為歷史以前,在「同代人頭腦中所產生的第一印象還沒有消失」時,便被以「最大限度的精確把握住」了,〔註3〕成為作品的藝術內涵。所以,深知茅盾的葉聖陶先生說,茅盾「寫《子夜》是兼具文藝家寫創作與科學家寫論文的精神」

〔註2〕　引自是永駿:《茅盾小說文體與二十世紀現實主義》,《文學評論》1989年第4期。
〔註3〕　《普實克中國現代文學論文集》第132～133頁,湖南文藝出版社1987年版。

〔註4〕的。宏闊的建構，敏銳的觀察，迅速地把社會風雲的幻變，人際關係的複雜形態，歷史與人的制約性和有機關聯，都凝聚到現代律動的時空調色板上，從而以它的時代性和歷史感造成史詩般的品格。這是《子夜》的顯著特徵。

是的，就史實的眞切，刻寫的細密來說，這部作品可以認爲是「小說語言（虛構）和非小說類語言（非虛構）混在一起的」，實際上這是《子夜》獨創的格調和大膽的實驗。但是，整體的建構顯然是對審美經驗的精心組合與外化，是審美主體與客體的雙向契合，因此，看來是非虛構的觀照也已經是「第二性的自然」，而它的逼眞性仍含有生活的「露珠」。誠然，公債市場的交易，可以說是非虛構的史筆。據統計，蔣介石政府在 1927～1931 年短短數年內所發行的公債，就達十億零五千八百萬元。由於時局不穩，公債的價格大幅度地上漲下落。〔註5〕公債於是成爲投機者實現黃金夢的工具。茅盾對此曾不止一次地進行觀察。軍閥戰亂的局面，也是史筆。在《子夜》中，蔣（介石）、閻（錫山）、馮（玉祥）的中原大戰的歷程，幾乎是歷歷在目。甚至像馮雲卿這樣的土地主懾於農民運動的威力而竄到十里洋場的上海，也是眞切的生活寫照。但是，造成宏闊的全般，形成對立互補的構架，卻又是藝術的虛構。

> 整整三十萬！再多，我們不肯；再少，他們也不幹。實足一萬
> 銀子一里路；退三十里，就是三十萬。

這是封建餘孽尙仲禮透露出來的奧妙。花了錢可以打勝仗，花了錢也可以打敗仗的描寫，使炮火瀰漫的中原大戰立即同上海灘上的交易市場聯結起來，造成作品的深厚的歷史感，從而逼使馮雲卿們演出了一椿椿變態的醜劇。如此，明暗虛實，濃描淡抹，公債市場上的火拚，夜總會中光怪陸離的景觀，機械旁起落消長的鬥爭，農村突變的信息，無不挾裏了中國四野的戰火硝煙，構成農村和城市的交響樂。其中自然也不乏兒女情長和「新儒林外史」的切入，而作家所看取的無疑仍是整體性的史詩風範。宏偉的氣勢，交糅著細密的工藝，許多「文獻」似的細節，使史家首肯，同時也閃出藝術的光彩。它們是感性、知性、理性的重合，而超越於生活的浮彩流光。它把火一樣的參預精神藏匿在幕後，在客觀的冷靜的描寫中誘發接受者去直接體驗。敘述的

〔註4〕　《略談雁冰兄的文學工作》，1945 年 6 月 24 日《新華日報》。
〔註5〕　參見孔令仁：《〈子夜〉與一九三〇年前後的中國經濟》，《茅盾研究資料》（中）
　　　　第 298 頁，中國社會科學出版社 1983 年版。

視角，是全知全能的，但並不僵化。文化的時差可能會造成有些接受者的距離感，即使如此，作品仍似橄欖般耐人品味，且讓人思索。

誠然，宏闊的題材不一定就構成詩美。赤裸裸的現金交易，股票市場上聲嘶力竭的喧響，工廠、農村裡狂暴的爭鬥，也許更有礙於玄妙幽遠的藝術規律，但是，文學的詩魂從來就是壯美與優美，陽剛與陰柔，雄厲與古樸交糅毗配的。物理世界中自然多有光風霽月的時日，但也不無淫雨狂濤的變幻。精神世界是客觀世界的折射與組合，自然就更見豐富。所以馬克思認為，既然每一滴露水在太陽的照耀下都閃耀著無窮無盡的色彩，那麼，精神的太陽無論照耀著多少個體，無論照耀著什麼事物，難道只能產生一種色彩嗎！〔註6〕藝術作品可以表現，也可以再現，可以寫意，也可以趨實，可以是內向的，也可以是外向的，可以寫變態的心理感應，也可以展現常態的客觀現實。想起托爾斯泰在《戰爭與和平》中所容納的俄法戰爭的歷史構架，巴爾扎克在《人間喜劇》中所展現的法國社會，特別是巴黎上流社會「現金世界」的圖畫，就會首肯他們為世界藝術寶庫所提供的新東西。人們曾呼喚文學的本體性，尋求它的內部規律，力圖把藝術推向聖潔的純美境地，但就某種意義來說，文學的殿堂又是最不純粹的。試想，如果把文學中的文化人類學、社會學、倫理學、心理學、歷史學、哲學等諸多學科的成分統統析離出去，所謂文學的本體還剩下什麼呢？文學是語言的藝術，但語言學本身也是一個粗壯的科學體系。所以近年來尋求本體的純文學研究者，也不時求助於費爾迪南·德·索緒爾的理論。王蒙和王幹在《文學這個魔方》的對話錄中說得頗有趣：魔方是由各種各樣的色彩、色塊組成，文學也是由各種各樣的社會的非社會的，審美的非審美的多重因素構成。如果把教育功能比作紅色色塊，審美功能比作藍色的，為了強調審美功能以至取消其他色塊的存在，那麼，文學這個魔方只剩下藍色的一面，純粹是純粹了，但單調的藍色與單調的紅色一樣令人討厭和膩味。

由於對「左」傾思潮的危害進行歷史的反思，更加關注文學的審美價值取向，乃至對重大社會題材的小說失去了應有的品評尺度，在一段時期以內出現這種價值傾斜和逆反心理是可以理解的。但是，歷史與現實的文化時差、期待視野的不同卻不應泯滅。事實上，在 20 年代末、30 年代初國家與民族處於憂患深重的歲月中，把文學作品從狹窄的藝術宮闕中拓展出來，形成社會

〔註6〕 參見《評普魯士最近的書報檢查令》，《馬克思恩格斯全集》第 1 卷第 7 頁，人民出版社 1961 年版。

剖析的視野，關注垂死與方生的歷史走向，這意味著審美感知和藝術把握世界方式的突破。所以普實克認為，「不應當把這種對事實、眞相、現實的偏愛完全或者主要作爲一種消極因素看待。無疑，正是因爲尊重現實和眞實性，中國文學才沒有跌進不加約束的想像的泥潭裡，它使中國作家對文學創作一直持有特別清醒的、有意識的和負責的態度，使他們的大部分作品具有高度的道德水準，即使是從道德觀念出發，也不允許作者歪曲眞理，把文學作品變成賣身求榮的工具，像在其他文學中出現的情況那樣。」〔註7〕如果把《子夜》同美國的辛克萊、德國的布萊希特、法國的阿拉貢、艾呂雅、土耳其的希克梅特、智利的聶魯達的作品聯繫起來，便會發現：正像現代主義是世界性的文化思潮一樣，左翼的文化思潮，革命的寫實主義，也是一種世界性的文化趨向。

二

　　《子夜》以再現性的藝術表明，作家不僅是時代、歷史的觀察者，而且是透視家。作品在全景式的既堅實又自由變幻的空間中，深蘊著作家的社會剖解精神和作品所探索的歷史對人的制約性和內驅力。可以看出，在《子夜》中虛實的社會環境，已不再是靜態的襯景，而是具有脅迫力的動態存在。它主宰人們的命運，推動人物性格的變異。可以說，人物的喜怒哀樂，每一次的生命的律動，都在環境的左右之中，這個歷史境遇已經構成作品的「大角色」，成爲情節波瀾起伏的內驅力。從藝術方法上說，有人稱這是「人物——環境」模式。這倒也符合茅盾所遵循的現實主義原則。正是在社會剖析的視野和「人物——環境」的模式下，《子夜》把人物群體和歷史的制約作爲描繪的重心。買辦金融家、工業資本家、土頭土腦的地主、工人群體、革命工作者乃至上海灘上的交際花，構成了錯綜複雜的人際關係。一切都在歷史的波瀾中起伏著，個人的命運由時代、社會所主宰。這時候，作品再現性已從表象的逼眞，形態的眞切進入歷史的深層中，而理性的透視力，正加深了對歷史律動的捕捉。由是，諸多直觀的景象都現出歷史的眞面。例如，吳蓀甫同趙伯韜的鬥法，始終在歷史的鐵律的觀照中進行。趙伯韜曾以放肆的腔調作出如此的估量：

　　　　中國人辦工業沒有外國人幫助是虎頭蛇尾。……哈，哈！吳蓀

〔註7〕《普實克中國現代文學論文集》第100頁。

甫會打算，就可惜我趙伯韜要故意同他開玩笑，等他爬到半路，就
扯住他的腿！

三個月後再看罷！也許三個月不到！

同趙伯韜的謀略相對應，吳蓀甫等人則從民族工業家的意欲出發，企圖使自
己的產品「走遍中國窮鄉僻壤」，於是出現在血肉的噩夢中相搏的局面。這種
矛盾，反映在證券所的「多頭」與「空頭」的鬥法上，反映在工廠企業的控
制、吞併與反吞併上，也直接地驅遣人際關係構成的離散和重新組合。這情
況，使奔走於吳、趙兩巨頭之間的經濟學教授李玉亭也不能不承認：「趙伯韜
與吳蓀甫的糾紛不是單純的商業性質」。

作品明暗隱顯地展現出，現金世界的「魔方」由無形的巨手在主宰，個
人的命運由歷史所決定，一切都在「人物——歷史」的怪圈中起伏動盪。從
吳蓀甫同趙伯韜的廝拚，到裕華絲廠黃色工會中錢葆生（蔣派勢力）同桂長
林（汪派勢力）的矛盾，雷參謀同黃奮的牴牾，一一顯現出經濟的、政治的
複雜動因。作為文化學的具體而完整的人來說，有時可能會被沖淡一些，但
作為社會學的社會關係總和的人，卻被倚重和強調著。正如普實克所說：「茅
盾的敘述都是針對整體的，即使他講的是某個人的命運，我們也總是會感到
那是體現某一類人命運的典型，那個人的處境不是個人的，而是很多人所處
的典型環境。例如，《子夜》中吳蓀甫的故事就是整個中國資產階級的故事」。
「茅盾在他的作品中所描繪的是中國千百萬人的命運。毫無疑問，他非常成
功地用精確的觀察和現實的筆法揭示出整個中國現代社會的特徵」。〔註8〕

有人說，人所追求的對象就是人所顯示出來的本質。這話就藝術追求來
說不無道理。如果把史詩般的建構看成是《子夜》所追求的實體，那麼這種
宏偉的對象正反射出作家的主體審美取向。《子夜》把歷史、人生、階級、民
族的命運，納入到現代的律動之中，形成了自我的審美風範。

在《子夜》的結構關係中，的確融貫著悲愴的氣韻，顯示出人對命運的
無以抗拒的力量。但是，這似乎同古代說部中的「天命」觀無緣，同古希臘
悲劇中冥冥中超然的「命運」之神也是異質而同構的。顯然，理性統率下的
社會剖析目光不只顯示出人作為歷史的承受者、受動性的苦難，同時也竭力
表現歷史合乎規律的「期待視野」。可以說，呼喚黎明是《子夜》審美意向更
為重要的方面，這正是 1930 年中國大地的動盪的回聲。這部長篇最初命題是

〔註8〕 《普實克中國現代文學論文集》第 145 頁。

《夕陽》，副題是「黎明，一九三○年中國的故事」。出版時定名爲《子夜》。茅盾解釋說，「夕陽」取自前人「夕陽無限好，只是近黃昏」的詩句，以喻蔣政權當時表面上全盛，實際上已「近黃昏」了。「子夜」既涵蓋舊中國的黑暗，也潛隱通過黑暗走向黎明的意向。「子夜」是黑暗深重的時刻，也是黎明前的黑暗。作品在雙向逆反形態中深化著思想。現實與未來，垂死與方生，都以豐富的內涵包容其間。

「白色的都市和赤色的農村的交響曲」，在虛實幻變的構架中展現出來。對有些神龍見首不見尾的筆墨，作家固然並不滿意，但是如果「太明顯」地強調起來，《子夜》的出版機會也就會被檢查官老爺扼殺了。儘管如此，書中還是捉住了大時代轉換期的許多特徵予以顯現。紅軍戰爭在作品中自然不是重點，但有近三十處透露出威懾人心的力量。作品開端吳老太爺的倉皇來滬，便點化出四野不安的勢頭。繼之，在農民運動和紅軍戰爭交錯中拓展出農村的變異。雙橋鎮事變是頗爲醒目的：「四鄉農民不穩，鎮上兵力單薄，危在旦夕」的電文，使得吳蓀甫陷於惶惶不安的境地。那些頸圍紅布，手拿各式武器的農民衝進地主宅邸興師問罪的壯舉，在 30 年代初的文學中是全新的景象。此後，在結構上失卻了連續性，不過四野的風暴依然不時閃現。李壯飛、何愼庵、馮雲卿躲來上海，也是「地方鬧共匪」、「農民騷動」的緣故。用李玉亭的話來說，「江浙交界，浙江的溫台一帶，甚至寧紹，兩湖，江西，福建，到處是農民騷動，大小股土匪，打起共產黨旗號的，數也數不明白。長江沿岸，從武穴到沙市，紅旗布滿了山野……」這無疑是一幅燎原之勢的革命圖譜。

至於紅軍革命戰爭的遊動雖然是在斷續的背景中表現的，但是在作家精確的運籌之中同樣造成史筆，而且閃現出威逼人心的力度。「共產黨紅軍彭德懷部佔領了岳州！」「紅軍威脅漢口！」「紅軍打吉安，長沙被圍，南昌，九江都很吃緊！」時時以讓人興奮或吃驚的信息傳遞著。在連《馬氏文通》的「馬」字都犯禁的年代，這自然顯示出作家的勇氣。如果同《彭德懷自述》比照，便會發現作家觀察的眞切和信息捕捉的及時。將歷史包容到作品中來，這在《子夜》的建構中已經不再是種襯托，而成爲左右人心的力量，形成時代的律動。這從作品中上層社會、不同層面人物的反響中曲折地反射了出來。地主、資本家們在相互間鬥法時各盡兇殘之能事，但對紅軍戰爭、工農運動卻都談虎色變，他們眞的承認共產黨是「眞老虎」。敏感的李玉亭等人已經預想到作「白俄」的命運了。他甚至想到——「白俄失去了政權，還有亡命的

地方，輪到我們，恐怕不行！到那時候，全世界革命，全世界的資產階級——
——」

　　值得注意的是，對於城市革命的反映，呈現出繁雜幻變的景象。作家及時地把剛剛展現的事態鑲嵌到藝術的框架中來，卻又以敏銳的感受，對於「左」傾盲動主義所釀成的苦酒不乏思辨和批判的態度。裕華絲廠工人罷工鬥爭的失敗，乃至南京路上的「飛行集會」，都不失否定的意味。這在「左」傾教條主義的氛圍中，顯示出作家的真知。長篇竭力從革命的實際工作中揭示歷史的真實情況和複雜的心態：

　　　　「不行！明天不把鬥爭擴大，總罷工就沒有了！明天裕華絲廠
　　要是開工，工人群眾全體都要動搖了！」

　　　　蔡真狂怒地激烈反對。瑪金也再不能鎮靜了，立刻尖利地說：

　　　　「照這樣說，可見這次總罷工的時機並沒成熟！是盲動！是冒
　　險！」

　　　　克佐甫的臉色立刻變了，兩手在桌上重拍一記，他嚴厲地制止
　　了任何人發言，堅決地再下命令道：

　　　　「瑪金！你批評到總路線，你這右傾的錯誤是很嚴重的！黨要
　　堅決地肅清這些右傾觀點！裕華廠明天不罷下來，就是破壞了總罷
　　工，就是不執行總路線！黨要嚴格地制裁！」

　　就這樣，在作品中展現了實際革命鬥爭中的矛盾。按照茅盾的構想：克佐甫是立三路線的執行者，蔡真，時「左」時右，蘇倫是取消主義傾向者，只有瑪金較為切實，對於「左」傾路線有所覺察，有抵拒，但只是一個二十許的女子。作品在圍繞裕華絲廠的論辯中，實際上觸及到對「左」傾盲動主義路線的否定。

　　不過，作家對於這個側面的描寫並不滿意。後來，他曾幾次談到這點。1959年3月在給美國進步作家瑪爾茲的信中說，《子夜》中的「幾個共產黨員的形象，不夠鮮明清晰，這也是重大的缺點。這幾個共產黨員（做工人運動的中級幹部），其中有教條主義者，也有托洛斯基分子。這是一九三○年中國上海的一種情況。因為寫得隱晦（當時不得不如此），今天的中國青年也不會一看就明白，無怪乎一個外國讀者會弄不清了。但主要還應當歸咎於我沒有足夠豐富的生活經驗，故而不能把這幾個黨員的形象寫得真實而又生動」。〔註9〕

〔註9〕《茅盾書信集》第190～191頁，文化藝術出版社1988年版。

三

　　長篇史詩性的內涵是十分豐富的。不僅在政治、經濟、軍事等領域都有所涉獵，而且在人倫、道德、情愛、眾多的人際關係中積澱著時代的神髓。這賦予《子夜》以社會風俗史的意味，強化了作品的深厚內蘊。

　　子夜的上海，是冒險家的樂園。這裡，金錢成為社會權力的第一槓桿。在一切事物中，潛隱著以現金為轉移的利害關係。物欲我求，扭曲了人們的習性。道德、倫理、愛情和一切事業上聖潔的稱謂，在冷酷的現金交易中間都化為銅臭沾汙了的別號，人的心態在異化著。《子夜》在藝術觀照中顯示出這方面的意向。在作品中，吳老太爺和吳蓀甫的父子關係已經被利欲所覆蓋了。吳老太爺的喪儀，給予吳蓀甫帶來的不是悲痛，而是追獲利潤和投機鑽營的機運。同樣的，吳蓀甫和杜竹齋的親戚、倫理關係，也只是一種浮現的表記，真正左右他們的還是利害得失。如果在吳、趙決戰的時刻，益中公司的「友軍」杜竹齋能加入火線助一臂之力，「空頭」們便可望勝利了。可是，恰在吳蓀甫離開火線尋求生機的時刻，杜竹齋坐著汽車來了。「兩邊的司機捏喇叭打了招呼，可是車裡的主人都沒覺得」。到頭來幫助趙伯韜戰敗吳蓀甫的正是杜竹齋。這種金錢關係在封建地主馮雲卿身上表現得更為卑劣和齷齪。為了撈回在公債市場上沉下去的血本，他竟然教唆女兒──馮眉卿到大塊頭趙伯韜那裡用肉體去探取消息。這情節是有悖於人倫之常的，但卻吻合一個完全破產的賭徒的變態心理。作家在污穢的氛圍中，以心理現實主義的描繪表現了銅臭欲剝落了一切倫理、道德假面的過程。

　　在子夜的社會中，所謂聖潔的愛情同樣脫不開金錢的魔爪。正是這個因由，杜竹齋反對杜學詩同林佩珊婚配。對此，杜姑太太對杜竹齋說得是很透底的：「都是你嫌他們林家沒錢」。而經濟學教授李玉亭對張素素的愛情追求之所以冷淡下來乃至感到失望，也是與「孔方」有關的。且看吳芝生和范博文的對話：

　　　　「……你還不知道李教授對張素素也感到失望呢！」

　　　　「什麼，灰色的教授也配──」

　　　　「也有他很配的，例如在銅錢銀子上的打算。」

　　　　「哦──又是和金錢有關係？」

　　　　「怎麼不是呢！因為李教授打聽出素素的父親差不多快把一份家產花完，所以他也失望了。」

這類揭示是深切的。就實質來說，這種愛情和婚姻，同趙伯韜玩弄劉玉英有多大差別呢？林佩瑤的二重生活與苦痛，難道不也是陷入金錢淵藪的體現嗎？文學作品的情節和細節，總是作家審美觀照的體現。因此，看似隨意點染的畫面，無不介入審美意識，按照作家的美與醜的準則組合生成的。正是基於此，恩格斯不僅從總體上肯定巴爾扎克的《人間喜劇》「給我們提供了一部法國『社會』特別是巴黎『上流社會』的卓越的現實主義歷史」，同時，也稱讚他在細節描寫上的豐富和深刻，認爲巴爾扎克是「對現實關係具有深刻理解」的作家。〔註 10〕《子夜》正是從現實關係的深刻理解中，揭示出在金錢的魔力下愛情、婚姻等等商品化的特徵。

至於那些掛著詩人、教授、律師徽章的人，也難於逃脫對錢袋的依附。至少這是《子夜》中作家的觀念的體現。經濟學教授李玉亭、律師秋隼，不正是這樣的角色嗎？在吳蓀甫鼎盛的時日，他們都是吳府的知己、常客，終日爲吳府奔忙；當吳蓀甫日暮途窮時，這些人便攘攘笑笑地簇擁那個身材高大的漢子——趙伯韜去了。馬克思、恩格斯說得明白：「資產階級抹去了一切向來受人尊崇和令人敬畏的職業的靈光。它把醫生、律師、教士、詩人和學者變成了它出錢招雇的雇傭勞動者」。〔註 11〕就人際關係審視，《子夜》的藝術內涵是深刻的。

由此可見，作爲史詩般的長篇小說，《子夜》在歷史、人的制約關係中多維地表現了 30 年代的中國社會。作品以開闊的視野，工細的筆墨構成了城市與農村的交響樂。

〔註10〕 《馬克思恩格斯選集》第 4 卷第 462 頁。
〔註11〕 《馬克思恩格斯選集》第 I 卷第 253 頁。

《子夜》與都市題材小說

一

　　都市題材的小說在 30 年代愈加引起人們的注目，並不是偶然的。時代的風雲，在神經敏銳的都市生活中塗抹上濃濃淡淡的色彩，逼使得人們不能不感受、觸摸、透視到它的變異。光怪陸離的景象，喧囂的聲浪，長街小巷的焦慮不安和哀怨歎息，都曲折地蘊滿了民族危難和階級矛盾的歷史風塵。這時節，經過文學革命煉冶、培育的許多作家，從國外或中國四野擠進了都市的亭子間或小雜院，使文學事業更加熱鬧起來。他們帶著個人的聲態笑貌，從不同的視角和意向去解釋生活，這樣，都市題材小說——作為都市文學的重鎮，便成為現代文學深入開拓的一個重要領地。

　　自然，作為一種文學現象湧現在精神市場上，都市文學或城市文學並非自 30 年代始。就它的歷史傳統來說，我國的唐代傳奇、宋代話本，都同它保持著明顯的淵源關係。如果把後來的宏篇巨製《紅樓夢》也包容在這個範圍的話，那就更加富麗堂皇了。假如認為《紅樓夢》畢竟是圈在大觀園裡的貴族領地，都市的色調有些淡化，或只是隱約曲折地顯露出都市氛圍的話，那麼，從先於它而出世的《金瓶梅》中卻可以窺見市民社會的諸般情境。

　　文學史家在探索中國都市文學的脈絡時，目光也時時同西方社會加以比較。在那裡，被史家認定的「城市文學」濫觴於歐洲中世紀的城市的勃興。這些城市文學，都是應市民的審美需要而孕生的。比起後來巴爾扎克、司湯達筆下的資本主義世界，中世紀的所謂「城市文學」只能是它的前奏。茅盾在 20 年代詮釋說：「文學批評家指近代歐洲文學為都市文學，蓋因近代大都

市，以刺激性極爲強烈的都市爲中心，與從前各世紀之文學，迴不同也」。
〔註 1〕

都市文學或城市文學的歷史源遠流長。而在文學史上，主要指反映近代都市生活的文學。這中外的都市文學都給現代中國文學以補養和影響，在不同作家的作品中輕重隱顯地透露出它們的影子和神韻來。

都市文學的內涵自然是比較豐富的，它包容著詩歌、戲劇和小說等不同類別。這裡只能就小說的範圍與《子夜》進行探討。

二

都市文學在現代中國文學的勃興期，是同「鄉土文學」、「問題小說」一起顯露頭角的。魯迅可以說是它卓越的開拓者。茅盾認爲，《幸福的家庭》和《傷逝》便「彈奏著『五四』的基調的都市的青年知識分子生活的描寫」，「表現了『五四』時代生活的一角」。〔註 2〕《一件小事》也應該划算進去，雖然這只是一張略圖，一個插曲式的生活斷片。在「五四」基調的都市題材小說中，郁達夫同魯迅是異趣互映的。他從古都北京到十里洋場上海都有所反映。魯迅小說的「志隱而味深」，以深邃而諷喻的意味探取了都市人生的社會因由，郁達夫則更重於主觀色調的塗抹。他的《薄奠》和《春風沉醉的晚上》，與其說觸及到都市的深層社會的病苦，毋寧說是借助工人、人力車夫生活的抒寫，潛露出「自我心境」，而都市之光只是曲折的映現。如果說，魯迅在沉鬱的氣氛中探觸到更深層的事理，那麼郁達夫的心境的抒發則往往削弱了理性的辨析力量。涉筆「五四」基調的都市文學，自然不限於魯迅和郁達夫，彭家煌、王以仁和葉聖陶等對城鎮的人生都曾有所抒寫。而蔣光慈的《短褲黨》則在新文學第一個十年的尾聲中，正面地表現了大都會中工人階級的壯烈鬥爭。作者說，《短褲黨》的立意是使它成爲「中國革命史上的一個證據」。〔註 3〕當然，在歷史的檢驗中，可能會發現這部中篇對於生活的篩選和人物的熔鑄還多有不足，但是對那情境的創新和對革命的熱情傾注，無疑在都市文學中標誌出一個新的方向。

到了 30 年代，都市文學的發展則別具一番風貌。這時節作家的隊伍擴大

〔註 1〕 引自茅盾《文學辭典》未刊手稿。
〔註 2〕 《讀〈倪煥之〉》，《茅盾論創作》第 227 頁。
〔註 3〕 《短褲黨·寫在本書的前面》，《蔣光赤文集》（1）第 213 頁，上海文藝出版社 1932 年版。

了。除茅盾、老舍、巴金等頗負盛名的作家外，在左翼文學運動中湧現出一批新人，他們對都市社會和人生進行廣泛的探索。除為數眾多的短篇外，中長篇小說增多了，以恢宏的框架，不同的力度，多側面地展現了大都會的變化。中國社會發展的不平衡性和錯綜的矛盾關係，給都市人生塗抹上了斑斕的色彩，同時，作家感知視角的不同，立意的差異，就更賦予 30 年代的都市文學以特有的深度和廣度。比方說，同樣對古都北京進行描繪，由於視角和審美的差別，便會構成迥異的情境。老舍的創作是神於北京世態的，從他筆下的百科全書式的市民王國裡，人們不能不首肯他對古都北京社會風情的深知，而稱頌他是地道的舊中國炎黃子孫的靈魂和世俗的解剖者和表現者。他批判市民的愚妄、庸碌、守舊加上幾分「京油子」氣味的境界，卻同情他們的苦難和不幸的際遇。但是，在他的視角裡，中國的古老都城是以緩慢的節奏向前行進的。那裡的酒肆茶館，街坊雜院，染著東方古都陳舊的顏色，緩緩的都市生活的泥流，依然可以聽到駱駝的鈴聲。像《駱駝祥子》裡所描繪的：「駱駝——在口內負重慣了——是走不快的。不但得慢走，還須極小心的慢走，駱駝怕滑；一汪兒水，一汪兒泥，都可以教它們劈了腿，或折扭了膝」。在老舍的筆下，負重慣了的都城，像駱駝一樣，是以徐緩的行速，在今天和明天、光明和黑暗的交錯間，邁著歷史的腳步在前進。就此說來，在他的藝術感應中可能同激盪的時代風潮尚有距離感，但仍然不失為一個側面的歷史風貌，因為沉滯的世態風情，確鑿映現出中國社會緩慢的節奏。這種獨特的視角和方位，也標誌著京派作家的某些特點。與此相照映，在也是以北京的都市生活為描寫對象的《光明在我們的前面》中，胡也頻的視野和角度就迥然而異：

> 偉大的北京城是一個風暴！
>
> 而且這一個風暴正在繼續著——高漲，擴大，沒有邊際。在這個風暴裡的人們都是很瘋癲的。誰的感情和思想都受了急劇的變動，變動在這一個緊張的漩渦裡。
>
> 北京城也跟著這一個晨光變動起來了。彷彿這一個大城是一隻猛獸，又從熟睡裡醒起來，醒了便急劇的活動和喊叫，造成另一種不同的新的空氣。

讀胡也頻的小說，會自然地想起丁玲的見解：你可能看得出「他的生活的實感還不夠多，但熱情澎湃」。特別是這部作品的最後幾章，丁玲說，「我

以二十年後的對生活、對革命、對文藝的水平來讀它，仍覺得心怦怦然，驚歎他在寫作時的氣魄與情感」。〔註4〕正是這樣。如果說，老舍的都城的腳蹤是迂緩的，那麼胡也頻的都城的節奏則飛揚馳騁。老舍側重於抒寫沉滯昏暗的北京的世態風習，胡也頻則是描繪從「熟睡裡醒起來」的世界。在胡也頻的作品中，理念重於生活的傾向是存在的，這正好從老舍的作品中得到了補正；而左翼作家的銳意進取的目光，也促進了京派藝術家的前進的步履。這不同側面的把握，不同的感知，恰恰從不同的生活窗口觸到了時代的脈搏，看取到中國都市的複雜建構和豐富的現實。同時，也反映了30年代都市文學的多棱鏡角以及它所達到的深度和廣度。

與此同時，30年代的都市文學也顯示了作家風格的逐步成熟。風格，自然是同作品所表現的題材、內容和形式特徵攸關，但是，按照德國威廉‧威克納格的見解，由於創作中的精神機能所具有的心理優勢和主動性，它又可以分爲三種類型：智力的風格，想像的風格和情感的風格。〔註5〕據此推演，在都市文學的作家群體中，老舍的風格顯然屬於智慧的。他機智而幽默。他所表現的幾乎都是平凡人物的悲劇，但又在他特有的藝術世界裡浮現一層喜劇的色彩。如果說，在他早期的作品中還追求那浮在生活表層的笑料，那麼對於市民命運的探索，使他對都市人生的命題日益嚴肅起來，從而構成悲劇與喜劇的統一，形成內莊外諧的美學風格。如果從藝術風格的延續性和影響加以考慮，他的都市文學畫稿具有英國文學中的溫婉與諧趣韻味，但在更大的程度上，從風情到色調都保留著東方的意象。就傳統來說，也許同我國的市民文學靠得更近些。這從30年代出版的《離婚》(1933)、《牛天賜傳》(1934)和頗有影響的《駱駝祥子》(1936年發表，1939年出版)等作品中，反映得比較充裕。巴金則有些不同了。他對都市人生的描寫是富於激情的。他的「激流三部曲」是用濃鬱的情感揮寫的封建大家族的悲劇。老舍關注的是市民社會，巴金則以青年一代的幸福、愛情以及他們的希望和抗爭爲自己的中心命題。作家和他的人物一起咀嚼著苦痛，品味著辛酸，也以憤懣的情思詛咒他們不幸的際遇。所以，有人認爲「就對讀者的影響說，『熱情』還是一把主要的煽動的火」。〔註6〕沈從文是長於描繪湘西農村景物的作家，同時也寫下了

〔註4〕 《一個眞實人的一生》，《丁玲文集》第5卷163頁。
〔註5〕 參見威克納格：《風格概說》，《文學風格論》第24頁，上海譯文出版社1982年版。
〔註6〕 王瑤：《中國新文學史稿‧城市生活的面影》，上冊第234頁，新文藝出版社

一些都市人生的篇什。他的《八駿圖》、《都市一婦人》等篇都可以從都市文
學的鏡角加以解釋。他的一些作用，頗能造成城市與鄉村的對比度和距離感。
城市的生活是污穢的；鄉村淳樸自然，城市的「文明」已向鄉野浸染：這似
乎就是沈從文作品著意宣洩的觀念。《鳳子》中的人物對城市的紳士說：「我
以爲城裡人是要禮節不要眞實的，要常識不要智慧的，要婚姻不要愛情的。」
這裡自然也融會著作家的情、智和理念。在藝術上，沈從文富於想像，執著
地追索意境。他的技心匠意，著實耐人尋味。有人說，「他熱情地崇拜美」，
讀他的小說，「是我們感覺，想，回味；想是不可避免的步驟」。他是「熱情
的，然而他不說教；是抒情的，然而更是詩的」。〔註 7〕不過，正是由於他把
生活蒙上了詩的面紗，在調理材料時便使得生活的深層旨意陷於朦朧中而有
失眞的光澤。這就在時代歷史的、美學的調色板上失去了尺度。當然，某些
好的都市小說卻可以從一粒沙顯示出大千世界。短篇《生》，著墨不多，可是
那個在烈日下流著汗，做假把戲對付眞實難熬人生的老頭，整天用笑臉看著
跟蹤的巡警，卻不能不使人似乎看到他咽到肚子裡的血淚。

　　比較起來，左翼文學新軍的崛起，從總體上觀察更重於歷史的反思和理
性的思索。胡也頻、丁玲、王西彥、蔣牧良、魏金枝、萬迪鶴、歐陽山等，
都從不同的側面給都市文學留下了新的印跡。他們帶著時代的政治敏感，努
力掘取都市生活的動力，有意識地看取工人階級的人生，使自己的作品具有
特殊的色調。他們用理想的光澤探觸陰暗生活的剖面，愈加揭示出醜惡事物
的本相，同時，理想的目光也會在陰暗的角落裡看取到新的力量和新世紀的
光芒。例如王西彥的《曙》、蔣牧良的《夜工》，儘管有些簡單，或者還囿於
固定的模式，但是揭露都市生活的醜惡與努力捕捉時代大變動的信息，恰成
雙向逆反的變奏。魏金枝的《奶奶》，彷彿是大都會的插曲，較多地從側面的
描繪中塑造了一個可敬的革命女性。生活地位的卑微和精神的高尚，恰成理
想的頌歌。萬迪鶴的《達生篇》，敘述的格調頗爲俏皮，使人想到《阿 Q 正傳》
的調子和語感，那情節的邏輯卻明示出只有抗爭。自然，知識階級的生活依
然是左翼新軍所熟悉的。但從一些作品考察，可以看出作家竭力想在理性的
意向下，衝開「革命＋戀愛」的框架，跨出新的一步。胡也頻的《光明在我
們的前面》和丁玲的《一九三○年春上海》之一、之二，都是這方面都市生活

1954 年版。

〔註 7〕 李健吾：《邊城》，《李健吾文學評論選》第 52 頁，寧夏人民出版社 1983 年版。

的剪影。在胡也頻筆下，劉希堅和白華的愛情觀念的轉化明顯地反映著作家
對於革命的傾注。丁玲作品中主人公的生活，同「五四」基調的婚姻與愛情
的感應相比，顯然留下的是新的時代的印跡。這裡的主人公美琳所面臨的苦
悶，已經不是個人命運同封建束縛的衝擊，或者說，她們已經從巴金的《家》
的牢籠中衝向了大都市。直面的現實教給她們的是：怎樣更有意義地在時代
風濤中充實自己的愛情生活。可以認為，胡也頻、丁玲的作品在更深的層次
上表現了都市知識群體前進的蹤影。但是，對這時期聚集在都市文學周圍的
左翼新軍來說，他們的社會分析，他們對時代氣氛的捕捉，仍然未能在生活
的血肉中形成一種內聚力，意念、理想的鼓動尚大於形象，還不善於把本質
轉化為直觀現實並在現象中顯示自己。

　　這裡，也應當指出，都市文學的命題在 30 年代並沒有引起足夠的探討。
就論及的都市文學作家來說，也很少有人自覺地為都市文學單一的方向而獻
身。有些作品雖然題材觸及到都市生活，但也只是鑲嵌在周圍的框架或僅僅
作為襯景，都市的情境畢竟是淡漠的。沈從文的《八駿圖》情節設置在青島。
但海濱的沙灘、陽光，只能充作故事的襯景和道具，作家的旨趣顯然在表現
知識群體的心靈情態，整體故事並不想傳遞更多的都市信息。《都市一婦人》
自然不失精心的熔鑄，它的愛的糾葛和奇異哀豔的變態寫照深深地見出「文
明」中的污穢和上流社會的病態，不過，從都市生活的時代感來說，多近於
暴露的一端。巴金的《家》的故事是在成都展開的。作品只是從都市的一角
來看取「五四」前後的社會。至於一些短篇小說，作為情境的連綴來說，誠
然可以構成都市的林林總總和不同的層面，但是某些篇章依然處於散點透視
的狀態。總之，作為一個歷史的發展過程，亟待全面而豐富地把現代的都市
人生作為審美感知的中心，呈現在讀者面前，使之構成社會總體的一部分，
真正顯示出它的真、善、美或逆反的形態。《子夜》這部長篇正是在這樣的文
學發展的情境中誕生的。

<h2 style="text-align:center">三</h2>

　　茅盾關注都市文學。他不僅對「五四」以來的「鄉土文學」和「問題小
說」有自己的見地，也時時對都市文學的發展傾向加以評述。1933 年發表在
《申報月刊》上的《機械的頌讚》、《都市文學》等，都是這方面的力作。他
不否認當時「消費和享樂是我們的都市的主要色調」，但認為應該透過分析捉

住都市生活的主流，把握都市生活的大動脈，加以表現。他指出：

> 我們有許多描寫「都市生活」的作品，但是這些作品的題材多半是咖啡館裡青年男女的浪漫史，亭子間裡失業知識分子的悲哀牢騷，公園裡林陰下長椅子上的綿綿情話；沒有那都市大動脈的機械！間或有之，那就被當作點綴品；間或不是點綴品了，卻又說成非常可憎的東西，叫人一閉眼就想像到那是油膩的，喧囂的，笨重而且惡俗。〔註8〕

茅盾抵制僅僅把都市作爲消極的怪誕的現象加以描繪，也批評那些囿於知識階級哀聲歎氣的東西，主張要有「透視的分析」，在紛紜的現象的捕捉中，在機械運動的旋律裡，探求它的「創造的，美的」節奏和那「操縱機械造成失業的制度」。這樣，就需要擺脫「鄉村居民」的目光，用科學的頭腦看取現代化的大都市的傾向。他以自己的創作實踐，不獨提供了中小城鎮在資本主義侵襲下急驟變異的圖畫，也描繪了武漢、重慶等都市的歷史風貌。而《子夜》則給 30 年代「冒險家的樂園」上海塗上了濃彩重墨，使「一九三〇年動盪的中國得一全面的表現」。《子夜》真正地創造了都市文學的新篇章。如果說，都市文學爲魯迅等作家所開拓，他們大多在都市的一角中展示了思想和藝術力量，那麼 30 年代都市文學在茅盾的藝術實踐裡，便顯示出更高的層次，具有更加豐富的內涵。《子夜》的出世，從現代化的藝術水平上提高了小說的境界。它把大動盪的現代中國作爲審視的空間，以歷史的鏡角，在時代動態的畫面上展現了都市生活的光、熱、力。全景式的生活態勢，賦予作品的表現方式、語言和結構以嶄新的特徵。那怪獸般的洋房，長街小巷裡卷起的喧囂聲浪，機械旁起落消長的奮爭，公債市場上聲嘶力竭的火拚，家庭、飯店、夜總會裡一切光怪陸離的景象，農村裡時時傳來的突變信息，籠蓋中國四野的炮火硝煙，這一切，都容納到「子夜」社會的總體構思中，或濃或淡，或隱或顯，通過藝術的多棱鏡角構成『以都市生活爲中心的現代中國的社會百態。

無論從都市文學的角度，還是賞鑒 30 年代的全般小說創作，都不難發現《子夜》所具備的恢宏的體制和史詩般的品格。這種宏偉性，包蘊兩個方面：一是它的史的脈絡，一是它的豐富宏大的規格。它既見諸史實的真切，又包容生活的繁富多姿。深廣的都市人生的描寫，清晰的時代風雲的展現，

〔註8〕《茅盾文集》第 9 卷第 69～70 頁，人民文學出版社 1961 年版。

錯綜複雜的矛盾衝突的概括，以及細膩入微的典型情境的刻畫，都使《子夜》
具有整體性的藝術狀貌。就史的規格來說，從創作大綱、提要中可以見出，
許多重大事件，包括時間的設置和情節的安排在史實上幾乎都可以尋出蹤
跡，乃至「無懈可擊」，而更可貴的是歷史的真知，史家的眼力。列寧在論
述列夫・托爾斯泰的歷史貢獻時說過：「如果我們看到的是一位真正偉大的
藝術家，那麼他就一定會在自己的作品中至少反映出革命的某些本質的方
面」。〔註9〕《子夜》的創作，正給人以如此的思索。在 30 年代初，當關於
中國社會性質的論戰正酣，茅盾便從政治史、經濟史、社會風俗史的藝術描
寫中探取到都市變異的規律，進而把這種本質性的感知熔鑄於感性的觀照。
一部宏大的史詩般的作品，自然不同於歷史教科書，但它的容量和深層的表
現，卻會使許多歷史學者、經濟學家都感到興趣。經濟學家錢俊瑞早在 1936
年就提出，研究經濟現象要讀《子夜》，它對瞭解舊中國的經濟特點會有很
大幫助。

　　歌德曾經提出，「如果你想正確，想讓每一種作品都擺在正確的地位，
你必須拿它和一般德國文學擺在一起來衡量，這就要費不少工夫去研究。」
〔註10〕這話移來認識《子夜》同都市文學的聯結和異同，是很有意義的。老
舍對古老都城中市民社會的刻畫，當然贏得普遍的首肯。他那滿蘊喜劇風采
的筆墨，對於灰色的社會、灰色的人物的批判，並在批判中又飽含同情的妙
處，是沒有人可以取代的。但是，中國社會政治、經濟發展的不平衡，使得
古都舊城（北京）和十里洋場（上海）孿生並存的畸形狀態，也為都市文學
的多彩多姿提供了深厚的土壤。茅盾不僅凝視著古老中國社會的解體，而且
關注現代「子夜」社會的急驟變異和轉化。從老舍筆下徐緩的生活節奏，到
茅盾作品中都市世態的急促的旋律，正是他們不同的審美感受、不同的風
格、不同的藝術鏡角的體現。《子夜》從吳老太爺所象徵的古老封建僵屍的
崩潰，到馮雲卿作海上寓公的掙扎和苟活，以及朱吟秋、周仲偉的破產，吳
蓀甫的奮爭和出盤，赤裸裸地揭示了現金世界利害衝突的鐵的旋律，一切都
在現代中國的大變動中顯示出它的因由。從沈從文的作品中，人們自然欣賞
他所苦心營造的意境和詩味，也領略到城市和鄉村兩個分離世界的差距，但
是，人們也同樣理解在 30 年代茅盾對於城市資本主義進行社會分析的藝術

〔註9〕 《列寧論文學與藝術》（一）第 281 頁，人民文學出版社 1960 年版。
〔註10〕 《歌德談話錄》第 47 頁，人民文學出版社 1982 年版。

功能。一部《子夜》體現了茅盾把歷史的、美學的探求統一的準則。《子夜》沒有《八駿圖》那般迷離撲朔的心境，卻在更深一層的現金天平上對道德、倫理、情愛進行了衡量。現象是本質的，真正的作家都會在浮動、變幻的現象中探索隱藏在後的本質因素。正是在這裡，人們不只認識到《子夜》中愛情結構的含意及其不同的表現形態。劉玉英、徐曼麗像商品一樣浮游在現金的惡浪裡自不待說，就是詩人、教授的貌似聖潔的愛情婚配也難逃金錢的魔網。「詩禮傳家」的馮雲卿竟然唆使女兒用「美人計」去探取公債市場的消息，僅此就深深地觸動了大都會的膿瘡。至於時代的革命風潮，工農民眾的抗爭，這類為不少左翼作家所注目的社會變動的投影，在茅盾的筆下無疑地表現得更顯渾厚、勁遒。在《子夜》的結構中，他把理想與現實、垂死與方生、黑暗與光明交織起來，以冷靜的思索、開闊的視野反映了現代中國的動向。當 30 年代的革命風雲帶著生活的餘熱融會在他的總構圖中，似乎同生活貼得過近，都來不及進行淨化和提純，但卻以敏銳的透視力既反映了群眾運動，又批駁了「左」傾路線所產生的危害。當然，作家對革命風潮的描寫，難免有力不從心的感受，但在愛憎揚抑之間仍能展示宏偉的趨勢，特別是這種趨勢在都市上層社會所造成的心理威壓的描寫，呈現出頗具深蘊的藝術力量。這就見出，《子夜》對都市人生的展現，不是從哪一個側面而是作為中心命題來解剖「子夜」的社會，在總體上把握社會百態，對現代中國進行藝術表現的。《子夜》的出現，不僅豐富了都市文學，而且把小說藝術提高到現代化的峰巒。

人們稱頌老舍以嫺熟的京白，描繪了三教九流、五行八作的市民社會，讚頌巴金提供了兩個革命進程中艱辛奮爭的一代青年的形象，而對於現代化的都市生活來說，《子夜》所塑造的人物系列卻是別具丰采的。據統計，《子夜》中直接和間接描寫的人物達百餘人。作家以民族工業家吳蓀甫為中心，以上海的都市為活動舞臺，把複雜萬端的人物活動都濃縮在為期兩個月的生活中。

在茅盾早期的作品中，是以小資產階級女性作為刻畫重心的。到了 30 年代，女性的形象便退居到次要地位，民族資產階級的歷史命運成為他探索的中心。《子夜》是茅盾自覺地塑造資產階級形象並形成自己美學風格的開始，也是他的創作步入成熟期的標誌。《子夜》就內部聯繫來說，無疑是吳蓀甫的性格悲劇史，是民族工業的衰敗史。作為都市生活的長卷，《子夜》正是通過

吳蓀甫同周圍人物的矛盾糾葛，展示中國社會的。在茅盾苦心營造的人物系列中，凝集著民族苦難生活的圖景，揭示出社會變動的各個側面，叩響了時代精神的音程。《子夜》在總體上構成了 30 年代初的現代中國的形象歷史。

　　企業家吳蓀甫剛愎自用，性格獨特。但是，這個人物並不是屬於「扁平型」的。借用英國佛斯特的概念，他更近於「扁平型」與「圓形」的統一。〔註11〕茅盾是在事端複雜、利欲橫流的現金怒潮中來展示這個人物的，對立的矛盾、衝突潛藏在他性格的深處。作家不取浮面靜態地揭示他的特徵的做法，而是努力使「完滿的內心世界的豐富多彩性顯現於豐富多彩的表現」。〔註12〕正是在這個意義上，吳蓀甫及其周圍的人物在都市文學中獲得了顯赫的藝術生命，而且達到了特有的藝術深度。吳蓀甫果斷而有魄力，但又不免頹唐；十分鎮靜自如，有時卻暴跳如雷；具有遠大抱負，也會見利妄動；抵制革命運動，也憎惡外資侵襲：這是一個在時空變異中生機勃發的人。他不呈單一的色調，卻又在錯雜中凝結著民族資產者的主體性。這自然不是表象的「雜多」組合，而是在生活的深層運動中構成的「圓形」的聯結。從這點來說，《子夜》也爲都市文學的形象塑造提供了新的東西。

　　就藝術表現方法來說，在 30 年代的都市文學中，大多數作家都是沿著現實主義的軌道前進的。但是，有人趨於寫實，有人重於意氣和理念；有的作品建構精妙卻缺乏銳力，有些輕俏或嫌溫和，有的意念高遠，卻因生活貧弱而流於浮泛。茅盾反對那些「淺薄的分析，單調的題材和閉門造車的描寫」。〔註13〕他把寫實同理想熔爲一爐，奠定了長篇小說的革命現實主義基礎。《子夜》的創作，吸取了《紅樓夢》等古典小說的長篇宏制的經驗，同時也竭力衝破封閉式的陳套，大幅度地吸取了外國文學的補養。作家在藝術構思的過程中，巴爾扎克、托爾斯泰、左拉、辛克萊的藝術經驗不時縈回腦際，形諸筆端。在藝術建構、人物塑造、文體語言諸方面，作家努力適應現代都市生活的需求，顯現出自己的特色。以結構的縱橫間織，多線紛呈來說，就在空間上給人以立體感。敘述語言的工細雕刻和全知全能視點的敘述方式，也加深了文體的細密入裡。描寫是冷靜的，卻又從參預者的角度進行剖解；視角的轉換和變動，不斷沖刷著作品可能出現的沉悶感。一般說來，文

〔註11〕參見佛斯特：《小說面面觀》，第 55～64 頁，花城出版社 1931 年版。

〔註12〕黑格爾：《美學》第 1 卷第 304 頁。

〔註13〕《回憶錄·「左聯」前期》，《新文學史料》1981 年第 3 期。

學作品是反對議論的，但正如屠格涅夫把散文引進了小説，魯迅小説透出了
哲理、抒情的韻味，《子夜》關於中國社會的種種思辨議論，也賦予長篇語
言以一定的色素。人物的心理描寫，尤為引人入勝。《子夜》不僅善於描寫
社會關係、生活衝突對性格和心理世界的影響，而且在靜態的心理刻畫和動
態的描寫中轉換著活脱的藝術手段。《子夜》以多彩多姿的藝術顯示出大都
會的全貌，在節奏起伏裡描繪了現代的中國社會。它的一些社會分析，可能
使某些讀者產生所謂「僵硬」感，但卻歷史地顯示出左翼文學的特徵。

<h2 style="text-align:center">四</h2>

都市文學畢竟是個複雜的籠統的概念。其中有堅實地探索都市人生的作
家，有敏感突進的左翼新軍，也有追慕奇異，沉於現代主義的流派。活躍在
30 年代的新感覺派（或稱心理分析小説派），便屬於後一種文藝傾向。穆時
英、劉吶鷗和施蟄存等，在這方面都不同程度地產生過影響。穆時英的作品
中，都市生活的色彩是比較濃厚的。有人説，穆時英對於「普羅文學」和「大
眾文學」全無真趣，他所饗慕的是爛熟的都市「文明」，是「白金女體的塑
像」和「聖處女的風情」。那「籠罩薄霧的秋巷」，都市中的「爵士樂和狐步
舞」，都是用彩色和旋律交織成的。蘇雪林認為「穆時英是我們最成功的新
感覺派的代表；並且是都市文學的先驅作家，在這一點上他可與保羅·毛蘭、
路易士以及日本作家橫光利一、崛口大學相比」。〔註14〕是的，穆時英初期
的作品曾反映了一些闖蕩江湖的下層人的生活，也一定程度地揭示了階級的
對立乃至抗爭的圖景，雖然那些作品中也流露出粗野的流氓無產者的氣質。
但是，在 1933 年前後，他的生活、思想發生了明顯的蜕變。《公墓·自序》
（1933 年 6 月版）比較直露地反映了他對現實的態度。他説：「世界是充滿
了工農大眾，重利盤剝，天明，奮鬥……之類的。可是，我卻就是在我的小
説裡的社會中生活著的人」。「我不願像現在許多人那麼地把自己的真面目用
保護色裝飾起來，過著虛偽的日子，喊著虛偽的口號，一方面利用著群眾的
心理，政治策略，自我宣傳那類東西來維持過去的地位，或是抬高自己的身
份」。這裡的自白，不能簡單地看成是作者對左翼文學的隔膜，而是明顯地
呈現情感和理念上的逆反狀態，乃至在創作上決然走自己的路。正是如此，
穆時英筆下的都市生活百態，不能説對資本控制下的現金社會無所暴露，但

〔註14〕參見司馬長風：《中國新文學史》中卷第 35 頁。

那格調無疑散發出「洋場文學」的氣味。他在作品中較多的追索是消極的病態現象，兩性心理的糾葛和籠蓋全篇的憂傷氣氛，而人物的變態心理和矛盾的性格，只能是那畸形的病態都市生活的投影。然而，作者卻把這種病象遵奉爲生活中眞和美的事物。他認爲寫就是要「忠實」於這種探求。在藝術表現上，則捕捉快速的節奏、跳動的旋律所組成的錯雜的畫面。所以有人說，這是「垃圾糞土裡孤生的一株妖豔的花」。

考察新感覺派的創作，他們師承日本橫光利一等人的東西是不少的。穆時英小說裡的人物，就在讀橫光利一的作品，欣賞橫光的藝術。以橫光利一爲代表的新感覺派，是在日本 20 年代湧現的一個文學派別。他們在日本發生經濟危機和關東大地震後，陷入虛無和絕望的境地，釀成頹廢的文風。日本的新感覺派的傾向，在中國新感覺派中引起共鳴，引發他們在中國都市生活的天地中展開自己的探索。

中國新感覺派的都市文學，是以大都會的快速律動爲主旋律的。就急驟的變異和快速的節奏來說，《子夜》同新感覺派的創作不能說沒有相像處，但相像並非相同。這相像的本源在於紛紜複雜的現實生活。生活中有光明，也交織著黑暗；有積極的光與力，也夾雜著消極刺耳的噪音。美與醜在不同的人的感覺中完全可以扭曲、變形，從而在不同的作家的心理感應中構成不同的影像。正如同樣以風月爲題材，有人可以發思古之幽情，魯迅卻以對應逆反的「月黑殺人夜，風高放火天」的古詩爲證。《子夜》反映 30 年代的上海社會，把大都會的律動，把生活的急驟變異和快速節奏，把矛盾、紛爭、角鬥，都容納、交織到作品史詩般的情節中來，而且在紛雜中把透視力凝聚在這樣的焦點上：在機械的旋轉裡，正在形成「創造的美」的節奏。地火在運行，世界必將大變動的信息動盪著整個都市社會，威逼著上層社會人們的心靈。新感覺派的作品則呈現著逆反的狀態。他們同樣以大都會爲自己的描繪對象，在作品中也一定程度地詛咒上海這個「造在地獄上面的天堂」。然而，在社會動亂中，他們所感覺到的卻是那些錯雜紛亂的人生表象。焦躁、不寧、虛無、頹唐，在他們的視網膜上結成焦點，構成難於排遣的愁雲暗霧。穆時英的《上海的狐步舞》所展示的正是這種印象。充塞作家感官的是舞廳、娼妓、暗殺和淫欲。《夜總會裡的五個人》，可以說是夜上海的生活縮影。但是，不論是交易所裡的破產者、失戀的大學生、失業的政府職員、青春難再的交際花，還是迷失方向的學者，無不陷於迷惘苦悶之中。頻頻交錯的畫面，把生活的連貫性全部攪亂，一切似乎只是刺激神經的碎片。人物從傾斜、失調

的生活中來，在瘋狂的刺激中走向絕望的墓地。作者的神經似乎也處於四分五裂狀態而難以梳理。

應該說，新感覺派對都市生活的表現是不拘陳套的。他們以心理感應，直覺地感知事物，以奇特的語言組合反映直覺的神經波動，從而造成飛動幻變的畫面。但由此也就排斥正常的思維規律，失去了條理的敘述規範，以及時間和空間的正常序列。他們認為，「他們的心理機能對氣氛、情調、神經、情緒等有最強烈的感性，因此文化藝術當也從這裡產生內部的生命」。試看：

> 紅的街，綠的街，藍的街，紫的街……強烈的色調化裝著的都市啊！霓虹燈跳躍著——五色的光潮，變化的光潮，沒有色的光潮——氾濫著光潮的天空，天空中有了酒，有了煙，有了高跟兒鞋，也有了鐘……〔註15〕

一切都是沿著作者斷續的感覺、意識的流波引線連綴起來，構成散亂的景、物、人的色彩和光影。正如日本一位新感覺派作家所說，「要使作者的生命活在物質之中，活在狀態之中，最直接、最現實的聯繫電源就是感覺」。〔註16〕新感覺派以感覺為「聯繫電源」，取代了理性思維。文藝的審美活動自然以感覺為基礎，但是當審美感知向高層次游動，形成審美意象時，是包容著認知、情感、意志的完整心理狀態的。因此，新感覺派在藝術上所凝結的感覺碎片，以及難於排遣的陰鬱氛圍，都積澱著理性的因素。新感覺派作品的誕生和存在，本身就是一定社會思潮的產物。它從光怪陸離的消極方面反映社會的、作者心理的病態。在心理描寫上，《子夜》的某些畫面似乎同新感覺派的作品有相似之處。但是，《子夜》顯然是從特定情境中反映人物的特殊感應的。正如吳老太爺對上海的感覺只能是荒誕的怪模怪樣似的，這是人物性格制約下的心理狀態。而這是在作家清晰的理念、情感、意志作用下的結晶。這就使健康同病態的現象涇渭分明地區分了開來。顯然，奇特、超拔乃至荒誕的手法，不在於能否運用，而在於它在整體的藝術鏈條中的審美價值，在於真、善、美的統一。

〔註15〕 穆時英：《夜總會裡的五個人》。
〔註16〕 西方信綱：《日本書學史》第348頁，人民文學出版社1978年版。

《子夜》與外國文學的因緣

一

　　30 年代初，長篇《子夜》的出世，在中國文壇上實屬扛鼎之作。有人稱譽，在大規模地描寫社會現象上，「他四顧無人的霍地一聲，把重鼎舉起來了」。〔註 1〕但是，這部長篇巨製並非突兀地不知從何處走出來的，從它誕生之日起，研究者便尋蹤追跡，從各個側面加以詮釋。久居中國的巴克夫人（賽珍珠）的創作傾向和見解在許多方面是我們難於接受的，但有的話卻不無道理。比如，她認爲中國新小說的收穫，將是中國舊小說同西洋小說的結晶。那麼，怎樣解釋《子夜》同外國文學的因緣呢？論者紛紜不一。有人說，茅盾的《子夜》在藝術上很像《戰爭與和平》，有人則認爲《子夜》是受了左拉的影響。瞿秋白在《〈子夜〉與國貨年》中就認爲「這是中國第一部寫實主義的成功的長篇小說」，但是「帶有很明顯的左拉的影響」（指左拉的《金錢》）。不過，他說「茅盾不是左拉，他至少已經沒有左拉那種蒲魯東主義的蠢話」。〔註2〕也有人認爲茅盾是「中國的辛克萊」。吳組緗在 1933 年 6 月寫的論《子夜》，就認爲「中國之有茅盾，猶美國之有辛克萊」。甚至到了 1961 年，林語堂在美國國會圖書館的一次講演中，仍然認爲「茅盾的小說完全師法烏卜登・辛克萊的寫作」。〔註 3〕關於茅盾同外國文學的因緣，作家自己也多所論及。在《我的研究》中便有這樣的話：

〔註 1〕　朱明：《讀〈子夜〉》，《出版消息》1933 年 4 月。
〔註 2〕　《瞿秋白文集》（一）第 438 頁，人民文學出版社 1953 年版。
〔註 3〕　胡適編：《五四新文學論戰集・續編》，臺北長歌出版社 1976 年版。

沒有讀過若干的前人的名著，——並且讀得很入迷，而忽然寫起小說來，並且又寫得很好的作家，大概世界上並不多罷。

我覺得我開始寫小說時憑藉的還是以前讀過的一些外國小說。我讀得很雜。英國方面，我最多讀的，是迭更斯和司各特；法國的大仲馬和莫泊桑、左拉；俄國的是托爾斯泰和契訶夫；另外就是一些弱小民族的作家了。〔註4〕

像這樣借鑒本國和外國文學傳統以豐富創作的經驗，在中外文學歷史上比比皆是。例如，高爾基在創作中所受的雨果、大仲馬、普希金的影響，魯迅所受的果戈理、契訶夫、安德列夫等的影響。托爾斯泰在《安娜·卡列尼娜》的創作構思中，從普希金的《別爾金小說集》中所受的啟示是更其明顯的。他說，「我在工作之後，不知怎麼拿起普希金的這卷書，像平時一樣一氣把它讀完（大約是第七遍了），我簡直不忍釋卷，好像是新讀一樣。不僅如此，它似乎解決了我的全部疑點」。〔註5〕至於日本的建部綾足受惠於《水滸傳》而創作的《本朝水滸傳》，從書中的道鏡到高俅，惠美押到宋江，乃至伊吹山和梁山泊，都可以尋出兩者間的影響和聯結來。在中外文學實踐中，從一個作家所受到的普泛的綜合影響，到一部作品的具體啟示，是不勝枚舉的。茅盾在《子夜》的創作過程中，也曾廣泛地吸取了中外作家創作的補養，甚至對於某些作品的閱讀達到了「入迷」的程度。對此，他是頗為自覺地從情感到理念加以積極吸取的。早在「五四」時期，他就認為從事創作，自然要處處留心生活，但也當博採眾家，取其所長。他說，「取西洋寫實自然的往規，做個榜樣，然後自己著手創造」，〔註6〕這是很急切的事。稍後，在指導青年文學創作時，他甚至認為：一個準備從事寫作的人，他的文學名著誦讀範圍，應當廣博。「只誦讀了一家的著作固然不夠，誦讀了一派的著作，也還是不夠」。「廣泛地誦讀了各派各家的名著，然後從中揮取最博大精深最有現代價值的名著來研究，這是有利無害的方法」。〔註7〕他自己就是這樣博採百花以釀蜜的。這從《子夜》的創作中便可見出因緣和蹤跡。但是，這種吸取與借鑒是能動的，它充分體現接受者的主體作用。吸取、消化，構成自己的補養，化為創作的血肉。正如法國詩人瓦萊爾所說，這是「雄獅在體內消化羔羊」。

〔註4〕 《茅盾論創作》第25～26頁。
〔註5〕 轉引自Ｏ·Ｎ·尼季伏洛娃：《文藝創作心理學》第165～166頁。
〔註6〕 《答黃厚生〈讀《小說新潮宣言》的感想〉》，《茅盾全集》第18卷第29頁。
〔註7〕 《創作的準備》第5頁，三聯書店1949年版。

這樣,這種影響便不能是單一的某個作家同某個作家的因果關係,不是線性的傳遞,而常常是網絡式的復合交織狀態;也不是某部作品同某部作品的影響的簡單相加,而近似化學式的化合,從而由多種因素綜合融匯造成新的營養劑。格式塔心理學的研究結論是,整體不等於部分相加,「整體多於各部分之和」。「一個四方形不止四條線,但四條線相繼銜接,構成直角,並形成一個閉合的圖形,那就是一個四方形了。一幅鑲嵌的圖畫——假定是一個細石組成的模型或一幅彩色複製品中的細點綴成的模型——同樣由各元素及其關係所構成」。〔註8〕《子夜》同外國文學的因緣也是這樣。從某作家或某部作品加以解釋,自然不無道理,因為它確實從某個側面揭示出創作的因緣,但是從整體上說,只能是「用自己的天才把前人的精華凝煉成新的只是他自己的東西了」。

當然,從理性的研討中,也不妨分解其脈絡,作為藝術上的品評和探討。或者「影響研究」,或者「平行研究」,都是需要的。正如恩格斯所說:「為了認識這些細節,我們不得不把它們從自然或歷史的聯繫中抽出來,從它們的特性,它們的特殊原因和結果等等方面來逐個地加以研究」。〔註9〕這裡,也擬從不同的側面,進行多維的思索。

二

在眾多的外國作家中,托爾斯泰對茅盾的影響是頗為深遠的。早在「五四」時期,茅盾便以《托爾斯泰和今日之俄羅斯》為題,對托爾斯泰的生活和文學業績進行了全面的考察。他當時就認為托爾斯泰不獨「為十九世紀末第一大人物,且為二十世紀第一大人物」。托氏與同時代及其後的諸文豪,「譬如群峰競秀,托爾斯泰其最高峰也」。「其文豪有左右一世之力,其著作為個性的而活潑有力的。其著作之創格,為『心理小說』。」稍後,當他從理論研究轉向創作時,更為坦率地表明:「我愛左拉,我亦愛托爾斯泰。我曾經熱心地——雖然無效地而且很受誤會和反對,鼓吹過左拉的自然主義,可是到我自己來試作小說的時候,我卻更近於托爾斯泰了」。〔註10〕

究竟什麼因由使茅盾不斷揚棄左拉的自然主義而「更近於托爾斯泰」呢?根本的契機在於他們的創作傾向和意趣上的切近。茅盾是「五四」新文學的

〔註8〕 E·G·波林:《實驗心理學史》下冊第 671～672 頁。
〔註9〕 《反杜林論》,人民出版社 1970 年版第 18 頁。
〔註10〕 《從牯嶺到東京》,《茅盾論創作》第 28 頁。

現實主義和爲人生的藝術的倡導者。在廣泛探索中，他感到 19 世紀歐洲的批判現實主義文學的發展中，俄國的作家代表著一個明顯的傾向。其中「果戈理、屠格涅夫、托爾斯泰、陀思妥耶夫斯基等四人，他們的作品都含有廣大的愛，高潔的自己犧牲的精神」。〔註 11〕這種「廣大的愛」，使他們同人民的歷史命運聯結起來，從不同的層次上同情被侮辱與被損害者，詛咒社會黑暗，並且借助卓越的現實主義藝術深刻地揭發時弊。可以說，社會的批判，對於人生的哲理性的反思和深切的暴露精神，構成俄國的批判現實主義的中心議題。魯迅說，「俄國文學，從尼古拉斯二世時候以來，就是『爲人生』的，無論它的主意是在於探究，或在解決，或者墮入神秘，淪於頹唐，而其主流還是一個：爲人生」。〔註 12〕這傾向，自然凝結著作家的偉大人格。一如茅盾所說：「俄國托爾斯泰的人格，堅強特異，也在他的文學裡表現出來」。但是，這又總是同他們的特殊際遇難於分得開的。「第一，因爲十九世紀的俄國人民沒有公開的政治生活和社會生活的；他們對於政治和經濟的意見，除卻表現在文學裡，便沒有第二條路給他們走。第二，因爲十九世紀俄國政治的腐敗，社會的黑暗，達到了極點，俄國作家大都身受其苦；因爲親身就受著腐敗政治和黑暗社會的痛苦，所以更加要詛咒這政治這社會」。〔註 13〕這些，對於處在封建軍閥桎梏下的中國人民來說，真是感同身受，「許多事情竟和中國很相像」。而他們作品中那種爲社會而獻身的精神，對人民命運的關注以及強烈的人道主義思想，對於「五四」新文學的進步作家來說，更是共同的追求和有力的精神武器。因此，許多作家認爲「該作品內的表現和內涵不啻如自己出；乃從而爲迫不得已的移譯」。正是如此，茅盾不僅用爲造反的奴隸盜運軍火的精神，介紹、翻譯俄國和被壓迫民族的文學作品，同時也以明顯的社會功利目的，倡導爲人生而藝術的現實主義文學。其中，對於托爾斯泰的作品、思想和人格的品評和介紹，在茅盾早期的著述中已屢見不鮮。托爾斯泰的現實主義準則，不獨爲茅盾所稱道，他的「熱愛人生」和對「人生的批評的反映」態度和卓越的藝術方法，都不斷地啓迪著茅盾的藝術實踐。

《子夜》的創作是 30 年代的事。這是茅盾創作進入新里程的標誌，也是中國現代文學發展的新里程。顯然，《子夜》對於人生的探求，已經不限於個人的命運的尋索，而是對廣闊的社會命運的關注及其規律的開掘；也不停滯

〔註 11〕 《「寫實小說之流弊」？》，《茅盾文藝雜論集》上集第 131 頁。
〔註 12〕 《〈豎琴〉前記》。
〔註 13〕 《文學與政治社會》，《茅盾文藝雜論集》上集第 115～116 頁。

於托爾斯泰式的人道主義精神的吸取，而是以無產階級的情懷，力圖以人民大眾的視角和審美感知再現生活。這說明，一切外在的影響都是有條件的，都因時空情勢而變異。這近乎哲學上的同一律。同一性，不意味著等同，而影響和借鑒也決非依傍和照搬。由於一定的因緣，可以使某些作家的思想和創作互相聯結，互相滲透，但是，也因不同的情境和因由而互相轉化著。如果說，熱愛人生的卓越現實主義藝術，使茅盾傾向於托爾斯泰，那麼，托氏的不以暴力抗惡觀念，他的不抵抗主義精神，同 30 年代左翼文化戰士又明顯地區別開來。正是如此，才顯示出《子夜》的思想深化和藝術上的拓展。《子夜》的創作表明，作家或作品間的影響，不應作靜態的比附和考究，而應在動態的歷史流變中，解釋這種似與不似的關係和因緣。

托爾斯泰對茅盾創作的影響是多側面的，錯綜複雜的。它可以是總體傾向上的，也可以在某些作品間潛移默化地顯露它的形跡。有人曾以《戰爭與和平》同《子夜》相比，這無疑是有意義的。因為在具體作品的觀照中，作家們那種深刻地剖解社會和人生的力度，以及結構作品的恢宏氣度和廣闊的藝術框架，是不難顯示出相似之處的。當然，這兩部作品的成就不可能是等同的，《戰爭與和平》的跨度是縱深到歷史的長河中去的。「這是從一八〇五年起至一八一二年拿破崙戰爭時期俄國社會生活的大紀念碑」。〔註 14〕這裡再現了拿破崙戰爭和俄羅斯衛國戰爭的情況，其中有上流社會的愛情和社交畫面，有鄉居的貴族生活和農民的役苦，再現了 1812 年前後的俄羅斯整個社會。時空的跨度，歷史的容量，卓越的藝術才情，都非《子夜》所能企及。而《子夜》則以 1930 年中國社會首尾將及兩個月的時間，橫向挺擴，立體交錯，包容現代都市生活百態，又使海內風雲隱顯激蕩。就此論比，各有所長。《子夜》所展現的現代都市生活的律動，快速的節奏和光、熱、力的衝撞，這自然是 19 世紀初葉托爾斯泰筆下的俄羅斯所不能取代的。但是在不同的藝術感應中，終於看到了他們的銜接點或相近處：不是冷漠地講述故事，不是靜態地探索人物命運，而是在駕馭宏大的歷史風濤中揭示深層的社會和人生，從而顯示出概括社會典型的巨大力度。《戰爭與和平》的廣闊社會畫面和眾多的典型人物所造成的史詩風範是難能可貴的，因此被茅盾稱頌為「大紀念碑」；而《子夜》敢於涉足他人所不敢而又是人們所關注的重大題材，終於引起社會轟動。宏偉的藝術框架，史詩般的規模，不僅標誌著托爾斯泰和茅盾的氣度

〔註 14〕茅盾：《世界文學名著雜談》第 352 頁，百花文藝出版社 1980 年版。

和膽識，同時也驗證了各自駕馭生活的卓越才能。他們都直面現實，感受時代的脈搏，根據各自所意識到的歷史內涵，回答迫切問題的。他們對歷史動向的深切關注，對藝術的忠實的態度，也是相近或者契合的。

恩格斯在談到古希臘藝術家的世界觀時曾經指出：「這種觀點雖然正確地把握了現象的總畫面的一般性質，卻不足以說明構成這幅總畫面的各個細節；而我們要是不知道這些細節，就看不清總畫面」。〔註15〕這裡對總畫面同細節的關係，論證得很精到。如果把上面論述的佈局、構想、內涵視為總畫面，那麼，在細節的真切上，托爾斯泰和茅盾之間也不無相似之處。在《〈子夜〉的藝術構思和情節提煉》〔註16〕中，我曾例舉了茅盾對史實觀察的細密。《戰爭與和平》也真切得日月可數。例如，作品（第一卷第二部）所描繪的1905年的史實：

舊　曆	新　曆	戰　爭　形　勢
10 月 11 日	10 月 23 日	庫圖索夫在不勞諾檢閱一個團。不幸的馬克到臨。
10 月 23 日	11 月 4 日	俄軍渡恩斯河。
10 月 24 日	11 月 5 日	戰鬥在阿姆世太頓。
10 月 28 日	11 月 9 日	俄軍渡多瑙河。
10 月 30 日	11 月 11 日	在丟任施坦擊敗莫爾提貢師。
11 月 4 日	11 月 16 日	拿破崙自射恩不儒恩致書牟拉。射恩格拉本戰役。

在《戰爭與和平》中，歷史事變經常是直接地表現在作品中的。《子夜》則有些不同，革命戰爭和軍閥混戰，都是以側面烘托的方式展現在都市生活中的，但是，卻準確無誤地構成歷史的脈絡。這在《子夜·提要》裡便可見精微：

時　間	形　勢
5 月 7 日	白黑安發表「歐洲聯邦計劃」。
6 月 4 日	李宗仁、張發奎佔領長沙。同時彭德懷佔領岳州三天。
6 月中旬	桂軍又退出長沙，武漢復安。賀龍在沙市、孝感、大冶進出。
6 月 27 日	山西軍佔領濟南。長江沿岸一帶，自九江以上，紅旗到處隱約於山間。長江各輪屢遭槍擊。
7 月上旬	朱毛圍攻吉安，南昌吃緊。
7 月 27 日	彭德懷軍佔領長沙，同時朱毛圍攻南昌繞襲九江。

〔註15〕《反杜林論》，《馬克思恩格斯選集》第 3 卷第 60 頁。
〔註16〕這篇論文就是本書《〈子夜〉的藝術感知與理性特徵》一章的前身。

　　比較之間就不難看出，托爾斯泰的《戰爭與和平》與茅盾的《子夜》儘管所反映的年代相距很遠，題材與人物各異，但從社會整體性的藝術探求和細節的眞切來說，都是頗爲相像的。這可以說是他們在現實主義的藝術準則中所造成的契合。顯然，茅盾在開手創作時感到自己更傾向於托爾斯泰，是基於藝術傾向的相近，並從這位大師的藝術實踐中汲取了力量。應該說，在一個作家的成長過程中，對於中外文學傳統的借鑒是多種多樣的。由於創作意向、審美感知和體性的不同，也會形成吸收心理上定向反射的差異。對於這個作家說，某些作品可能激發審美接受的注意，另外一些作品卻不一定造成深刻的印象。1936 年，馮雪峰爲《魯迅短篇小說集》捷文譯本作序，在談到外國作家對魯迅的影響時，曾提及列夫·托爾斯泰和高爾基的名字。魯迅看後說：「他們對我的影響是很小的，倒是安德列夫有些影響」。〔註 17〕茅盾在長篇小說體制的構造中，顯然對托爾斯泰的藝術更有興趣。他不只一次地談到自己是熱愛托爾斯泰的。1934 年在《答國際文學社問》時，他依然在說，「大概一九二○年罷，我開始叩『文學』的門」，「那時候我還沒有和『十月革命』以後的蘇聯文學接觸，我們還只閱讀著托爾斯泰、屠格涅夫、高爾基。」〔註 18〕

　　茅盾從托爾斯泰的創作中得到的啓迪是多方面的。可以說，從人物的出場到心理描寫、環境氛圍，茅盾對托氏的藝術構成都進行了細緻的研究。據胡子嬰回憶，遠在抗戰時期茅盾輔導他創作時，曾經告訴他：中篇和長篇小說必須在開頭把佈局搞好。一般有兩種處理方法。一種是小說中的人物一開始就基本上全部出場，在讀者面前出現許多陌生人物和彼此間錯綜複雜的關係，造成懸念，讀者一章一章地看下去時才逐漸清楚每個人物的面目特徵和他們互相間的關係。托爾斯泰的《戰爭與和平》就是用這種方法開場的。書中上百名人物開始時使讀者眼花繚亂，看下去以後輪廓才漸漸明朗，進入勝景。另一種是開始時只把一、二個主角介紹給讀者，從簡單的事件開始，逐步引出人數眾多，情節複雜的宏大場面。《安娜·卡列尼娜》便是這樣。小說開端只是寫安娜在鐵路上的際遇，由此引伸開來，出現了複雜的情節，場面壯麗的故事。〔註 19〕潛心的研究，反覆的揣摸，自然地化爲茅盾創作的血肉。

〔註 17〕《魯迅的文學道路》第 15 頁，湖南人民出版社 1980 年版。
〔註 18〕《茅盾論創作》第 12 頁。
〔註 19〕《回憶茅盾同志二三事》，《憶茅公》第 72～73 頁，文化藝術出版社 1982 年版。

　　《子夜》的開端，不是同《戰爭與和平》頗爲近似嗎？《戰爭與和平》是以交際家安娜・芭芙洛夫娜的晚會開場的，書中的許多人物都來到了她的客廳。公爵、公爵的女兒——美人愛侖，公爵的兒子包理特，還有莫利奧神甫，伯爵的私生子等等，他們是彼得堡的上流顯貴，如今都在這裡抛頭露面了。托爾斯泰正是借助這個活動舞臺介紹他的人物的。《子夜》顯然也近於此。作家利用吳老太爺的喪事，把書中的重要人物都聚攏來，作了總體的描繪，所不同的是，在眾多人物中突出了吳蓀甫的位置，這就兼有《安娜・卡列尼娜》的特色了。以後在情節的延展中，構成了吳蓀甫這個民族工業家的命運和性格的發展史。

　　對於托爾斯泰的心靈的藝術，茅盾也頗爲首肯。早在 1920 年，茅盾就指出托氏的「心理小說」的特徵。到了晚年，在論述人物描寫時，他曾以《戰爭與和平》爲例逐章逐句地進行條分縷析。老王爵的兒子安德列夫在戰場負了傷。而他的父親卻以爲兒子死了，克制著最大的悲哀，沉默寡言。從女兒的眼睛看去：「她父親臉上既沒有悲哀，也沒有沮喪，只有忿怒和不自然的抖動」。沒有沮喪、悲哀——對於這個老王爵說來，豐富的閱歷，剛強的性格，不使他形之於外，但是內心的激動和深沉的情思卻使他「只有憤怒和不自然的抖動」。女兒猜到了哥哥的不幸，只是說：「父親！安德列！」茅盾認爲這些地方是用了極節省的筆墨，把「老王爵在這種情況下複雜的感情，他的性格，統統描寫出來了」。眞是無獨有偶。當人們仔細品味《子夜》時，也時時會被茅盾匠心獨運的畫面所吸引。例如《子夜》第五章，雙橋鎭失守後，吳蓀甫在看報，吳少奶奶在對面一張椅子上默坐，現出一種幽怨和遐想的神態。這可以說各懷心腹事，盡在不言中。突然，吳蓀甫冷冷地說：「佩瑤！——你怎麼？——哼，要來的事，到底來了！」可以看出，話雖簡要，容量卻是相當大的。不僅留下了大量的語言空白，而且潛隱著繁雜的情理。它以雙關的意韻，概括了兩個人不平靜的心曲。這種一以當十的概括，也是同托爾斯泰的心靈藝術異曲同工的。

　　至於托爾斯泰創作中的環境描寫，茅盾也是多所稱道的。茅盾在《怎樣閱讀文學作品》中說，「托爾斯泰的《戰爭與和平》，背景寫得很好，、而且多種多樣，如宮廷、戰場、鄉村等等，什麼都有。例如戰爭的場面，不止一個，每個寫得都有聲有色，可又每個不同，各有其特殊氣氛。在一個戰役的描寫上，它把讀者的眼光時而引到戰場的全面，如憑高俯瞰，時而引讀者的眼光，逼視一角，如親歷其間；忽而這邊，忽而那邊，目光四射，使人應接

不暇，而又有條不紊。寫戰場氣氛，不但有聲有色，並且有味，彷彿我們也在戰場嗅到火藥味。」〔註20〕《子夜》及其他小說，沒有正面的戰場描寫，但是他多方展現環境描寫的妙處，他借環境展示時代、社會，渲染氣氛，揭示人物心理，他的富於動態感和變幻中借喻象徵的特色，也是令人目不暇接的。這自然很難說都是線性的借鑒於托爾斯泰藝術的結果，但卻不乏相近相似的因緣。所以法國作家蘇珊娜·貝爾納認爲，茅盾的作品同樣「既有登臨縱目、駕馭全域的氣勢，表現出一個階層的沒落，又善於察事物於毫末之端，將轉瞬即逝的分秒捕捉到手」。〔註21〕這就使茅盾與托氏之間頗多似與不似的妙處。

三

　　關於茅盾與左拉、《子夜》與《金錢》的關係，已經爲許多評論者談到了。意見並不一致，這是可以理解的。有人認爲《子夜》受到《金錢》的影響，當然思想傾向並不相同；有人否定這種影響。有人認爲「兩部小說中的某些類似之處，是由於社會生活本身有類似之處和藝術創作中的某些共同規律所造成的。兩部小說都可說是現實主義的佳作，但它們的成就是不同的。在思想傾向上一屬批判現實主義範疇，一屬革命現實主義範疇；它們的藝術成就和藝術風格也有顯著的不同」。〔註22〕

　　茅盾在回答讀者問或回憶中，曾經否認《子夜》是受《金錢》的影響。1962年他在一封信裡說：「瞿秋白當年稱《子夜》爲受了左拉《金錢》的影響云云，我亦茫然不解所措」。〔註23〕1980年在回憶錄中依然明確地說，「我雖然喜歡左拉，卻沒有讀完他的《盧貢·馬卡爾家族》全部二十卷，這時我只讀過五、六卷，其中沒有《金錢》。」

　　應該怎樣品評《子夜》和左拉及其《金錢》的關聯呢？看來，從作家、作品和讀者幾個方面都加以考察，才是比較全面的。

　　毋庸置疑，從「五四」新文學倡導期開始，茅盾在文藝觀上就接受了左拉的自然主義的影響。茅盾也曾認爲自己「鼓吹過左拉的自然主義」，早期「是

〔註20〕《茅盾文藝評論集》（上）第60頁，文化藝術出版社1982年版。
〔註21〕《走訪茅盾》，《新文學史料》1979年第3期。
〔註22〕邵伯周：《兩部成就不同的現實主義小說》，《茅盾研究》第1輯。
〔註23〕致曾廣燦信，《中國現代文學研究叢刊》1981年第3期。

一個『自然主義』與寫實主義的傾向者」。〔註24〕在《自然主義與中國現代小說》中他指出：「自然派作者對於一椿人生，完全用客觀的冷靜頭腦去看，絲毫不擾入主觀的心理」。「左拉這種描寫法，最大的好處是眞實與細緻。一個動作，可以分析的描寫出來，細膩嚴密，沒有絲毫不合情理之處」。應該說，這種自然主義的精神不僅當時被茅盾首肯，以後在他的創作中也不同程度地有所滲入。因此，從總體上說，茅盾在前期的文學活動中是受自然主義影響的。影響，就不可能是作家思想的全般。而且，影響對於主體的作用說，是有條件的。第一，茅盾所以提倡客觀冷靜地觀察人生，是針對當時中國舊派小說家的面壁而作，主觀說教，或者把作小說的動機當成「發牢騷」或「風流自賞」來說的。因此茅盾認爲自然派的人生態度，對於舊派小說家「眞是消毒藥」，對於浸在舊文學觀念中的讀者來說，也是「絕妙的興奮劑」。第二，這種接受就是以「博採眾家，取其所長」的態度加以吸取的。這說明茅盾當時就是在思辨、品鑒中對待左拉及其作品的。正如對於尼采、托爾斯泰的品評有自己的眼光一樣，茅盾對於左拉的自然主義也是有所分析的。這種分析由於歷史的限制，可能依然多有「渾沌」之處，但對左拉的「專在人間看獸性」的偏見，茅盾當時便是否定的。第三，這種影響滲入到茅盾的文藝觀，特別是後來的創作中，是有所流轉變異的，並且同諸多影響化合。這變異使原來的某些因子被揚棄了，某些因子雖得以承傳，卻融會轉化構成新的因素。例如，茅盾所強調的「完全用客觀的冷靜頭腦去看人生」的審美特點，溶化在《子夜》中，雖然仍保持著冷靜、客觀描寫生活的態度，實際上已轉化爲革命現實主義的內蘊。它不再是排斥理性的機制，恰恰在科學社會思想的光照下顯示出細密深邃的透視力量。《子夜》的描寫是細膩的，精微深透，卻也高瞻遠矚，俯視全般。因此，這種冷靜在理性的聚光下已呈現另一種質態，而同左拉的「絲毫也不加入主觀心理」區別開來。事實上，藝術創作過程就是主客觀交融滲透構成一個雙向組合的過程，主觀情感的切入是必然的。同左拉的「無動於衷地研究客觀現實」，或「單純的事實記錄者」的態度相反，沒有情感的滲入就會失去藝術的生命。自然，自然主義的影響在《子夜》中也留下消極的印跡，這是茅盾自己也承認的。例如，整個作品同生活貼得過緊，乃至在史實的藝術組合中缺乏超越性，等等，都留下這方面的印跡。所

〔註24〕 《答國際文學社問》，《茅盾論創作》第 12 頁。

以茅盾認爲，在《子夜》中「可以說自然主義影響尚未完全擺脫」。〔註25〕

那麼，《子夜》是否受《金錢》的影響呢？這兩部作品無疑是有相像之處的。諸如，它們都取材於金融和公債市場上的角逐和決鬥；在人物塑造上，也不能說薩加爾、甘德曼和趙伯韜、吳蓀甫之間沒有幾分相似。甚至金融市場明爭暗鬥的一些細節，資產階級污穢的生活，看來也是切近的。但是，相似並非相同，更不一定出於直接的影響。對此，作家自己的話還是可信的。據目前的瞭解，在《子夜》創作前，茅盾介紹左拉的材料大抵都是普泛的文字。1930 年出版的《西洋文學通論》對《金錢》有所介紹，也並不具體。這可能是借助第二手材料寫下的。

> 《金錢》於翌年（指 1891 年——引者）出世，也是左拉的佳
> 作之一。這書的背景是操縱金融的銀行家和損人肥己的證券交易
> 所。……銀行家的不法的賺錢方法，在這裡有了詳細的描寫。這個
> 銀行又成爲證券所的主要機關。買股票的人如潮而來——寡婦，孤
> 兒，小夥計，都拿出辛苦的儲蓄來爭買股票；結果是投機者投資者
> 都破產，而亞里士德又成了巨富。

既然茅盾在《子夜》的創作中沒有受到《金錢》的直接影響，那麼怎樣理解作品間某些相似的現象呢？照蘇聯日爾蒙斯基院士的見解，「文學事實相同，一方面可能出於社會和各民族文化發展相同，另一方面則可能出於各民族間文化和文學的接觸」。〔註26〕既然排除了直接的影響與接觸的因由，那麼社會和各民族文化發展相同，似近於合乎情理。路易士·亨利·摩爾根在《古代社會·序言》裡也曾指出：「人類出於同源，在同一發展階段中人類有類似的需要，並可看出在相似的社會狀態中人類有同樣的心理作用」。「凡是達到同等進步狀態的部落和民族，其發展均極爲相似」。正是如此，希臘和中國的遠古時代都可以產生美麗的神話；基於相似的因緣，東西方在一定歷史時期也可以出現「騎士文學」或俠義小說。在文學史上，並非出於直接影響，而在不同空間平行發展的文學現象其實是屢見不鮮的。梵·第根就曾談到這樣的事例：一是易卜生。1895 年傾，儒勒·勒美特爾說，人們不斷談論著的易卜生並不是有獨創性的，他的社會的和道德的思想全部可以在法國女作家喬治·桑的作品中找到。可是易卜生的密友勃蘭兌斯回答說，易卜生從來也沒

〔註25〕致曾廣燦信，《中國現代文學研究叢刊》1981 年第 3 期。
〔註26〕轉引自盧康華等：《比較文學導論》第 63 頁。

有讀過喬治‧桑的作品。二是法國的都德。他的《小東西》許多地方同狄更斯的作品相似，因而被目爲狄更斯的模仿者，但都德卻多次否認他讀過那位英國小說家的作品。所以，梵‧第根認爲，「雖然這看來是很奇怪的，然而其間卻並沒有影響，而只有共同的潮流」。〔註27〕《子夜》和《金錢》的某些近似現象，正可以從這些事例中得到解釋。它並非出於時間過程中的承傳，並非是輸出或接受的影響關係，而是在不同空間中平行發展的現象。這種相似，最終可以從不同國別、不同民族的人們在社會生產和文化發展的相似或相同中尋取答案。藝術既然是社會現象，是社會意識形態並基於社會的審美需求而創造的，那麼，作爲資本主義中樞的現金交易以及由此而造成的人與人之間的利害衝突，在巴爾扎克的《人間喜劇》中可以看到，在左拉的《金錢》中可以看到，在反映舊中國都市全貌的《子夜》中也同樣可以看到。如果說，左拉爲了寫小說而到交易所去觀察，那麼，茅盾爲了理清中國社會性質的諸種關係，他對工廠企業、交易金融界的觀察同樣細緻入微。他不但到企業家中看人家拉股子作生意，同時和經紀人到交易所去觀光。那「空頭」的大膽和「多頭」的魄力，那「衝鋒似的吶喊」，跌跤後的瘋狂，給予茅盾以豐富的感知力量。正是這種五光十色的生活，激發了他寫小說的興致。生活的實際，孕育著不同空間中相似的文學現象，它們並不構成影響關係，而以平行的發展競相媲美。

同時，不同的國度、不同的民族生活，乃至不同的歷史狀況，也必然造成即使是相似的題材、人物也各具不同特色的文學現象。左拉自稱繼承巴爾扎克的傳統，但他們的作品卻很不相同。巴爾扎克的時代是「巨大的資本集中在法國還不過剛剛開始」（拉法格語）。可是左拉的《金錢》所反映的則是19世紀60年代——拿破侖三世的法蘭西第二帝國時期，具有從自由資本主義向帝國主義轉化階段上的許多特徵。這時的法國金融貴族集團和工業金融集團已經成爲帝國的主宰力量。法國不僅出現巨大的資本競爭和吞併現象，同時更向外擴張，掠奪殖民地。而茅盾的《子夜》則是從半封建半殖民地的中國社會，反映它的危難和抗爭。如果說，《金錢》中的薩加爾和甘德曼屬於「法國資產階級的內部鬥爭」，那麼趙伯韜和吳蓀甫的矛盾則揭示著「半殖民地之中國買辦資產階級和民族資產階級的鬥爭」。按照拉法格的解釋，《金錢》中的薩加爾和甘德曼實際上分別屬於新舊兩派金融家的代表人物。

〔註27〕 《比較文學論》第161～162頁，商務印書館1937年版。

薩加爾是一個新式資產者。他渾身燃燒著狂熱的征服欲和享受欲。在第二帝國的窮奢極欲的宴席上，他要把世界攫爲己有。而吳蓀甫則是爲了民族工業的振興，建立民族工業的王國，抗拒外資的魔手而奔走競爭。至於甘德曼和趙伯韜的特徵也不相同。前者代表法國巨大資本積累中所造成的舊式金融家，後者則是半殖民地都會中的買辦掮客。《金錢》中的西基斯蒙，被左拉奉爲馬克思的弟子，狂熱的共產主義信徒。但是，誠如拉法格所說，西基斯蒙不足以成爲社會主義者，他是「典型的唯心主義者」，「一個糊塗混亂的頭腦」。拉法格認爲左拉是「將蒲魯東的錯誤放在這個所謂馬克思的門徒嘴上，而那些錯誤恰好是馬克思曾經加以抨擊的」。這人物是左拉「一種雲霧迷漫的幻想的產物」。〔註28〕在《子夜》中，對於革命者的描寫，作家本人也是不滿意的，但對「左」傾盲動或取消派所造成的損失，作家是取批判態度的；而對中國大地上雲湧的革命運動，作家則反映了那種方興未艾的發展趨勢。凡此種種，都顯示出各異的特質。記得果戈理曾經指出，植根在民族土壤中的文學藝術，不是在外衫的描寫裡，而在民族的精神中。《子夜》和《金錢》，各自屬於民族的藝術，它們在平行的發展中顯示著不同國家、不同歷史階段上的民族風情和階級特徵。

自然，從作品的接受者說來，作出種種解釋也是正常的現象。正如有多少人讀《紅樓夢》就會有多少個林黛玉或賈寶玉一樣，對《子夜》作出種種品評實屬必然。魯迅就曾指出讀作品因人而異，看人生因人而不同的事理。何況作品以藝術形象的模糊性和豐富性，可以涵蓋深長的內蘊呢？讀者在進入作品時，從來就不會是個消極的接收者，而是個積極的品評者和創造者。這樣，才會作出種種解釋。但在歷史的積澱中，科學的事理總會成爲共同的認識財富。《子夜》與《金錢》的討論，也正會如此。

四

比起談到托爾斯泰、左拉來，茅盾在自己著述中談到辛克萊的時節很少。特別在《子夜》的創作前後，這方面的文字更少見。那麼，爲什麼有人認爲「中國之有茅盾，猶美國之有辛克萊」呢？

這裡，就 30 年代的社會思潮和文化現象來談，也許會摸觸到一些因由。

〔註28〕《左拉的〈金錢〉》，拉法格：《文學論文選》第 183～184 頁，人民文學出版社 1962 年版。

1928 年後，隨著左翼文學運動的發展，辛克萊曾被介紹到中國來。這可能是一種社會選擇吧。魯迅在《為翻譯辯護》中就曾指出「中國大嚷過托爾斯泰、屠格涅夫，後來又大嚷過辛克萊」的情況。1927 年，魯迅在給江紹原的信中也曾談到，聞有一個 U‧Sindir，「他的文學論極新，極大膽」。魯迅並非對辛克萊一味推崇，對他的「一切藝術是宣傳」的主張就有所修正。但是，辛克萊的創作和文藝觀，無疑在當時的文壇上造成一定的影響。他的長篇《石炭王》、《屠場》和《煤油》都被翻譯過來。他的《拜金藝術》也在 1928 年的《文化批判》上被摘譯刊發。譯者在前言中說：「辛克萊和我們站在相同的立腳地來闡明藝術與社會階級的關係，……他不特揭破藝術的階級性而且闡明今後的藝術方向」。看來，左翼的文藝家們為了鼓吹階級意識，也曾未加仔細分析地借用了辛克萊的力量。這時期，在《現代》雜誌上也有辛克萊的照片和評傳。作者錢歌川認為辛克萊是「美國一個最大的作家和社會批評家」。國民黨在 1934 年查禁的一百四十九種文藝書籍中就有郭沫若翻譯的《屠場》、《煤油》和《石炭王》。這些事例都說明，辛克萊在 30 年代確實在中國文壇上造成了一定的社會影響。

這種社會影響是可以從主客觀情由來理解的。這個被列寧稱為天真的「有感情而沒有理論修養的社會主義者」，在他早期所寫的《屠場》（1905）、《石炭王》（1917）、《煤油》（1927）等作品中，暴露了資本主義的社會黑暗，同情勞動人民的悲慘遭遇，曾引起熱烈的反響。《屠場》在 1906 年出版後，被譯成十七種文字，成為當時美國「揭發黑幕運動」的第一部小說。雖然辛克萊所宣傳的「社會主義」還只是以改良主義為中心的「大雜燴」，但在當時的美國已被視為過激派。

評論者認為，作品呈現在讀者心目中的實際意義，並不一定是作者的原意，而是由解釋者的歷史環境乃至全部客觀歷史進程共同作用的結果。在 30 年代裡，讀者懷著進步的激情，以辛克萊作品作為認識生活的潛在機制，並以此作為參照物來品評《子夜》時，當然可以把兩個作家加以相同或相像的比較。但是，在科學的意義上，這並不等於說茅盾的《子夜》受影響於辛克萊的某些作品。實際上，據茅盾自己說，他對「二十年代後的英、美、德文學，除少數大作家外，看得很少」。〔註29〕辛克萊是否被茅盾視為「大作家」呢？沒有文字可以說明。茅盾當時所寫的《世界文學名著講話》和《漢譯西

〔註29〕 《我閱讀的中外文學作品》，《中國現代文學研究叢刊》1982 年第 1 期。

洋文學名著》中都沒有選辛克萊的作品。

　　不過，茅盾與辛克萊之間畢竟可以尋到許多相像的東西。例如，辛克萊的創作對社會運動是頗爲關注的。他揭露的資本主義世界的剝削、傾軋和慘酷競爭，資本家像豺狼一樣掠奪並壓榨工人的行徑，以及工人階級走投無路，只有參加社會主義運動才有希望的社會理想，這些都是同茅盾的《子夜》相映照的。因此，在揭露資產者的罪惡，鼓動社會革命的基點上，人們自然容易把茅盾視爲中國的辛克萊。但是，如果把這種品評加以深化，進行有分析的比較，就不難發現茅盾與辛克萊之間有很大的差異。這不僅在於茅盾並非是辛克萊的影響的承傳者，同時，辛克萊雖然提倡社會運動，揭發黑幕，但是並不反對資本主義的政治制度，而是個主張開展合法的議會鬥爭的改良主義者。他的《屠場》就宣揚工人可以到「投票站去奪取政權」。在生活的後期，他更加表現出美國民主的辯護士的立場，主張自由主義反對共產主義。而茅盾的《子夜》從揭露半殖民地社會黑暗現狀出發，徹底否定國民黨統治下的社會悲劇，並且預示出人民革命方興未艾的發展趨勢，表現了無產階級的社會革命理想。就藝術表現說，辛克萊主張一切文藝是宣傳。他的許多作品中新聞性頗強，常常忽視人物的刻畫和藝術表現的力度。茅盾則重視藝術的特殊功能作用，《子夜》就是一部精雕細刻，苦心營造的藝術巨製。因此，他們是以各自的風範和藝術價值留在文學歷史上的。

　　應該說，在 30 年代和以後的評論中，人們把茅盾同辛克萊加以比較，這是基於一定的藝術審美聯想，也蘊含著藝術接受者的創造，這是可以理解的。但是，也有人出於思想上的某種偏執或者謬誤，立意貶低《子夜》的社會作用。例如，林語堂在 1961 年就這麼說：

　　　　新文學大致是以西方現代作品爲藍本。有的是很明顯的模仿的。……茅盾的小說完全師承烏卜登·辛克萊的寫法。

　　　　……在一九三〇年代，共產黨正在上海進行一項鬥爭，要把學生和作家拉進去。……我那時正在上海，目睹那一戰役。投向共產黨一邊的作家（如茅盾）的作品，給無條件的捧上天，那些不肯隨從的作家，則被攻擊得體無完膚。〔註30〕

這些「評論」，已經遠遠地離開了文學批評的準則，而以歷史的顛倒，幾成人身的攻擊了。別林斯基說得好：在一切批評家當中，最偉大、最天才和最無

〔註30〕參見胡適編：《五四新文學論戰集·續編》第 103〜109 頁。

誤的一個——是時間。如今，距《子夜》出世已經半個多世紀了。歷史證明，《子夜》的價值和不朽的藝術生命，隨著歷史焦距的拉長愈益深刻地顯示出來，而某些人的政治偏見，卻如長河中的泡沫被沖刷得蹤影全消。

至此，大概不難看出，《子夜》同外國文學的因緣顯然不應從單一的線性關係中加以尋覓，而應當從總體上就網絡的系統加以考察，同時也應當意識到接受中的民族潛在意識，社會接受機制的作用，以及作家的思想特質，這樣才會比較全面地看到這種借鑒、吸取、創造的複雜關係。就茅盾同外國作家的關係說，除托爾斯泰、左拉以及辛克萊外，巴爾扎克以及象徵派的某些方法，都不同程度地影響到他的創作。例如，茅盾就認為《子夜》的寫作方法便很接近於巴爾扎克。他說，「先把人物想好，列一個人物表，把他們的性格發展以及聯帶關係等等都定出來，然後再擬出故事的大綱，把它分章分段，使他們聯接呼應。這種方法不是我的創造，而是抄襲旁人的」。〔註31〕這裡指的就是巴爾扎克。當然，就大綱來說，實際上也兼備托爾斯泰的經驗。

博採百花，才能釀出蜜來。從茅盾的創作中，正可以看出這種辛勤的勞績。

〔註31〕《子夜》是怎樣寫成的》，《茅盾論創作》第61頁。

《子夜》的歷史和美學的價值

一

　　尋索用簡要的科學語言來概括《子夜》的歷史價值，是深感困惑的事，於是，我企求曲徑通幽，沿著羊腸小路，走上康莊之途。

　　研究者認爲，中國現代文學的歷史，是以小說劃分新紀元的。當魯迅的《狂人日記》以它思想的深切和格式的特別出現在中國的文壇上，立刻引起迥然而異的反響。在熱烈的歡呼和無條件的責難中，宣告了新文學的誕生。然而，也不可否認，「民國七年，魯迅的《狂人日記》在《新青年》上出現的時候，也還沒有第二個同樣惹人注意的作家，更其找不出同樣成功的第二篇創作小說」。〔註1〕到了民國八年，小說創作的「嘗試者」漸漸多了起來，然而也不過汪敬熙等三數人；到民國十年，《小說月報》革新後，作者也不過十數人。至於中長篇小說，在新文學的第一個十年中，不論是從數量還是質量上考察，都處於一個幼稚的嘗試階段。張資平的《沖積期的化石》（1922）和王統照的《一葉》（1922），可以稱爲中長篇的最初的創作。這以後出世的有楊振聲的《玉君》（1925）、許欽文的《回家》（1925）、張聞天的《旅途》（1925）、蔣光赤的《少年飄泊者》（1926）、老舍的《老張的哲學》（1926）、許欽文的《鼻涕阿二》（1927）、蔣光赤的《短褲黨》等二十餘部。其中，震動中外文壇的創作也是存在的，當魯迅的中篇《阿 Q 正傳》於 1921 年在北京晨報副鐫連載並在 1923 年出版時，它所引起的反響是經久的。在歷史的篩選中，它的美學價值直到目前仍在不斷地深化、拓展。但就總體來說，小

〔註1〕　茅盾：《《中國新文學大系‧小說一集》導言》。

說創作特別是中長篇小說的創作，在第一個十年中顯然處於幼稚的試煉過程。爲什麼這時期在新文學史上沒有出現更多更好的中長篇小說呢？一則，中長篇小說的創作需要豐厚的生活積累。當新的生活，像奔騰的江河在年輕的文學新軍面前飛逝，作者的審美感受似乎還來不及縝密的思索，還難於構成本質化和個性化的熔鑄時，時間已成爲過去。二則，把某些審美感受轉化成物質的實體，造成藝術結晶，需要更爲繁難的藝術功力。這對一些年輕的作者說來，也不會是一揮而就的事。今天看來，當時的作者從切身感受出發，直抒胸臆的構圖並不是個別的。觀念是新穎的，或者經常潛露出叛逆者的聲音，但藝術上卻難於駕馭，從而表現出力不從心的趨勢。因此，一些作品中，理念同生活游離，情節的過分離奇、過分簡單或失之牽強的情境是存在的。這些既流露出幼稚期的純眞，又顯示出最初十年的尺度。至於那些舊派的小說家，固然不乏迎合小市民情趣的資質，而對於新文學的要求卻以莫大的距離感而卻步。

文學歷史進入了第二個十年（30年代），現代小說便有了長足的發展。就思想和藝術考察，都意味著開始一個嶄新的里程。不用說，在數量上就是空前的。據統計，從 1928 到 1937 的第二個十年間，出版中長篇作品達五百餘部，其中，長篇占相當的比重。那時期的雜誌，常以「中篇創作」、「特約長篇」等欄目引人耳目。1928 年葉紹鈞的《倪煥之》的出世，曾被茅盾譽爲中國文壇的「扛鼎」之作；李劼人的《死水微瀾》，郭沫若讚揚爲「相當偉大的作品」。巴金的《家》被視爲以家族爲視點的反封建傑作。老舍的《駱駝祥子》則在曲折中揭示了都市底層人們的人生。1935 年，年輕的作家田軍的《八月的鄉村》問世，魯迅在序言中說，它「顯示著中國的一份和全部，現在和未來，死路和活路」。所有這些，都是文化歷史的積累和作家銳意進取的業績。丹納在《藝術哲學》中說：「藝術家本身連同他所產生的全部作品，也不是孤立的。有一個包括藝術家在內的總體，比藝術家更廣大，就是他所隸屬的同時同地的藝術宗派或藝術家家族」。〔註2〕正如莎士比亞的創作不會從天上掉下來一樣，茅盾的《子夜》是他的時代和文學園地中培育起來的花朵。如果把茅盾自身的創作視爲一個系列，那麼，它同時又隸屬「紅色的三十年代」左翼文學的龐大系統的一個部分。但在 30 年代群星璀璨的中長篇小說畫廊中，《子夜》無疑是一部顯赫的代表。這不僅因爲在規模上總體構建恢宏，在

〔註2〕 《藝術哲學》第 5 頁。

藝術上豐腴細密，而且因為以深邃的目光，對現代中國進行了全方位的綜繪。有些年輕的讀者，曾因作品的理性刻度而卻步。事實上，這種理性刻度自然是作家的風格，也是那個時代歷史的特徵。力爭把藝術從象牙之塔引向十字街頭，在沉醉迷離的意識層間外，用清醒的鏡角透視廣大的社會人生，在總體的藝術框架間體現作家的社會責任感，這便是它的可珍惜的價值觀和藝術使命。就雕欄畫礎相較，它可見珠光寶石之美，而意向的明晰和透剔的思辨目光，則標誌著它是屬於「別一個世界」的。正是如此，《子夜》的出世在文壇上引起了強烈的反響。強烈的詆毀者自然有之，熱烈的讚譽者更不乏其人。被別林斯基評述的普希金、果戈理作品之出世是如此，魯迅小說的發表亦莫不如此。這可以說是一切新奇偉大作品問世時的通常情境。時至今日，仍然有人說它具有「太濃厚的政治色彩」，是一部「政治小說」，但也不能不肯定它在「當時的社會確是發生過很大影響」。〔註3〕事實上，影響所及，使得學衡派的代表吳宓，也不能不首肯《子夜》的藝術魅力。他認為「筆勢俱如火如荼之美，酣恣噴薄，不可控搏。而微細處復能婉委多姿，殊為難能可貴」。〔註4〕如果說吳宓的品評還只從技巧入目，那麼魯迅的感受則恰成對照。當他讀到茅盾贈送的《子夜》後，在給遠方友人的信中便情不自禁地說，「國內文壇，除我們仍受壓迫及反對者趁勢活動外，亦無甚新局。但我們這裡⋯⋯茅盾作一小說曰《子夜》，計三十餘萬字，是他們所不及的」。〔註5〕這「我們仍受壓迫及反對者趁勢活動」的豐富內涵，容待另行闡釋，僅只「我們」與「他們」的對比，分明是兩個營壘、兩種文學較量後得出的結論。對《子夜》，瞿秋白、馮雪峰等革命批評家，也以敏銳的目光作了歷史的評價。瞿秋白說，「這是中國第一部寫實主義的成功的長篇小說」，「一九三三年在將來的文學史上，沒有疑問的要記錄《子夜》的出版」。〔註6〕馮雪峰認為《子夜》「一方面是普羅革命文學裡的一部重要著作，另一方面就是『五四』後的前進的、社會的，現實主義的文學傳統之產物與發展」，〔註7〕確認這部作品在現代文學發展道路上具有里程碑的價值。如今，距《子夜》的出版已經半個多世紀，歷史的距離愈加顯示出它的力度和不朽的價值。《子夜》在中國小說發展史

〔註3〕　周錦：《中國新文學史》。

〔註4〕　茅盾：《我走過的道路》（中）第 122 頁。

〔註5〕　《魯迅書信集》（上）第 352 頁。

〔註6〕　《〈子夜〉和國貨年》，《瞿秋白文集》（一）第 438 頁。

〔註7〕　《雪峰文集》（2）第 262～263 頁。

上，不僅標誌著 30 年代的現代小說創作已經走上成熟的道路，而且造成一個新的峰巒。這個峰巒，如果以魯迅所開拓的中國現代小說爲一個高度、一個里程，那麼，茅盾顯然延續著魯迅的業績，在 30 年代裡把現代小說推向一個新的里程。魯迅以他的短篇小說奠定了清醒的現實主義的基石，使現代文學以自己的民族的特色，走向了世界文學之林，茅盾則以自己的宏篇巨製，奠定了長篇小說的革命現實主義基礎。《子夜》在藝術創造上，不是哪一個方面達到了新的高度，而是在總體上把小說創作提高到現代化的水平。它吸取了古代文學和外國文學的營養，爲現代小說樹立了榜樣。

二

自然，僅僅從歷史的蹤跡來論定《子夜》的位置，不免有失表象化的疑慮。不過，現象也是本質的表現。現在就沿著歷史的表象去尋求更爲深層的意旨。

在現代文學的創始期，是存在過人生派、藝術派等歧議的。但在歷史的發展中，它們的主導傾向又在競賽中互補而融會。不論是注重自我和崇尙藝術、理想的求索，還是強調人生的藝術，執著於寫實，對於舊世界舊秩序，對於舊的倫理風習，都充滿了挑戰的叛逆的精神。對於文學的社會功能的認識和實踐，愈益強化起來。這是一個空前的覺醒的時代。民族的危難，革命的風潮，促進了對於國民病苦、命運的多向審視。世界文化的交流、汲取，又爲視野的開闊拓展新境。人的覺醒，人本主義的思想大張。個性解放、人的價值、自我意識、國民性的反思，引起社會的關注。「人的文學」的口號應時而出。這情境有些近乎文藝復興時期，當時的意大利畫派把藝術的焦距對準了人。意大利畫派公認的領袖米蓋朗琪羅就說過：「藝術的眞正對象是人體」。〔註 8〕如果說，文藝復興時期的藝術家所重視是天然的「活潑、強壯的人體」，以此衝擊中世紀精神的桎梏，那麼，深受儒家思想浸淫的中華兒女，如今已經從內向性的內省力和道德的自我平衡中思辨逆反，對於精神的病苦，悲劇的遭遇，人性的滅絕，從靈魂深處揭示出來，使人警覺到只有毀掉這窒息生命的鐵屋，別無生機。魯迅正以自己深邃而超拔的藝術，被推爲一代宗師。魯迅的小說，一方面深切地揭示封建宗法體制的罪惡，徹底否定舊的秩序，另一方面又以熱切的態度和現代的目光，把普通的人民群眾引進文

〔註 8〕 轉引自丹納：《藝術哲學》第 73 頁。

學作品,掘發他們的病苦和不幸,咒詛他們不合理的命運。魯迅小說的憂憤深廣,達到了時代應有的力度,他的理想和預見卻超越了時空的界限而屬於未來。魯迅的小說,在更爲寬廣的意義上屬於眞正的「人的文學」。但是,正如魯迅在給許壽裳的信中所說的:「吾輩診同胞病頗得七八,而治之有二難焉:未知下藥,一也;牙關緊閉,二也。牙關不開尚能以醋塗其腮,更取鐵鉗摧而啓之,而藥方則無以下筆」。〔註9〕所以,魯迅的小說雖然立意吶喊,或者不恤用了曲筆爲生活擦上亮色,但終竟讓人感到黑暗的威壓而透不過氣來。

文學本體的延續、積累和歷史的賜予,都向 30 年代的作家提出了新的命題。從「人的文學」到社會的文學,從個性的解放到群體的解放、社會的解放,便是文學的觀念和價值迅猛深化的重要側面。如果說,20 年代的文學是在伸張自我,以人道主義和科學與民主精神爲廣泛的參照系統,尋求作人的合理性,那麼,到了 30 年代,人的命運同社會的機運在文學上更加自覺地契合起來了。群體的運動,社會的文學命題,被視爲價值衡定的重要準則。在文學作品中,國民靈魂的普泛宣洩已被工農群體所充實,儘管一些作者在理想和形象的捕捉之間還有較大的距離感,但是昂揚的激情在不斷地衝擊著造化的把戲。從個人的無告,到群體的覺醒並立意主宰自我的命運,這無疑是時代的新機。早些時候,沉浸在文學中的民族危難的焦躁感和憂時憤世精神,被承傳下來了,正在尋索本質的和科學的答案。在這深廣的時代氛圍中,茅盾以獨特的感受和才情吸收了歷史的甘露。從個人的創作途程來說,從《蝕》的出世到《子夜》的完成,只有五年的樣子。但是廣泛的文學活動使他成爲訓練有素,成績卓著的新文學的開拓者之一。如果把同時代的藝術視爲茂密的大樹,茅盾顯然是它的主幹大枝。《子夜》正是時代的感召同作家才情的融合。《子夜》把個人、群體、民族的危難匯總成一個藝術系統,對於全社會的審視給予他的藝術天地以宏闊的立體感。他不是尋索哪一個歷史的剖面,哪一個層次的詩意,而是要在整體上展示現代中國。30 年代是紅色的。世界性的革命的高揚的光採,也爲中國的左翼文學帶來了濃厚的特有的色澤。30 年代也是白色的。政治、文化、思想上的恐怖政策,使一本書的紅色裝幀都極易被羅織罪名。30 年代的社會是畸形的。社會的建構在世界經濟襲擊中急遽分化。一方面是古舊的停滯的形態,一方面是惡性的大都會風光。《子夜》既

〔註9〕 《魯迅全集》第 11 卷第 345 頁,人民文學出版社 1981 年版。

囊括了垂死的畫面，也包孕著方生的腳蹤；既凝視黑暗的現實，也著眼於光明的未來；既詛咒資本侵襲下都市的醜惡形態，也追索變異的動力。可以說，魯迅小說（《吶喊》、《彷徨》）的思想終結處，恰好是《子夜》的起點，它們在現代小說的歷史延續性上，銜接得自然而默契。魯迅小說中的憂憤之情，詩的韻味和深邃的哲理性，在《子夜》中已見淡化，代之以理性的思索和細膩的描繪與思辨的特徵，一切都在尋求本質的真面。

執著生活，始終是現實主義作家的寶貴性格。恩格斯在給敏·考茨基的信中說：「在我看來，一部具有社會主義傾向的小說，如果它能真實地描寫現實關係，打破對於這些關係的性質的傳統的幻想，粉碎資產階級世界的樂觀主義，引起對於現存秩序的永久性的懷疑，那麼，縱然作者沒有提供任何明確的解決，甚至沒有明顯地站在哪一邊，這部小說也是完全完成了自己的使命的」。〔註10〕恩格斯所談的準則中，顯然容納著不同的層次：一是，以真實的現實關係的描寫，打破統治階級現存秩序，引起永久性的懷疑；二是，有著顯明的傾向和明確的解決方法。應該說，魯迅早期的小說達到了歷史的高度，卻未來得及全面突破第二個層次的限制。茅盾和魯迅同樣，對於現存的社會關係，打破統治階級世界的樂觀主義，採取了執著的決絕的態度，同時，他秉賦著歷史的賜予，以革命的審視力更明晰地意識到它的未來。20～30 年代的歷史，是短暫的一瞬，然而它的深邃嬗變不能不給文學塗抹上明敏的光輝。由是，如果說早期的魯迅尚苦於「未知下藥」，那麼，茅盾在《子夜》的創作時，雖然也是力不從心的，但卻處於「良藥苦口」的局面。

對於人民群眾命運的歷史性關注，以平等的現代的觀念揭示人民群眾的悲慘遭遇，給予現代文學以全新的內容。魯迅的小說，以普通勞苦大眾為主人公，表現他們「畢生受著壓迫，很多苦痛」，他們像壓在大石底下的草一樣，「默默的生長，萎黃，枯死」，這是一種從肉體到靈魂備受摧殘的歷史的悲劇。茅盾則從歷史的急遽變異中迎接了大變動的時代。這是一個工農民眾在地火運行中，挺而抗爭的年代。《子夜》與 20 年代文學，在縱向上承傳了表現工農民眾的傳統，但又呈現出質地上的昇華。顯然，魯迅的希望與「亮色」的意念，已經轉化為現實的觀照。《子夜》正是從歷史的正面或側面，展現這個動盪的革命風潮的。雖然在一些章節中，同現實生活還存在若干距離感，作家本人對此也不滿意，但從總體上來說，畢竟表現了明確的傾向，

〔註10〕　《馬克思恩格斯論藝術》（一）第 6～7 頁。

表現了革命的樂觀精神。《子夜》從都市喧囂的全景上，囊括了現代中國。時代的風雷，從城市到鄉鎮都在滾動不息。從外部的視角來說，上層社會在心靈深處所造成的威壓感，他們要做「白俄」的意念，就都是這種情境的反射。

自然，僅就革命理念的高揚來說，《子夜》也許並不如 30 年代某些作品那樣更為顯露。但是《子夜》顯然衝開了理念大於形象，在雄厲浮露的辭采間缺乏血肉豐滿的人物的偏頗，為革命文學提供了成功的實績。茅盾在《中國蘇維埃與普羅文學之建設》一文中說：「我們所以還沒有產生無愧於我們這時代的作家和作品，原因在於作家缺乏實際革命鬥爭的經驗，在於沒有唯物辯證法的修養以觀察、分析複雜的事物。我們甚至自以為已經產生普羅文學了。所以若要進步，產生真正的普羅文學，就必須一腳踢開我們過去號稱為普羅文學的東西，就必須反對淺薄的分析，單調的題材，和閉門造車的描寫」。〔註 11〕《子夜》在細密的描寫中，顯示了深邃的思想，並且在題材和人物上開拓了新境。它把資產階級群體作為情節展開的軸心，並且出色地塑造了不同的人物性格，這在現代文學史上也是獨具特色的。

《子夜》出現在 30 年代的文壇上，一方面以「實實在在的東西」回答了資產階級文人的「我們不要看廣告，我們要看貨色」和攻訐左翼作家「左而不作」等的挑戰，同時，也以生動的藝術榜樣吸引著年輕的左翼文學家，匡正他們的弊端，使之為思想和藝術完美的革命文學而努力。

三

藝術始於審美感受的萌動，終於美的結晶。它在客體同主體的融會中構成不同的審美形態。古樸、新奇、殘缺、豐盈、雄厲、中和、陽剛、陰柔，藝術在自己的發展中，會以各種體性神態引起人們廣泛的遐想和美的享受。比方，殘缺可以構成一種美的形態。維納斯的出現，她的斷臂殘身並沒有妨礙對她的嫻淑、溫雅的美的捕捉；古城堡的斷瓦殘簷同曉星殘月相映，也許更富於古剎傳奇的風情。「楊柳岸曉風殘月」和「古道西風瘦馬」的詩境，也許基於「殘月」、「西風」、「瘦馬」的意象，更濃鬱了詩的韻味。林黛玉的性格中，可能蘊藏著些許病態的徵象，但是她那嬌貴、清高、脆弱以及尖酸、小性兒等等，同她特有的身世、處境聯結起來，也不失為一種美的形態。曾

〔註 11〕《茅盾回憶錄・「左聯」時期》，《新文學史料》1981 年第 3 期。

經作過羅丹的秘書的奧地利詩人里爾克說，羅丹的雕刻之中，塌鼻男人和被摧殘的女子，展現了生命的充實；無頭無足的男子塑像和苦悶少女的裸體石像，顯示出旺盛的生命活力；像鎖鏈一樣赤裸的身軀，充滿著永葆的青春；五隻手指的姿態把全身的憤怒和悲傷表現得淋漓盡致。這些不完整的肉體塑像卻能與世共存。〔註 12〕病態、殘缺的藝術，所以構成美的特徵和形態，自然同世界的無限豐富有關，也是主體的審美追求同藝術接受者的多種情趣的融會。馬克思曾經指出：每一滴露水在太陽的照耀下都閃耀著無窮無盡的色彩，難道精神的太陽無論它照耀著多少個體、什麼事物，只能產生一種色彩嗎？

如果以上述的美態作為一個參照座標，從美的鏡角審視，那麼《子夜》無疑更注重於整體美的探求。它所注目的顯然不是社會的一角，生活的斷片，而是全般，是總體性的風貌，是全景式的攝取和映照。它對時空的調度，固然以大都會為中心視點，但是 30 年代的林林總總，風風雨雨，城鄉的變異，歷史的風情，民族的危難，莫不在它的差遣之中。既有高瞻遠矚之勢，又具精雕細刻的功力。可以說，《子夜》是以全方位綜合的藝術鏡角加以表現的。

現代文學的歷史畫廊，誠然是萬象紛呈的。就作家的主觀視野來說，自然有以一個村鎮或小城作為原型來探觸人生的（如沈從文的《邊城》、蕭紅的《生死場》），也有以一個大家庭的衰敗為筋絡來展現藝術世界的（如巴金的《家》）。魯迅的《狂人日記》只寫了一個人的病狂和醒悟，卻深邃地揭示了吃人的歷史，郁達夫的《沉淪》以自我的心靈顫動和性心理的袒露為重要特徵，卻同時代的病苦、民族的際遇形成聯結。或麻木或覺醒，或憤懣或呻吟，或濃染了血與火的現實，或淡化了人生，都不失藝術的光澤。而《子夜》的創作，則以總體的全般的藝術觀照，造成整體性的藝術追求。它自然也寫人，或者可以說是民族工業家的命運史，但是，在整個建構中顯然是把群體、集團、階級間的衝撞，社會變動和人物命運的映照，作為藝術探索的中心。在《子夜》的構思中，茅盾最初形成的心理定勢便是「大規模地描寫中國社會現象的企圖」。〔註 13〕他不止一次地表露自己的意向：要寫一部「白色的都市和赤色的農村的交響曲」。這構想使《子夜》不僅具有宏偉的框架，也顯示史詩般的品格。就形式說，恢宏的體制巍峨壯觀；就內容說，縱橫開闊，以作

〔註 12〕轉引自濱目正秀：《文藝學概論》第 39 頁，中國戲劇出版社 1985 年版。
〔註 13〕《〈子夜〉後記》。

家所意識到的歷史內容作了深層的開掘。它因此被譽爲「一幅整體性的，充滿行動的大幅壁畫」或「遼闊多彩的畫面」。

丹納說：「對於事物有總體觀是高級才智的標誌」。〔註14〕這種總體觀的美學追求，自然得力於個人的才情，同時也隱現著時代的浮力。茅盾的創作的歷史證明，他開始小說的創作便以宏闊的目光統覽時代。他以爲《蝕》與《子夜》所以引起轟動，原因之一正是涉足了「他人所不敢而又是人們所關注的重大題材」。也許《蝕》對社會整體的概括，還屬於一種試煉，一種有意識的探求，而《子夜》的成功則意味這種整體性美學風格已近成熟。一切社會內容，包含政治、經濟、軍事、倫理、愛情等現象，在茅盾的藝術構想中已經形成血肉聯結的網絡，成爲互襯的有機的整體。其中理性的思索則是靈魂。

不過，從另外一個角度審視，這種整體美的探求也並非孤立的現象。丹納認爲，「要瞭解一件藝術品，一個藝術家，必須正確地設想他們所屬的時代精神和風俗概況」。〔註15〕丹納論述文藝復興時期的藝術家注重人體的這種文藝現象時，認爲這「好比馬的奔跑，鳥的飛翔，完全出於自然」。在當時那個時代，「五光十色的形體是精神的天然語言」。「畫上的形象對觀眾不是陌生東西，不是畫家用考古學的拼湊，意志的努力，學派的成法，人爲的搬出來的。觀眾對色彩鮮明的形體太熟悉了，甚至帶到私生活和公共典禮中去，圍繞在自己身邊，在畫出來的圖畫旁邊製造出活的圖畫來」。〔註16〕茅盾對於整體美的追求，也是時代的投影。它是在30年代社會心理、文化建構的潛流中湧現出來的。在30年代，對於社會意識的注重，社會整體的思索，民族命運的過去、未來的辨識，已經成爲重要的歷史課題。想起中國社會性質的論戰，民族危難焦躁感的增強，先進意識和社會科學理論的不斷滲入，便給予審美的探求以歷史的轉機。整體美的追求，實質上是要求藝術在整體上把握生活，在更深的層次上認識時代，從而審視自我的命運。正是在這裡，茅盾的獨特才情同時代、風俗契合了起來。

現代的節奏與現代的律動感的追求，是《子夜》另一個引人主目的審美特徵。在中國傳統的美學中，和諧是重要的準則。在古代中國，根據陰陽五行學說認爲整個宇宙是由陰陽的對立統一所組成的和諧的整體，而「樂」之

〔註14〕《巴爾扎克論》，《文藝理論譯叢》1957年第2期。
〔註15〕《藝術哲學》第7、100頁。
〔註16〕《藝術哲學》第7、100頁。

「和」不過是宇宙之「和」的表現。單穆公認爲:「夫樂不過以聽耳,而美不過以觀目。若聽樂而震,觀美而眩,患莫甚焉。夫耳目,心之樞機也,故必聽和而視正。聽和則聰,視正則明」。〔註17〕後來《樂記》中所說的「大樂與天地同和」,「樂者,天地之和也」,同樣闡述了這樣的道理。這種認爲美是人同自然和社會和諧統一的準則,自然有它重要的價值。然而,近代社會的急遽變異,使得超穩定性自然經濟的古老中國現實完全失去了居安思和的局面。30 年代的中國社會,急驟變異的社會風情和凝固緩慢的狀貌是交織並存的。各種矛盾錯雜紛紜。《子夜》以現代的目光,宣洩了現代的律動,揭示了動態美和強烈衝擊中快速的節奏感。如果說古代美的捕捉頗重於中和、統一的追求,現代社會的強烈衝擊,就使得矛盾、對立的因素愈加引人注目。諾貝爾文學獎金的獲得者聯邦德國作家亨利希‧伯爾說得好:「和諧曾經是各種藝術的理想目標。但是也有逆潮流而動的反和諧藝術」。他認爲貝多芬就不是和諧者,荷爾德林也不是,而歌德是個和諧者。但是他又認爲,如果環視一下周圍的世界,「哪怕是歌德,也會失去他追求的和諧」。〔註 18〕《子夜》所秉賦的,正是現代大都會脈搏中社會的、民族的、階級的、自然的衝擊力度,不僅給人以光、熱、力的觀照,同時以快速的節奏反映了情勢的變化,矛盾的紛沓,衝突的劇烈。它把一切人情世態都置於矛盾糾葛的機制之中。事業的得失,成敗的憂患,民族的危難,都在時刻變異之間演化。吳老太爺的死,馮雲卿的潰敗,周仲偉的出盤,以及吳蓀甫的失敗,一切都似插曲、幻夢,一切都在歷史的律動中顯現出深層的質態。整個章法、建構上的聚合變化,也同這種內在的力的衝擊造成互相應合的狀態。

自然,這種律動感、力的節奏的捕捉,是現代的。既非冥冥中所主宰的神秘的命運,也不是原始的自然力的復演,而是一種執著的現代的社會力量。這種急遽的律動,潛隱著外資的魔爪,蘊藏著野蠻的破壞力,卻也生成著民族的革命的新機。在《子夜》中,審美的主體始終保持清醒的態度。作家以科學的目光,凝視著諸種力量的角鬥、爭逐、聯結、轉化和消長的過程。在意識到的歷史內容中,揭示各種矛盾。有所讚美,也有所鞭撻,或在否定中兼蓄著一定分寸感的肯定情態。如果說,現代小說的現代觀念、手法在魯迅手中形成、奠基,那麼,茅盾則以宏大的力度和章法,把它們推向更高的藝

〔註17〕 《國語‧周語下》。

〔註18〕 參見《中國》1986 年第 1 期。

術峰巒。

《子夜》的第三個審美特徵是它的悲劇性特徵。「在德國美學中，悲劇的概念是和命運的概念聯結在一起的，因此，人的悲劇命運通常總是被表現為『人與命運的衝突』，表現為『命運干預』的結果。」〔註19〕不過，同樣是悲劇性的尋索，有人重於個人的苦難，有人注目於社會的危亡；有人苦於命運之神的箝制，有人則洞察歷史的因緣。其中不僅有層次上的高低之別，也有意識的自覺與朦朧的差異。《子夜》是以悲劇性為結局的。它擺脫開傳統的大團圓的方式——封閉式的處理，而以開放式的形態戛然而止，給人以想像餘地，留下了些許空白，但中國社會性質的意向，卻在人同命運的格鬥中呈現出暗示性的效應。如果這也可以稱為「人與命運的衝突」，顯然這是人同歷史命運抗爭的悲劇。

進一步說，如果悲劇可以劃分為陽剛與陰柔兩種雙向逆反形態，《子夜》則是側重於陽剛之美的。這似乎同貫通全篇的主人公的性格攸關，同時也聯結著通篇所造成的心理定勢。就性格的衝突來說，吳蓀甫可能是社會的強者。作家所以強調主人公剛愎果斷的性格，無疑要在人同命運的撕拚中突現這種悲劇的社會性。它不僅使人同情，主要還是造成強勁的心理震動。這種震動主要也不是以柔情的抒發取勝，而是在兩種社會力量的對峙、角鬥中造成理性的觀照，從而轉化為使人信服的深遠的社會功能。

那麼這種悲劇性是否歸之於「崇高的最高、最深刻的一種」呢？例如說，吳蓀甫的性格是崇高的、偉大的等等。如果把陽剛之美的悲劇性，只引向這樣一個狹窄的通道，確實就感到麻煩了。顯然，吳蓀甫並非具有崇高的道德力量的人物，也並非自覺於群體的事業，相反的，在社會的群體的抗爭中，他還是個敵對者。但是，在他的行動中卻又容納著一個民族的生存、競爭的行動。這種行為恰好借助於一個民族資產者體現出來。這就具有了複雜的認識情愫。這種複雜的審美特徵，正顯示出作家特殊的認識價值。

〔註19〕車爾尼雪夫斯基：《生活與美學》第 24 頁，人民文學出版社 1957 年版。

吳蓀甫形象面面觀

一

　　歷史對文學的審視和選擇，呈現出交錯的多維狀態，有時側重於它的社會的道德的取向，有時則對它的審美價值多所覓留。這自然同社會時尚、人們的心理氣候攸關，但是也難於離開作品的意蘊包藏。事實上，一部作品的誕生，雖然由作家的頭腦中物化為客觀的實體，但是，這只是讀者品評的起點。優秀作品的豐富內涵會隨時代的變異，讀者的不同視野和審美感受，而被陸續發掘、拓展開來。所以，有人視作品（文本）為常數，讀者的世界和時代為變數，這是不無道理的。正是在審美品評與作品意蘊的多向遇合中，人們尋求著更為合理的批評向度。

　　不久前關於吳蓀甫形象的歧議，人們還是記憶猶新的。例如，吳蓀甫是一個反動的資本家，還是具有法蘭西性格的資產階級英雄？作家對這個人物是褒揚同情，抑或是貶斥？等等。現在看來，對峙的雙方，觀點似乎是矛盾的，但又是統一的，因為論者的命題大都是從社會學的基點上出發的。在這方面，茅盾在開國後不同情境下的一些解釋，也為某些研究者提供了立論的注腳。但是，如果從審美的、心理的視角來看，對吳蓀甫形象的重新解讀也不無新的啓迪。

　　誠然，人的性格總體上是由比較穩定的心理態勢形成的。但是，就是從社會關係總和的鏡角來說，它自身也是一個多向負荷的個性系統。社會、家庭、歷史，現實，交糅著塑造著人的性格，主宰著人的生活取向；而作家又從生活的海洋中感知自己的人物性靈，這哪裡會形成一種固定的兩極對立的

模式（反動人物或英雄形象）呢？心理學的研究表明，「人所謂自我不是一個，而是多個自我。這個自我協調工作，就是正常的人」。〔註1〕按照榮格的人格原型說，人的性格是由人格面具、阿尼瑪和阿尼姆斯、陰影、自性組成的。〔註2〕因此，用單一的定型的模式來觀察、品評文學作品的人物，自然難於獲得完滿的結果。如果同作品以及活生生的人生參照，就更加格格不入。譬如說，人們對於愛神維納斯的品格，頗注重她的嫻雅、羞美的風姿，欣賞她那冰清玉潔的嫵媚、貞靜動人的魅力，這自然構成她比較穩定的性格特徵。但是，據希臘神話和傳說的描繪，當這位女神向凌辱她的楞諾斯島人報復時，她披頭散髮，怒氣衝天，身上披著黑袍，手裡提著火炬，像狂風暴雨似地駕著烏雲衝下來，這一刻簡直無法使人認出他是愛神，而實在像一個冤魂。萊辛在《拉奧孔》裡說，「維納斯固然代表愛，卻還不只是愛，在愛這個性格以外，她還有自己的個性，因而她能愛慕也能怨恨。難怪她在詩人的作品裡往往怒火大發，特別是點燃這怒火的正是受到損害的愛情」。〔註3〕同樣的，作為古老的中華民族的象徵，那條騰雲駕霧的龍的形象，也並非單一的徵象，馬頭、鹿角、蛇身、雞爪的四不像，卻構成了多向組合的至高的聖靈。如果說，從西方的愛神至東方的神龍畢竟是神話傳說中虛擬的形象，那麼，現實中的人物也是大抵如此。魯迅在品評陶淵明時，就曾經指出「被選家錄取了《歸去來辭》和《桃花源記》，被論客讚賞著『採菊東籬下，悠然見南山』的陶潛先生，在後人的心目中，實在飄逸得太久了，但在全集裡……除論客所佩服的『悠然見南山』之外，也還有『精衛銜微木，將以填滄海，刑天舞干戚，猛志固常在』之類的『金剛怒目』式，在證明著他並非整天整夜的飄飄然。這『猛志固常在』和『悠然見南山』的是一個人，倘有取捨，即非全人，再加抑揚，更離真實」。〔註4〕實際上，就以魯迅來說，憤世嫉俗，秉筆直書，同傳統的文化、道德斷然決裂，但對父母為之作成的婚配，卻也默默地把她養起來。講到人生，依然要留有「餘裕」，他是所向披靡的勇士，但也時時「想望休息」。從神話、傳說中的神到現實社會中的人，都在說明事物的紛繁和人的心靈的豐富多姿。人的心靈世界是個動態的奧秘

〔註1〕　錢學森：《形象思維、抽象思維、靈感思維，是普遍的思維形式》，《文藝研究》1985年第1期。

〔註2〕　參見《榮格心理學入門》第48～64頁，三聯書店1987年版。

〔註3〕　《拉奧孔》第54～56頁，人民文學出版社1979年版。

〔註4〕　《且介亭雜文二集・「題未定」草（六）》。

的存在，有人稱它爲「內宇宙」，這使它的廣闊度和深邃性更耐人尋味。所以，尊重藝術規律的黑格爾，要求對審美結晶的人物塑造要給以繁富的表現。他認爲性格需要「保持住生動性和完滿性，使個別人物有餘地可以向多方面流露他的性格，適應各種各樣的情境，把一種本身發展完滿的內心世界的豐富多彩性顯現於豐富多彩的表現」。〔註5〕在藝術中「每一個人都是一個整體，本身就是一個世界，每個人都是一個完滿的有生氣的人，而不是某種孤立的性格特徵的寓言式的抽象品」。〔註6〕

《子夜》中吳蓀甫的形象創造，便給予人們頗爲近似的思索。作家在藝術感知和自覺地表象運動中，已經意識到客觀世界的複雜性，從而在現實關係的制約中展現這個人物。茅盾說，這是一個在民族工業家中比較有事業心的人。這可以認爲是吳蓀甫的比較具有穩定性的特徵。他充滿雄心和魄力，而又剛愎自用。在他的憧憬中，「高大的煙囪如林，在吐黑煙；輪船在乘風破浪，汽車在馳過原野」。這是一派宏大的圖譜，他便是這個王國的主宰者。這情境使他儼然成爲「二十世紀機械工業時代的英雄騎士王子」。然而，他也時時頹唐，處於危難與憂患時刻即來之中。他鎮定自若，在同業間顯示出十足的「大丈夫」氣，甚至在妻子面前也竭力不流露出某種焦慮不安，但有時又會暴跳如雷，不時向部下或家人發洩那種無名之火。如果依據古希臘名醫希波克拉特的氣質學說，吳蓀甫似乎當屬黏液質或抑鬱質型，〔註7〕他不失穩重、膠滯的狀態，卻又雜糅膽汁質的急躁和衝動。看來這氣質的本源固然可以從生理上得到解釋，但社會的機制顯然在作家的感知中構成更爲深層的因緣。

從社會學的層次來看，吳蓀甫是充滿了階級實感的人。作爲資本家，他身居「領主」的地位，一派大亨的勢頭，但利欲的兇狠居心時刻鑲嵌在他的胸膛中，只要機緣到來，他是從不放過的。所以深知他的內相的吳少奶奶也認爲吳蓀甫的心「眞狠」。這從他吞併朱吟秋的絲廠的過程便可得見。吳蓀甫對於外國資本的侵襲，是抵制的。對買辦掮客趙伯韜的種種要挾，不失敵愾，呈現出困獸猶鬥之勢，但對工人則窮凶極惡，步步進逼。種種行徑，既顯現出民族性，又囊括階級的屬性，這兩種性格素質是互相滲透、契合在一起的。

〔註5〕 《美學》第 1 卷第 304、303 頁。
〔註6〕 《美學》第 1 卷第 304、303 頁。
〔註7〕 波氏把人分爲四種類型：膽汁質－急躁型；多血質－活潑型；抑鬱質－穩重型；黏液質－膠滯型。

正如阿 Q 的「精神勝利法」誠然是活生生的雇農性格的反映，卻也深深地積澱著「集體無意識」的國民性的歷史特徵。這一切揭示出吳蓀甫不是個單一性格模式的寓言式的抽象品，而是充滿了矛盾悖反形態具有生氣的人。繁富的心態多樣統一，像精心熔鑄的多稜鏡一樣，構成社會關係的總和。由此可見，用政治邏輯的排中律，對這個人物作簡單的兩極品評，顯然是不妥的。那種不是英雄，便是反動資本家的論斷，恰恰違悖了藝術觀照中的生動性和直觀的顯現。

近年來，模糊數學連續值觀念的引入，對於是與非，此與彼的機械二值論無疑是個有力的衝擊。根據數學家查德的模糊集合理論，隸屬函數不是取（0‧1）兩個值，而是在 0 與 1 之間可取無窮的多個連續值。這種連續值邏輯滲入文學批評，為某些紛紜難解的藝術典型品評拓展了思維空間。於連、安娜‧卡列尼娜、哈姆萊特、阿 Q、繁漪等複雜的形象群，自然是不會存在肯定或否定互相排斥的兩個值，他們的雜多的性格元素和較單純的性格主體是可以統一的。在藝術領域中，僅僅運用正面人物、反面人物或中間人物的普通集合概念是難於涵蓋心靈世界的繁富性的，而兩值之間的運動流程，連續邏輯的模糊集合，卻呈現出拓展新機的活力。吳蓀甫的性格也是如此。可以說，多種因素的互相滲透、契合，並以情感為中介的變幻發展，構成了吳蓀甫性格的豐富契機。在某種情境下，正面與反面、進步與反動、剛愎與懦怯，就是二重複合體。剛毅者失在激訐，雄悍者失在多忌，謹慎者失在多疑，柔順者失在少決，善辯者失在流宕：三國時期的學者劉劭在《人物志》中的剖解，對於性格元素中的二重性是不無啟迪的。〔註8〕

如果借鑒物理學的波粒二像性和互補的理論，對於吳蓀甫形象的理解同樣是有助的。從 17 世紀牛頓提出光是由慣性微粒子組成以來，對於光的粒子說與波動說，一直是紛紜莫辨的論題。丹麥物理學家玻爾的互補性概念，彌合了波粒二像性的難題。人們認定，物質在原子層次上具有二重性，它表現為粒子與波。在某種情況下，粒子占主導地位，在另外的情況下則更像波。玻爾認為，原子的粒子圖像與波圖像是同一實體的互補性描述，其中每一種都只是部分正確，並有有限的應用範圍，由此，他昇華為「對立即互補」的論斷。〔註9〕波粒二像性是物理學現象，對於精神現象的文學來說，同樣具有

〔註8〕 轉引自劉再復：《性格組合論》第 294 頁，上海文藝出版社 1986 年版。

〔註9〕 參見《文學批評方法論基礎》第 327～328 頁。

認識論的價值。它使人理解，像吳蓀甫的性格，民族性與階級性，進步與反動，剛愎與軟弱，在一定的社會氛圍中並非是非此即彼的狀態，而是二重的複合體，對立著卻呈現互補的形態，在某種態勢下這一方面突現出來，在另外，一種情境中又爲另一方面所取代。突現，淡化，運動，取代，如此才會構成生動的形象直觀，這道理也許是不難接受的。

二

　　毋庸置疑，重視人的社會功能，在繁富的社會關係制約中展示人的歷史命運，賦予吳蓀甫的形象塑造以鮮明的特徵。就此說來，吳蓀甫形象的豐富性和理性的色彩是密切交融的。用理智的目光審視社會生活，是茅盾這時所皈依的藝術準則，也是 30 年代左翼文學群體自覺地從藝術之宮走向「十字街頭」進行藝術開拓的價值取向。《子夜》的藝術生命，在於它衝開了初期「革命文學派」的觀念勝於形象的偏頗，使豐滿的性格寓於冷靜的藝術刻刀之中。由於理性波光的強化，認識價值的增大，自然會衝擊藝術審美的感應，從而造成理性與審美感知的傾斜，這時候一些社會生活場景便會成爲塊狀的形態，鑲嵌在作品中。例如，吳蓀甫爲了實現自己的階級意欲，絞盡腦汁，蠶食鯨吞同業的描繪，同時又軟硬兼施，壓榨和剝削工人，延長工時，減低工資，收買工賊，以及同反動政府勾結鎮壓工潮的情節，無不顯示出理性光照下社會功能的意向。甚至在這方面會使人們感受到，作爲文學家的茅盾，時時被革命家茅盾的潛在敏感和政治意趣所浸染，使他所積澱的政治生活不時地上昇到意識的層面，突奔顯現，發揮出藝術效應。但也正是在這時節，理性的力度和藝術的審美因子，形成衝突和挑戰的勢頭。這是否應歸因於特定的題材的必然呢？不見得。主要是作家把時代、歷史提到了決定的位置，而把人，人的心態的捕捉，成爲社會制約的附屬品。這時，人的主導地位，人的心靈狀態便被一種固定的框架所左右。如果作品屈從於理性的衝力，造成失控狀態，便會抑制創作心態的發揮。應該說，這種社會剖析歷史地體現出時代的品格，也賦予《子夜》以鮮明的特徵，但是時代思潮的強化自然也脅迫審美感悟的能量。認識價值的取向和接受者的審美快感的強弱也並不成正比。在這方面，吳蓀甫形象的塑造，實際上不斷經受著衝擊和考驗。

　　可貴的是，茅盾既皈依理性的準則，又不爲這種思維的慣性所圍，在許多近乎板滯的圖式中還是讓生活閃出光彩來。對吳蓀甫同趙伯韜的鬥法的描

繪，一般易於陷入社會觀念的簡單模式，但在茅盾的筆下，或明或暗，實虛交糅，始終處於藝術的捕捉騰挪之中。人們自然會欣賞那些風風火火的競爭場面，也會看到在現金和白銀的誘惑下他們坐在一條板凳上的情景。吳蓀甫對軍閥戰亂是沒有好感的，可是公債市場上的廝拚又使他在情感上盼望這種討厭的戰火不要馬上停歇下來。不用說，這都是社會性很強的畫面，但作家又總是使藝術的刻刀向較深的層次游動，給人留下品味的餘地。《子夜》的創作表明，理性的力度，竭力轉化為透視生活並駕馭生活的功力。

這情境，如果聯繫作品中對吳蓀甫的心態的捕捉、探索來認識，無疑顯示出作品審美因素的強化。這時候，可以說作家既皈依理性，又超越於理性，而顯露出心靈藝術家的主體風範。人們在解讀《子夜》文本時，時時感受到吳蓀甫剛復自強的氣概，但是在動態中也時時看到他那虛弱的躁動不安的靈魂。如果說，前者屬於「人格面具」，後者則是榮格稱為的「阿尼瑪」，或稱為「內部形象」，即男人心理中「女性的一面」，軟弱、柔順都是它的體現形態。《子夜》不僅寫了吳蓀甫在同趙伯韜談判時明知身處劣勢，卻又不肯服輸的倔強性，也寫了他在家庭中的暴躁發洩，在書房中的沮喪不安，乃至在潰敗時企圖自殺的變態心理。由於適時地把握人物性格的不同方面，顯現出豐富的心靈世界，吳蓀甫便成為活生生的、具有真情實感的人。這實際上是審美領悟對理性的超越。

可以看出，作品對人物的心態捕捉，是深入到細微的境界的。在這方面，相悖場面的情欲比照愈益分明。在事業的角逐當口上，交際花劉玉英用誘惑、挑逗的口吻問：「……你到我那包定的房間來時用什麼稱呼？」吳蓀甫很不介意地回答：「我們原是親戚，我仍舊是表叔！」這時的吳蓀甫儼然是一派正人君子風度，然而情移勢轉，吳蓀甫和林佩瑤同床異夢的時刻，劉玉英會「紅著臉，吃吃地笑」著撲到他的身上來。「夢是願望的達成」，弗洛伊德的這個見解，可以幫助人們理解吳蓀甫在潛意識狀態下的情感與內在心態。這自然超脫了理性的軌道，更見意欲的本色。因此，這些細微的點染，也許較姦污王媽的情節更深地探觸到吳蓀甫的心態。如果說，這些地方也沒有完全脫卻理性，那只能說是精神已經沉入物質，是一種審美理性的化合。

研究者認為，文學創作是主體與客體同化、創造的雙向契合。在生活表象的化合、構建中，主體不是呈現消極的被動狀態，而是以充沛的激情融貫其間，正是如此，會顯示出主體選擇的心理優勢，造成藝術創造中的「這一

個」。吳蓀甫的剛愎果斷，自命不凡，便是在軟弱的中國民族資產階級群體中的一種發現和選擇。這使他不僅同買辦意識濃鬱的周仲偉不同，同又狠又笨的朱吟秋界分開來，也同奸詐多變的杜竹齋截然而異。同時，由於這種創造過程是伴隨著強烈的情感活動進行的，這自然會顯現出主體對人物事態體驗的特殊態度。但是，這種情態是異常複雜的，也隱顯不一。對於吳蓀甫的塑造便融合這種複雜的因素。就客體存在來說，30 年代的民族工業家本身就具有雙重的形態。他們的奮力自強，欲展宏圖，這在歷史的趨向中自然呈現美質，但是他們依邪附逆，壓榨工人階級，又是一種醜惡的行為。這種複雜性的表現會引發人們多向的體驗。肯定，同情，貶斥，否定，錯綜在主客體的契合中。這情景，近於魯迅對阿 Q 的創造，存在「哀其不幸，怒其不爭」的複雜情態，茅盾對於吳蓀甫的情感體驗也是複雜的。有時呈現讚譽之氣，有時則諷喻貶抑，對於他事業的順遂，不無明朗開闊的筆墨，對於他的失敗命運，卻又隱含悲愴意蘊。應該說，既有所肯定，又有所否定，這是一種雙向逆反的複合情態。或者還夾雜幾分模糊性，這種模糊性並非態度曖昧，恰恰是人事更迭的折射。因此，那種非此即彼，單向偏執的評斷，是不切近吳蓀甫的創作實際的。例如：

> 吳蓀甫先不發表意見，任聽唐雲山在那裡夸夸其談。眼前這幾位實業家的資力和才幹，蓀甫是一目了然的；單靠這幾個人辦不出什麼大事。但對於自己，蓀甫從來不肯「妄自菲薄」，有他自己加進去，那情形當然不同了；他有手段把中材調弄成上駟之選。

基於文體風格的特徵，這段文字自然看取不到作者的直露譽揚之詞，但是僅從客觀的描述中不斷抑揚的語感便油然而生。那唐雲山的「夸夸其談」顯然是貶義的，但比照之間吳蓀甫的判斷力，自信和「把中材調弄成上駟之選」的才能，便充溢著美譽的情態。但是，在鎮壓工潮時，當他坐在「裝了鋼板和新式防彈玻璃」的汽車裡，心裡依然止不住卜卜地跳著時，從語感中所透露出的情態顯然蘊藏否定意味。風潮已成過去，作家諷喻地寫道：「這裡（吳府）依舊是一個『光明快樂』的世界」。可是吳蓀甫「被圍困在廠門口那時的恐怖景象立即又在他眼前出現。電風扇的聲音在他聽去宛然是女工們的怒吼」。在這種情況下，平時冷靜、剛毅的吳蓀甫和驚魂未定，惴惴不安的吳蓀甫是複合統一的。正是如此「光明快樂」的描寫同吳蓀甫的心態映照起來，又留下了多少可資品味的餘韻。

　　但是，也應指出，文學創作中這種主體情勢的滲入，藝術上的選擇，並非是隨心所欲的。看來是「思接千載」，「神與物遊」，然而人物一旦形諸筆端，化為血肉生靈，便形成自己的音容笑貌，具有自己的運行走向。所以法國作家弗朗索瓦・莫里亞克才說：「我們筆下的人物並不服從我們。他們當中甚至會有不同意我們，拒絕支持我們的意見的頭號頑固派。我知道，我的有些人物就是完全反對我的思想狂熱的反教權派，他們的言論甚至使我羞慚」。〔註10〕魯迅對阿Q的塑造，更加活現出「人物並不服從我們」的藝術準則。作家對阿Q的命運是同情的，但是他沒有辦法使阿Q擺脫一步步走向被捉去坐牢、被殺頭的命運。梁斌也感到沿著審美的藝術規律寫作，使得有的人物不敲門就走進了他的藝術世界。茅盾在《子夜》的創作中，也大抵如此。且不說像屠維岳這樣的人物，在最初的構想中並不存在，後來是吳蓀甫「看中」了他，使他突然浮現出來；就吳蓀甫的形象來說，他的走向也只能沿著人物的自身規律處理。按照茅盾最初的設想，《子夜》（最初是《棉紗》）的主人公是一個女工，但在深化藝術構建時，覺得這不符合藝術世界的實際，終於吳蓀甫走進了作品並且成為貫通全篇的軸心。一則，吳蓀甫的事業和作為可以觸及到中國社會性質的核心；二則，只有吳蓀甫這樣的社會關係，才能聯結社會生活的方方面面，給予30年代的現代中國以歷史的概括。設想，如果《子夜》的中心不是吳蓀甫這樣的典型人物，那全書必然成為另外的樣子。同樣，按照茅盾最初的構想，吳蓀甫最後是同趙伯韜握手言歡而告終的。在《提要》裡是這樣寫的：

　　　　六，最後一章，在亢奮中乃有沒落的心情，故資產階級之兩派於握手言和後，終覺心情無聊賴，乃至交易其情人而縱淫（吳與趙在廬山相會）。〔註11〕

這結局，對於吳蓀甫和趙伯韜的沒落、腐朽都會有進一步的揭露的。但就作家對生活開掘的旨趣和社會意向來說，卻並不盡意。為了深化吳蓀甫的性格，沿著所憑依的審美原則更深層地揭示本質規律，茅盾和瞿秋白商談後，便「改變吳蓀甫、趙伯韜兩大集團最後握手言和的結尾，改為一勝一敗」。這樣，以悲愴的結局，把吳蓀甫的命運和整個「民族資產階級是沒有出路的」歷史糅合起來，使得藝術的意蘊籠罩在深沉而又悲愴的氛圍中。

〔註10〕《法國作家論文學》第19頁。
〔註11〕《我走過的道路》（中）第107頁。

三

《子夜》出世後,對於吳蓀甫的形象構成有種種猜想。例如說,「趙伯韜者,宋子文也」。〔註12〕而吳蓀甫的原型則推爲盧學溥、章伯鈞等等。〔註13〕茅盾回答說,吳蓀甫並沒有固定的原型,他是根據綜合觀察而創造的一個在「當時民族資產階級中間比較有『事業心』的人們的典型」。〔註14〕

誠然,在典型的塑造中,根據某些生活的原型加以創造的實例是存在的,而且也不乏優秀之作。例如高爾基的《母親》的中心人物巴威爾・符拉索夫和他的母親彼拉蓋雅・尼洛夫娜,就很像 1902～1905 年俄國革命時期彼得・安德列耶維奇・札洛莫夫和他的母親安娜・基利洛夫娜。所以蘇聯的評論者認爲《母親》的「最顯著的特點是它反映了眞人眞事」。它「在相當大的程度上是一個紀錄性的長篇」。〔註15〕這境況,同現在提倡的「紀實文學」、「傳記文學」多有相通之處。但是,在感知中調遣生活的綜合儲備,加以概括的經驗,也不勝枚舉。魯迅《狂人日記》、《阿 Q 正傳》中的狂人、阿 Q,儘管也有生活中的原型,但仍然是「雜取種種人,合成一個」的結晶。魯迅說,「所寫的事蹟,大抵有一點見過或聽過的緣由,但決不全用事實,只是採取一端,加以改造,或生發開去,到足以幾乎完全發表我的意思爲止。人物的模特兒也一樣,沒有專用過一個人,往往嘴在浙江,臉在北京,衣服在山西,是一個拼湊起來的角色」。〔註16〕

看來,茅盾對吳蓀甫的創造,更近於後一種情況。如果可以把作家的頭腦視爲載體,那麼當茅盾在同鄉故舊中訪問的時候,在交易所對「衝鋒似的吶喊」的觀察中,在看人家拉股子辦企業的活動中,慧眼獨見的資本家的意象便油然而生。其中自然也包容著他的表叔盧學溥(鑒泉)給予他的印象。茅盾說:「吳的果斷,有魄力,有時十分冷靜,有時暴跳如雷,對於下人的要求十分嚴格,部分取之於我對盧表叔的觀察」。〔註17〕這情境,如果按照心理學統覺過程加以理解,便會了然。人們的感知,是客觀現實的反映,但是感知在大腦中也必然激活以往積澱的經驗。這樣直接映象同經驗中的表象疊印

〔註12〕 《名字雜談》,1981 年 4 月 23 日《羊城晚報》。
〔註13〕 參見《茅盾同志答問》和 1963 年 11 月 25 日茅盾給曾廣燦信。
〔註14〕 茅盾答筆者信。
〔註15〕 季莫菲耶夫:《蘇聯文學史》上卷第 106～107 頁。
〔註16〕 《南腔北調集・我怎樣做起小說來》。
〔註17〕 《我走過的道路》(中) 第 98 頁。

組合，生成造化才能形成一個新態的表象。關於這些，《古代文明國民的繪畫》中有這樣的描繪：

> 心靈從感覺中接收了微小的回憶端緒後，就無限地進展下去，把應該回憶的內容全部回憶出來。因此，彷彿站在心靈入口處的感官，接收了萬事的端緒，並提供給心靈；同樣，心靈接收了這一端緒，然後從事其後的一切：細柄長矛的下部只不過輕微搖動，這種震動便傳遍整個長矛甚至到達矛頭……因此我們的心靈只需要一個小小的端緒就能回憶起全部事情。〔註18〕

吳蓀甫的形象創造正是如此。現實的直接的心理映像，是藝術孕生的端緒，它同過去的經驗同化組合，才能生成新的意象。但是，在藝術感知開始，便是「一種多樣性交織的，有選擇，有抽象，甚至有創造的構造活動」。〔註19〕從茅盾最初的審美體驗中，人們會感受到他要塑造一個有作為，有事業心的資本家的心理定勢。因此，他同化創造，不僅再現了鮮活的生活，同時也沿著藝術變形的軌道建構自己的人物。只不過這種變形，同寫意作品不同，它始終貼緊寫實的準則，不重表現，而是再現性的變形。在人物性格和生活環境間形成有機性和制約性。由是，現實的映像與以往經驗的表象，在複雜的契合中形成自己的音容笑貌。

自然，吳蓀甫形象構成的時代、社會基因，也是不可忽視的。《子夜》是在關於中國社會性質的論戰中完成的。在這一過程中，作者在創作中充滿了參預意識。他說：「這樣一部小說，當然提出了許多問題，但我要回答的，只是一個問題，即是回答了托派：中國沒有走向資本主義發展的道路，中國在帝國主義壓迫下，是更加殖民地化了。」〔註20〕可能基於此，便引起某些人對《子夜》創作是否「主題先行」的疑惑。問題自然不能這樣簡單認識。因為，這部大規模描寫現代中國社會的長篇，先決的創作衝動來自於生活實感，而在建構中則融會了關於中國社會性質的社會命題，這一歷史的實際更加深化了茅盾的創作。當然，作品構思和形象構成中的設想，也不應因此而諱言。馬克思曾不止一次地談到按照人的意識，美的規律創造，這是人異於生物勞動的根本區別。蜜蜂、海狸、螞蟻也從事生產，然而動物只生產自己，

〔註18〕 轉引自貢布里希：《藝術與錯覺》第 240 頁。
〔註19〕 參見魯道夫・阿恩海姆：《視覺思維》第 77 頁。
〔註20〕 《茅盾論創作》第 59 頁。

人則按照自己的構想生產整個自然。在蜂房的築造上，蜜蜂的本事可能會使許多建築師感到慚愧，但是，最拙劣的建築師在以蜂蠟構成蜂房之前，已經在他的頭腦中把它構成了。「勞動過程結束時得到的結果，在這個過程開始時，就已經在勞動者的表象中存在著，即已經觀念地存在著」。〔註 21〕這論斷同樣涵蓋了藝術創造。藝術感知，自然存在著「無意識推理」的情境，但是情意交融的創作並不排除積極的心理定勢和構想。所謂「成竹在胸」，「全馬在胸」，都是這種情境的形象寫照，不過同脫離生活，按羈索馬的「主題先行」卻不是一回事。至於把藝術創作完全理解為直感的形象思維，而排除意念的制約，那是有悖於事理的。貢布里希在《藝術與錯覺》中通過一系列的事例說明，「概念是組成『現實』的成份」，「一切藝術都源出人類的心靈，出自我們對世界的反應，而非出自可見世界本身」。他說，「沒有一個出發點，一個初始圖式，我們就不能掌握滔滔奔流的經歷。沒有一些類目，我們就不能把我們的印象分門別類」。他舉例說明，畫家作畫，「首先專心致志地注視著所畫的對象，轉而注視著調色板，然後再注視著畫布。畫布所接受到的信息往往是幾秒鐘以前從自然對象發出的。但是它 on route〔在途中〕經過了一個郵局。它是用代碼〔code〕傳遞的，它已從光線轉為顏色。它傳給畫布的是一種密碼〔crypotgram〕直到它跟畫布上其他各種東西之間的關係完全得當時，這種密碼才能被譯解，意義才能彰明，也才能反過來再從單純的顏料翻譯成光線。不過這時候的光線已不再是自然之光，而是藝術之光了」。〔註 22〕這裡，是把物理世界，特別是心理世界的變化說得很細密的，但是這個過程排除意念、理性的活動，是難能實現的。吳蓀甫形象的構成，時代、社會基因的切入，作家的參預意識，是不能否認的，但是它不是破壞了形象的完整性，恰恰有助於形象的組合建構。

應該說，民族危難的焦躁感，憂國憤世的社會心理，並不是 30 年代突然湧現的新問題。作為一種社會意識，隱顯之間是積澱在歷史進程中的民族文化心態的潛流，只是在 30 年代裡愈益深沉、激越起來。這種縱向的社會潛流，必然地有意無意地反射在茅盾的藝術實踐中。如果說，關於中國社會性質的論爭是現實的基因，那麼積澱在歷史長河中的民族文化心態則是久遠的歷史基因，再加上茅盾駕馭歷史的藝術審美感知和才能，這一切便熔鑄成吳蓀甫

〔註 21〕《馬克思恩格斯全集》第 23 卷第 202 頁，人民出版社 1972 年版。
〔註 22〕《藝術與錯覺》第 42、105、107 頁。

的形象及其複雜的社會關係。諸多基因都膠結在一起了。只是「爲了認識這些細節，我們不得不把它們從自然或歷史的聯繫中抽出來，從它們的特徵、它們的特殊原因和結果等方面來逐個地加以研究」。〔註23〕由是，在複雜的創造進程中吳蓀甫終於成爲現實與理想契合的民族工業家的典型。

〔註23〕列寧：《唯物主義和經驗批判主義》第 324 頁。

《子夜》中醜的王國的子民們

　　藝術醜，作為美學研究的一個分支，早已是公認的事了。從這個視角切入小說的品評自然是順理成章的。事實上，在生活中醜就是美的近鄰。醜與美從來就不肯協調，卻又互相依存，互相制約著。雨果說，近代的詩藝，「會感覺到萬物中的一切並非都是合乎人性的美，感覺到醜就在美的旁邊，畸形靠近著優美，粗俗藏在崇高的背後，惡與善並存，黑暗與光明相共」。〔註 1〕不過，在古代希臘，藝術家們追索的重心依然只限於美，而且就連尋常的美、較低層次的美，也只是偶爾一用的題材，作為一種練習或消遣。在他們的作品中引人入勝的東西必須是題材本身的完美。公元前 1 世紀的希臘詩人和學者安提阿庫斯提到一個奇醜的人時，曾這樣說：「既然沒有人願意看你，誰願意來畫你呢？」〔註2〕較早於這位詩人的亞里斯多德，在《詩學》中曾給予藝術醜以一定的地位。他說：

　　　　喜劇的摹仿對象是比一般人較差的人物。所謂「較差」，並非指一般意義的「壞」，而是指具有醜的一種形式，即可笑性（或滑稽）。可笑的東西是一種對旁人無傷，不至引起痛感的醜陋或乖訛。例如喜劇面具雖是又怪又醜，但不至引起痛感。〔註3〕

〔註 1〕　《〈克倫威爾〉序言》，《西方文論選》下卷第 183 頁，上海譯文出版社 1983年版。
〔註 2〕　轉引自萊辛：《拉奧孔》第 12 頁。
〔註 3〕　轉引自《西方美學史》上卷第 91 頁。

　　這裡提到的醜，還只是一種可笑、滑稽，「對旁人無傷，不至引起痛感的醜陋或乖訛」。藝術的發展，不斷地豐富充實，拓寬了醜的藝術空間，擴展了醜的內涵。藝術家在實踐中愈益感受到醜的獨立品格——它並非是某種形式、「面具」，而是一種本質的顯現。萊辛在《拉奧孔》中認為醜不僅可以是無害的，也可以是有害的。「如果無害的醜惡可以顯得可笑，有害的醜惡在任何時候卻都是可恐怖的」。他說：有害的醜當「可恐怖性逐漸消失，剩下來的就只有醜陋，不可改變地留在那裡」。雨果則認為，「滑稽醜怪則表現人類的獸性」。「在人類和事物的這個分野中，一切情欲、缺點和罪惡，都將歸之於它；它將是奢侈、卑賤、貪婪、吝嗇、背信、混亂、偽善」。雨果說，「美只有一種典型；醜卻千變萬化」。〔註4〕所以，他頗有興致地說，在藝術中如何運用滑稽醜怪這個問題，足可以寫出一本新穎的書來。

　　茅盾在較早的文論中，已經表現出他對醜的注意。他說：「世間萬象，人類生活，莫不有善的一面與惡的一面」。但是，他依然以美的追索為前提。他說：「醜惡的描寫誠然有藝術的價值，但只代表人生的一邊，到底算不得完滿無缺，忠實表現」。〔註5〕當他進行《子夜》的創作時，就把藝術醜的描繪同美的理想融貫、統一起來。他充滿了對美的追求的信念，卻更加執著於醜所覆蓋的現實。在《子夜》的醜的王國中，不能說沒有喜劇的成分，沒有可笑性，但對醜惡、畸形、乖訛的捕捉顯然更富於正劇的意味。在這一點上，它同《阿Q正傳》恰成悖反的對照。如果說，《阿Q正傳》是悲劇的，也是喜劇的，是兩者的統一，那麼《子夜》在整體上已經排除了可笑與喜劇的特徵。它也不屬於亞里斯多德所設想的「對旁人無傷，不至引起痛感」的圖式，更不是「喜劇的面具」，也不屬於車爾尼雪夫斯基式的生理模式。因為在車氏看來，醜是「外形難看」，生理殘缺的「疾病和它的結果」。〔註6〕《子夜》倒是近於雨果所闡釋的性格、形象的內涵。這就使它的藝術醜更顯出社會相，顯出審美感受與道德感受在作家的社會責任感的統攝下的融匯。

　　在《子夜》中，對於崇高、美的追求的意念，是毋庸置疑的，然而並不因此轉移了整個畫幅中光怪陸離的景觀。這裡，人性泯滅，道德淪喪，一切以現金為桿槓和動力。偽善、貪婪、畸形、怪異充塞其間，在整體上構成了

〔註4〕　《〈克倫威爾〉序言》，《西方文論選》下卷第 187 頁。
〔註5〕　《新文學的研究者的責任與努力》，《茅盾全集》第 18 卷第 71 頁，人民文學出版社 1989 年版。
〔註6〕　《生活與美學》第 9 頁，人民文學出版社 1957 年版。

醜的王國。在作家的審美觀照下,這是一切污穢、卑劣滋生的疆土和「精神氣候」,也是醜的子民們較量魔法的舞臺。這不是神話中玄虛的鬼魅,而是人間的法術。諸多景象交互作用,顯露出的醜惡的本態,不一定使人發笑,卻給人一種厭惡的痛感。在醜的動態中,凝聚著可怖的衝擊力度,使人思辨痛楚,產生一種憤激悲愴的社會危難感和深沉的刺激力,這並非是合理的,卻又是冷酷的現實。

展開《子夜》的藝術畫面,吳府喪事中「死的跳舞」便是一齣醜的鬧劇。這情境和後來黃浦江上的「夜遊行樂圖」可以視為互為映照的補篇。如果說,趙伯韜的「扒女人」是公開的隱秘,那麼吳蓀甫對女傭的姦污則是獸性的敗露。杜竹齋的狡黠多疑,見風轉舵,在倫理上是醜惡的,周仲偉的強顏假笑,買辦性十足也是醜相畢露。莫幹丞的膽小無能,自然是愚蠢的資本家的乏走狗,曾家駒乘火打劫,以猙獰的面目混跡於農民運動更使人噁心。對曾家駒這麼個國民黨員,用杜學詩的話說:「見鬼!中國都是被你們這班人弄糟了的!」讓曾家駒這個「小蘿蔔頭」來承擔「禍國殃民」的罪名,自然有借題發揮之意,同時也把這種醜行昇華為理性的社會學的高度。顯然,這些醜的風習和人物,在《子夜》中都不是孤立的存在物,只有從社會關係的網絡中,才能理清他們的根由,從而把握到作品中藝術醜的旨趣。《子夜》所建構的醜的藝術王國,不復是某些景觀簡捷的量的相加,而是以豐富的特定力「場」宣示出醜的社會相。它以諸般的醜的圖式,乖訛而又自然地、怪誕卻又合乎本色地在「子夜」的社會中活動著。

在中外先哲的審美觀念中,對中和之美是頗為注重的。所謂「樂從和,和從平」,〔註7〕所謂美就是和諧,〔註8〕等等,形成一種理性期望的樂觀精神。然而,同這種靜慕的樂觀追索並行的,恰成相悖的動態趨向,這就是激烈的撞擊,陰謀的較量與道德、倫理的裂變。所以歌德說,「美與醜從來就不肯協調」,卻又「挽著手兒在芳草上逍遙」。

《子夜》的情態也如此。或者不妨說,是認知主體歷史性和認知客體的統一。在現代大都會的動態寫照中,強大的不和諧的律動,正意味著醜的力度和挑戰。趙伯韜以狂妄、卑劣的調子說:「中國人辦工業沒有外國人的幫助都是虎頭蛇尾」。他的高傲的言詞背後,就潛隱著侵吞的邪惡心機。是的,這

〔註7〕 《國語‧周語》(下)。
〔註8〕 參見《西方美學史》上卷第32頁。

個美國金融資本的買辦掮客，是那般俯首貼耳地代行主子的意願。他成為公債市場上的魔王，靠著「得天獨厚」的地位，以及同軍政界的勾結，在「子夜」的大上海自然是兜得轉的：拉攏收買嘍囉，操縱交易市場，控制民族工業。他老奸巨滑，流氓成性，派頭大，手腳長，慣會製造流言，興風作浪。他可以買通軍閥，或利用「國內公債維持會」的名義左右公債市場。多疑的杜竹齋早就看出他是個「神通廣大，最會放空氣，又和軍政界有聯絡」的人物。因此，在同吳蓀甫鬥法過程中，趙伯韜始終掌握著進退的「把柄」。他驕猖地對吳蓀甫說：「老實說，朱吟秋押款那回事，我不過同你開玩笑，……你們疑心我到處用手段，只不過一點，並未『到處』用手段」。這種得意忘形的言詞，十足地顯露出他的陰險和野心。就此來說，醜惡的行徑，在作品中形成猖獗的挑戰。

羅丹曾經認為，「在美與醜的結合中，結果總是美得到勝利：由於一種神聖的規律，『自然』常常趨向盡善，不斷完善」。〔註9〕這信念飽含藝術家對「自然」的愛和美好的願望。就整體說，卻也道出了可然律和必然律的走向，但就某一時空區間來說，無疑是種閉鎖式的玄想。事實上，倏忽之間，「似乎塵世的統治一度掌握在魔鬼手裡」，也是真實的所在。悲劇性的產生，便常常體現出美好事物或理想的毀滅或崇高生命的喪失。吳蓀甫的性格力量是否屬於崇高的範疇，這自當別論，但是在趙伯韜同吳蓀甫的對壘角逐中，無疑是邪惡大於相對實力的顯現。這種並非「美得到勝利」的構想，以深刻的刺激力度使人潛入悲愴的民族歷史運命的反思中。

顯然，在《子夜》中一切醜的攝取和創造，已經不再是一種形式的可笑的因素，也不是「對旁人無傷」的乖訛，更不是不致引起痛感的力量，而是促人深省、正視的一種深層的社會存在，它的猖獗之勢，只有從 30 年代歷史性的探求中才能看取到作家深邃的目光。這種醜惡，作為資本主義的膿瘡，不僅制約著社會的經濟、政治，而且在道德倫理、生活習俗一切方面造成污穢、潰敗的局面。於是人性異化為獸性，美與醜的準則倒置。「開房間，進舞廳，逛堂子，看跑狗，搞輪盤賭，可以成為趙伯韜空虛精神生活的寄託；而馮雲卿，為了撈取在公債市場上沉下去的血本，這個「有面子的地主」竟然唆使女兒去鑽趙伯韜的狗洞。如果說，在中世紀，人成為至尊無上的上帝的奴僕，那麼在赤裸裸的現金世界中人則淪為金錢的奴隸了。現金的交易，成

〔註9〕 《羅丹藝術論》第 61 頁，人民美術出版社 1978 年版。

爲美醜、善惡蛻變的溫床。正是在這裡，人們看取到了萊辛所說的「有害的醜惡在任何時候卻都是可恐怖的」深層意義。

二

現象是本質的顯現，但同一本質卻會寓存在不同的現象中。由是人們認爲，眞理以不同的方式隱藏著，也應該以不同的方式揭示出來。文學創作，基於主客體的同化、制約和雙向彌合作用，更呈現出多姿多彩的質態。同爲「聖母」的形象，在德國畫家魯本斯的筆下富有華美、高貴、莊嚴的風采，彷彿是人間的女皇模樣，在意大利畫家拉斐爾的畫譜中則近於一位健康美麗的園丁，在法國畫家米尼亞爾的構圖中，既漂亮又俏皮，使你會微笑著憶念起青年時代的戀人。而馬克思則認爲荷蘭畫家倫勃朗把聖母瑪利亞畫成了尼德蘭的農婦，「描繪成他更親近更瞭解的模樣」。這自然可以就主體感知和物化形態的差異來解釋，同樣也可以就事物的不同形態加以論證。正是如此，同樣以撒旦（魔鬼）爲描寫對象，英國詩人彌爾頓可以把它寫得比人類更偉大，但丁卻賦予它以半人半獸的醜惡模樣，而歌德的靡非斯特卻是一個文明化了的魔鬼。萊辛在《拉奧孔》中說，莎士比亞的《李爾王》中的愛德蒙，是格羅斯陀伯爵的私生子，這是大逆不道的惡魔，但看上去卻是個光明的天使，只有當格羅斯陀伯爵說話時，會呈現出「只有惡魔才有的形象」。〔註10〕

《子夜》對藝術醜的創造，也是不拘一格的。如果可以認爲形象即作品的內容與形式的中介，那麼在內容向形式的轉化或外化中，便會形成不同的形態，從而構成有意味的形式。在地主階級的形象群體中，吳老太爺則顯得古老僵化而道貌岸然。他從古久封閉的鄉下倉皇地逃來上海，這本身就揭示出他那虛妄的安身立命之道的悖時，果然，大上海的「光、熱、力」和靈與肉的衝擊，立即使他畢生信仰的《太上感應篇》陷於無力招架的境地。他那一行人剛一到「魔窟」，他的「金童玉女」就變了，他這古老僵化的天然尊長也在「人欲」「天理」的衝突中難於維繫自我平衡的心態，終於在極度緊張的刺激中徹底崩潰了。

按照車爾尼雪夫斯基的見解，醜是一切「笨拙」的東西。如果說，吳老太爺的僵化愚妄趨向於「笨拙」型而仍不失「天然尊長」的味道，那麼馮雲卿則十足呈現出寡廉鮮恥的特點。家道的敗落，使他的宗法面紗全然剝落，

〔註10〕《拉奧孔》第 133～134 頁。

上海的現金世界又撕毀了他的「詩禮傳家」的假面。於是，姨太太成為他「太平無事」的「特殊保證」，女兒充當他撈回公債市場上的血本的工具。同吳老太爺比照，他顯現出在「子夜」社會中苟且存活的卑陋形態。

至於老地頭蛇曾滄海，在作家藝術醜的聚光鏡下則活現出騎在農民頭上的吸血鬼的醜惡嘴臉。他充滿了污穢和醜陋的心機。且不說他的煙榻與家宅的烏煙瘴氣，只要聽聽他教唆兒子的滿腹「經綸」，就足見這個老地頭蛇的靈魂。當他看到那個野馬似的兒子，拿到黑色的「第 23 號」國民黨黨證的時候，他忽然感到巴結「新貴」的機運臨頭。於是連聲囑咐，「收藏好了！收藏好了」。接著便傾吐起滿腹「經綸」：鎮上的私煙燈有多少，有幾家暗娼，前街的三姑娘接了幾個客人，卡子上一個月漏掉多少私貨。接著鄭重地說：「阿狗！我探得一個重要消息（引者按，指農民暴動），正想上公安局去報告，現在就派你去罷！你剛進了黨……辦一件大事，掛一個頭功！——哈，機會也真巧，今天是雙喜臨門了！」這是多麼「淵博」的「學識」啊！如此，在地主階級的群體中，吳老太爺、馮雲卿、曾滄海以不同的醜態顯示出各自的藝術生命。就藝術的比照來說，吳老太爺有些近於扁平型的人物。它被一種理念所寓託，象徵的意味被強化。在單一的模式中，理念的色彩大於豐滿的形象。馮雲卿則近於圓型的性格。心理的演化較強，有矛盾，有層次感。對於這一型的醜的宣示，不能說沒有諷喻和嘲弄，但在整體上是以再現與描繪取勝的。至於曾滄海的性格，可以說並不複雜，不是多重組合型的，但對心理空間的拓展較寬，醜惡的心態在靜與動的行跡中作了深邃的揭示。或者說，性格的諸因素雖無相悖相峙的勢態，卻形成醜的互補合力，這自然是頗高的藝術醜的表現層次。

在藝術醜的概括中，同樣也賦予資本家的走卒以各自的特徵。莫乾丞、李麻子顯然直露、蠢笨得多。莫幹丞行為卑怯，膽小無能，一副資本家的乏走狗神情，一看就知是個「膿包」；李麻子是「洪門兄弟」，身為裕華絲廠的稽查，動輒要靠洪門武力大打出手，似乎不如此難以維護「天下太平」。這些都是「只有惡魔才有的形象」。這些人物醜得使人厭惡，是單純型的蠢貨。

屠維岳則迥然而異，他反派正做，屬於醜的另一型。這形象表明，現象的醜陋與本質的醜惡並不完全統一。魔鬼可以面目猙獰，也可以扮作光明的天使。屠維岳機警，鎮定，聰明能幹，姿態大方。「白淨而精神飽滿的臉上一點表情也不流露，只有他的一雙眼睛卻隱隱地閃著很自然而機警的光芒」。這形態不獨使愚拙的李麻子捉摸不定，就是吳蓀甫也時時狐疑：「在這時代，愈

是頭腦清楚，有膽量，有能力的青年，愈是有些不穩當的思想」。但是，吳蓀甫終於任用了（繼而重用了）這個人。吳蓀甫儘管剛愎自用，不過也還不止一次地想：「外國企業家果然有高掌遠蹠的氣魄和鐵一樣的手腕，卻也有忠實而能幹的部下，這樣才能應付自如，所向必利」。這個為尋求得力部下而頗焦慮不安的工業家，終於在絲廠帳房間的庶務人員中找到了稱心的奴僕，這就是屠維岳。

與其說屠維岳得到賞識，毋寧說是吳蓀甫在這個對象身上潛意識地反射出自己。如果認為吳蓀甫與趙伯韜在形象構造上是相反相成的對照，那麼，吳蓀甫與屠維岳則是相輔相成的互補形態。吳蓀甫有剛愎、果斷的魄力，屠維岳則是「性子剛強」、「驕蹇自負」，幹練而狡智。他的每一句確定不移的話語，都會引起吳蓀甫的讚諾，他的大方不拘的臉膛，可以抵擋住吳蓀甫盛怒時尖厲獰視的目光。果然，吳蓀甫很快就從屠維岳的口中獲取「工潮不久就可以結束」的信息，而這個小職員也就一下子被提拔為調度全廠人事的總管了。

列寧在《奴才氣》中說：「奴才的地位使奴才必須把一點點愛人民的行為同百般順從主子和維護主子利益的行為結合起來，這必然使作為社會典型的奴才是虛偽的」。〔註11〕這個論斷，有助於人們理解屠維岳的形象，也有助於從藝術醜的審視中理解多重的形態。屠維岳一面以「小軍師」的陰險手段，密佈網羅，跟蹤釘梢工人中的積極分子，乃至借用軍警的武力鎮壓工人運動，一面又裝得正正經經，假仁假義，用甜膩膩的語言麻痹工人的意識，甚至對於女工也規規矩矩。在曾家駒作弄朱桂英的瞬間，出來解圍的就是屠維岳。陰柔與強暴成為他交替使用的「拿手戲」——這一切都是為了平定工潮，為了給「三先生」幹得更出色。

由此可見，《子夜》在藝術醜的概括中，容納了多彩多姿的形態，拓展了藝術的空間。甚至在吳蓀甫的性格中，作家也把美與醜的因素組合交錯起來，在時空的延展中不斷地變化、發展，形成複雜的特徵。

三

《子夜》大都以都市人生中林林總總的醜與惡的景觀作為審視對象的，但是並不因此而失去它的生命力和美學價值。這恰如契訶夫真實地寫出了「社

〔註11〕《列寧全集》第 29 卷第 495 頁。

會的禍害」，〔註12〕可以轉化為美的感應一樣，「在自然中一般人所謂『醜』，在藝術中能變成非常的美」。〔註13〕對此，不妨從多元的取向加以探索。

應該說，現實醜可以轉化為藝術美的問題，早在亞里斯多德的《詩學》中便論及了。他說：「人們在看到酷似原物的肖像時，就感到快樂，因為在看到肖像時，他們也就在附帶地領悟和推斷每一件事物都是什麼」。〔註14〕這裡的「酷似原物」，便是藝術的再現。後來，羅丹在《藝術論》中則認為，作為藝術，正如美的品格是真一樣，醜的生命也源於此。他說，「不管是美的或是醜的」，都是「某種自然景象的高度真實」，甚至可以稱做「雙重的真實」，〔註15〕這種真實，不僅是表象的也是內在的。由此可以說，《予夜》中的醜惡景觀，是在審美主體與客體的同化聯結中，重新組合的物化形態，是以凝聚濃縮的方式造成「酷似原物」的藝術境界，因此顯示出「雙重的真實」。這種雙重真實，既是現象的直觀顯現，又深潛本質的內蘊。這種藝術醜，是同哲學的真，道德的惡相統一的。正是如此，當人們看到這「酷似原物」時，會感到愉悅，會產生「醜得如此精美」的感應。《子夜》對於 30 年代中國社會的社會病象，不僅給予多維的宣示，而且達到了「雙重真實」的藝術效應。

茅盾曾經指出：「對於醜惡沒有強烈憎恨的人，也不會對於美善有強烈的執著；他不能寫出真正的暴露作品」。〔註16〕《子夜》對藝術醜的揭示，是飽和著作家的審美理想和情感的。只是這種情感的記憶和判斷，有時是顯露的，有時則較為潛隱而已。事實上，在生活與藝術之間，作家便是它的中介。離開了審美主體的感知，生活便難於轉化成藝術。在《子夜》中，作家是以明顯的社會責任感和審美理想來再現醜惡事物的，因此才會使現實醜化為藝術美，造成化腐朽為神奇的意蘊。《子夜》是一部理性力度較強的書。冷靜的再現，使作品具有客觀的描繪的特徵，即使如此，在敘述中也時時具有明顯的諷喻的色彩。

　　　　這是決戰的最後五分鐘了！這一班勞苦功高的「英雄」，手顫
　　顫地舉著「勝利之杯」，心頭還不免有些怔忡不定。

類似的敘述語言，在《子夜》中是不難見到的。在諷喻的情態中充分地顯現

〔註12〕 參見盧那恰爾斯基：《論文學》第 244 頁。
〔註13〕 《羅丹藝術論》第 23 頁。
〔註14〕 轉引自鮑桑葵：《美學史》第 77 頁。
〔註15〕 《羅丹藝術論》第 25 頁。
〔註16〕 《暴露與諷刺》，《茅盾文藝雜論集》下集第 791 頁。

出主體的參與意識。「英雄」、「勝利之杯」這些詞彙顯然是反諷的，而這同「手顫顫」的外形，「怔忡不定」的心態相映照，這些「英雄」的醜態便躍然紙上。

近年來，完形心理學（格式塔）的理論受到研究者的重視。按照完形心理學的解釋，結構完形是人的知覺和表象的基本運動形態。藝術醜自然是以醜惡、乖訛和卑陋的形態呈現的，而這正意味著是美的扭曲或變形，是美、和諧和完整的一種對立物和逆反形態。這情境，對於主體的審美感知活動來說，則會造成知覺活動的受阻，因為「完形」的圖式會給人以舒暢的快感，而醜的形態則會在心理上造成一種「完形壓強」，造成更大的形式意味和緊張的刺激力，從而在不快中產生改變它、糾正它，使之完善、和諧的意念。因此，藝術醜作為美學的一個分支，在變形中造成自己的藝術魅力。《子夜》自然也是如此。它在光怪陸離的醜的宣示中，引發起人們對於光明，對於美的渴望與理想的信念。「子夜」是最黑暗的時刻，但在作家的審美感知和接受者的領悟中，卻以呼喚黎明的象徵造成更大的藝術張力。

《子夜》中的「新儒林外史」和女性群

一

　　按照茅盾原來的構思，《子夜》這部「大規模地描寫中國社會現象」的書，是要把 1930 年的「新儒林外史」的部分容納其間的。後來，篇幅雖然有所緊縮，但仍然以吳府爲中心廣泛提供了婦女和知識分子的形象群。他們大都是帶著各種聲態面貌和精神品格走進作品來的，同時，又不同程度地顯示出「子夜」的社會對他們的制約和影響。

　　茅盾是長於塑造女性群像的。從《蝕》三部曲始，便努力揭示人同歷史的順應和牴牾的心態。時代精神在他的作品中是生成人物血肉的機制，多種神態的女性正是作爲時代、歷史的品格才顯示出她們的價值。《子夜》中的女性群體，也許失去了《虹》中梅女士那樣的衝擊力量，但人的心態的裂變和矛盾顯然是更加深化了。她們沒有固定的範型模式，卻無不在時代的機制中獲得正負的基因。她們的心理感應，心態的變異，她們的千般愁緒，都會在都市社會中尋到深層的動因。由是，不能把她們視爲「社會現象」的點綴，她們實是「史」的一角，「史」的結構的一部分。

　　林佩瑤是在「五四」社會思潮的啓迪下成長起來的女性。她讀過許多外國古典文學作品，稟承了父親的名士氣質，在多少的清風淡月之夜玩味過自己的美夢：海島、古堡、大森林中斜月一樓，自然還有那「俊偉英武的騎士和王子的影像」。這一切似乎都是神異的夢幻，帶著超然的出世的色彩，但這美妙的憧憬不能不接受現實的挑戰，因此，當現實的真味擠進了「密司林佩瑤」的心頭，她終於變成了 20 世紀紡織工業「王子」的夫人。「在任何社會

中，婦女解放的程度是衡量普遍解放的天然尺度。」〔註1〕這是恩格斯讚同傅立葉的話。林佩瑤的際遇，當然已經超越了子君式的不幸，但是資產階級社會的「文明」卻隱匿著野蠻時期任何簡單的方式所不復存在的形式。它複雜得多，又曖昧得多。豪華的公館，「壁上的大幅油畫，架上的古玩，瓶裡的鮮花，名貴的傢具，還有，籠裡的鸚鵡」，自然投合她的口胃，使她愜意，但是只顧往手中扒錢擴充實業的丈夫，卻同她的精神生活保有間距。她感到生活中「缺少了什麼似的」，憂鬱而苦悶，可是並沒有勇氣衝破這種生活的樊籬，所以只能拿著那朵枯萎的白玫瑰和那本《少年維特之煩惱》，溫習著舊夢，過著兩重性的生活。林佩瑤的形象很有些吳府中「金絲籠中金絲鳥」的韻味。這種人性的與社會性的、物質的與精神的、現實的與理想的雙向逆反的心態，深潛在林佩瑤的行跡中。她沒有梅女士的衝擊一切的搏力，不像章秋柳似的變態自戕，甚至在維繫自我的愛情生活中也沒有安娜·卡列尼娜式的激越和追求。在林佩瑤的塑造中，作家一則顯示了現實對於人的制約和作用，二則融匯了東方式的文化品格。顯然，林佩瑤的愛情與幽怨，她的二重生活，充滿了傳統的文化心理規範和大家閨秀的氣質。這種情愫體現為內向型的，「現實的真味」使她具有無限的悵惘，委身於最痛苦的享受中，卻又衝不破既成的沒有愛情的婚姻的帷幕。是的，林佩瑤飲咽的這杯苦酒，是客體的也是主體的，是現實的也滲透著傳統的文化道德信念。

林佩瑤覺得林佩珊與自己有些相近，像「自己未嫁前的影子」。但是，這個尚未失去稚氣的女性，卻從姐姐現存的生活關係中體味到相異的去向。她沒有姐姐早年的「理想」，只有資產階級生活方式的真態，不僅習慣於空泛的生活，而且在戀愛觀上也自然地認為誰都可愛又都不可愛。她覺得「老和一個人在一處多麼單調」。她同范博文好過，後來又同杜新籜好起來，可是她依然覺得「要和小杜結婚，我一定心裡還要想念別人」。這些念頭，並不排除她的稚氣在，這可能是天真的質素，但是享樂、無志向的道德觀和生活信念，已經浸淫著她的心靈，以至使她失去了健康的生活準則。這也是一種「時代病象」。

同林家姐妹不同，四小姐蕙芳是在吳老太爺的教義染化下長大的「玉女」。到上海後，她從封建的道德規範所築起的封閉式的閨閣中，突然生活在赤裸裸的資產階級世界裡，便引發起劇烈的「心靈上的變化和感情上的衝

〔註1〕　《馬克思恩格斯全集》第 20 卷第 285 頁，人民出版社 1971 年版。

突」。她覺得周圍的一切都在向她挑戰。林佩珊和杜新籜的談笑戲謔也很愜
意，但自己卻同這種生活隔著厚厚的障壁，感到心裡有一根不知什麼時候生
根而又無法拔去的線，總牽著她不能自由地同男人說笑。她孤獨、苦悶，形
成一種變態心理，想以《太上感應篇》的法寶來「清心寡欲」，維持心理上的
和諧與平衡。可是，這個「法寶」在「子夜」的上海社會，顯得多麼無力，
它無法幫助她逃避現實。她雖然「眼觀鼻，鼻觀心，刻意地念誦那《感應篇》
的經文」，無奈那啵啵的汽車叫，男子的皮鞋聲，悠揚婉妙的鋼琴聲以及男女
混雜的熱鬧的笑，都像刺一樣鑽進她的耳朵，使她流淚、悲歡以至要吞金或
投環！這種心態感應，顯然是封建理念同現代意識在心裡空間的撞擊。如果
說，在現金的市場上利欲橫流是顯相的直露的，也可以說是表層的，那麼，
在人的意識上的裂變、轉化則屬於隱匿的內相的，也是深層的。茅盾揭示了
這種種矛盾，同時也反映出人的意念、性格既然在一定的環境、教養下形成，
也會在一定的社會環境中轉化。四小姐經歷了尖銳的矛盾的過程，終於在張
素素的幫助下，拋棄了《太上感應篇》並且逃出了家庭。這裡，顯現了資本
主義的生活方式和現代意識對封建道德觀念的衝擊力量。

在吳府周圍的女性中，張素素屬於另一型範。如果說林佩瑤的性格是內
向性的，流溢著東方型優雅的神采，鬱悒卻並不浮躁，張素素則傾向於外向
直露，有熱烈的生活欲求，卻也率直豪爽。就此說來，也許梅行素、章秋柳
等都是她的精神姐妹（當然並無她們的極致）。她不乏清醒的憤激之詞，不時
地講出資產階級生活是「墮落」之類的話。在「五卅」遊行的時節，現場也
有她的蹤影，不過那依然是浪漫蒂克式的派頭。對此，新聞記者柯仲謀的分
析是不無意義的：

> 「哈，密司張，你也來了麼？是參加示威呢，還是趕熱鬧？要
> 是來趕熱鬧，密司張，我勸你還是回到家裡去罷！」
> 「你這話我就不懂！」
> 「然而我知道你一定懂。這種示威運動，不是反對，就是熱烈
> 地參加，成為主動。存了個看熱鬧的心思，那還是不來為是。密司
> 張，我老實說，即使你不反對，卻也未必會有多大的熱心，──」

這段話張素素自然是「十二分的反感」的。她來的時節，那股熱情「不但吳
芝生望塵莫及，就是柏青也像趕不上」的。所以她自然不滿意柯仲謀把她看
作「嬌怯不堪」的論調。但是，當雷震似的口號喊起來，裝甲汽車和巡捕趕

上來，她便心慌，手冷，頭也不回地跑上「大三元」的二樓。在整個遊行中她仍然難於擺脫開膽怯的旁觀者的神態。這樣，革命的實際參加者柏青，自由主義者柯仲謀，尋取詩料的范博文和張素素、吳芝生等彙聚在一起，便構成了南京路上的儒林群像。而張素素的浪漫蒂克派頭，在茅盾筆下是頗具分寸感的。

劉玉英和徐曼麗，屬於「子夜」社會中商品化的人物。人性被異化了，人成爲商品的對應物。蕙芳在青年男人面前感到脅迫、心慌、臉紅，受著封建理念的箝制；浴後的劉玉英在華安大廈裡被趙伯韜推撥「展覽」卻裊婷作態，無疑是在放浪形骸中緊裹著一種精神上的麻木。作家用冷靜的透視力，在近乎插曲中揭露了資本世界的膿瘡。「她是一個女人，她知道女人生財之道，和男人不同；男人利用身外的本錢，而女人則利用身上的本錢」。這種人性的異化，正體現出金錢的罪惡。恩格斯指出，賣淫制度「使婦女中間不幸成爲受害者的人墮落」。〔註 2〕徐曼麗也同樣如此，在吳公館彈子房裡的「死的跳舞」的場面和黃浦江小火輪上的行樂，作爲「子夜」的面面觀深切地顯現都市的畸形狀態。至於馮眉卿以自己的千金之體去鑽狗洞的過程，更是使人瞠目結舌的。現金的意欲衝決開神聖的「詩禮」的網羅，一切都在怪異中尋求合乎目的性的自然。

應該闡釋的是，在《子夜》的社會百態的刻畫中，性愛和性心理的描寫自然不是茅盾注意的重心，但是作爲十里洋場的剖析他也並不迴避它。吳老太爺是念念不忘「萬惡淫爲首」的。而上海的現代世界恰恰是人欲橫流的景觀。逆反的人倫世理，恰好反射出不同的社會形態。這是封建的性心理同資本主義人欲的強烈對峙。人們過去曾經以社會功利的名義尋求文學作品中潔淨的文字，這時候彷彿一切有關性愛的感覺性描寫都有礙風化了。事實上，兩性的生活從來就是社會文明進化的組成部分。「生命的生產——無論是自己的生產（通過勞動）或他人生命的生產（通過生育）——立即表現爲雙重關係：一方面是自然關係，另一方面是社會關係」。〔註 3〕因此，在藝術審美評價中，理當「公正地區分出哪些是以理想的方式表現出來的裸體、哪些是原始的坦率、哪些是深奧微妙的墮落、哪些是左拉式的自然主義、哪些是帶有色情的傷感情調、哪些是赤裸裸的色情，以及其他能加以區別的類型」，而不

〔註 2〕 《馬克思恩格斯選集》第 1 卷第 71 頁。
〔註 3〕 《馬克思恩格斯選集》第 1 卷第 34 頁。

應把希臘雕刻、《聖經》以及莎士比亞的著作統統都牽扯到「下流」藝術中間去。〔註4〕茅盾在早期的文學觀念中就反對以庸俗的描寫自快其「文字上的手淫」的，但卻並不因此而避開性愛的多種顯現。在他早期的創作中，許多女性的時代性苦悶多借性苦悶的折光曲折地吐露出來。或頹唐，或恣睢，或放縱，或激越，都從生理、心理的現象中寓蘊著時代的緣由。因為茅盾理解到，「俄國大作家屠格涅夫寫青年的戀愛不是只寫戀愛，是寫青年的政治思想和人生觀，不過借戀愛來具體表現一下而已」。〔註5〕《子夜》中的性愛描寫的場面，透過理性的光鏡多有超越性而強調社會性的因緣；它的感覺性和心理刻畫，則沉浮著生理和心理的動態。約翰·柏寧豪森指出：「他往往以比較嚴肅的態度，使這些描寫帶有某些婦女形象所追求的個人目的的內容」。〔註6〕儘管如此，茅盾在開國後的《子夜》版本中，仍然注意這方面文字的修改，消除可能造成的副作用。

二

在「新儒林外史」群體中，經濟學教授李玉亭和律師秋隼，是較為相近的人物。他們的職業有別，但是維護資產階級合理性的理念則是相同的。秋隼的法學立論是「勞資雙方是契約關係，誰也不能勉強誰的」。言外之意是，工人要加工錢，老闆只好請他另就。經濟學教授李玉亭雖然也直感地意識到工人「餓肚子也是一件大事」，但是他仍然論證「無論如何，資本家非有利潤不可！不賺錢的生意根本就不能成立」！馬克思、恩格斯指出：「資產階級抹去了一切向來受人尊崇和令人敬畏的職業的靈光。它把醫生、律師、教士、詩人和學者變成了它出錢招雇的雇傭勞動者」。〔註7〕在秋隼和李玉亭的形象中，茅盾依據自己的社會科學理念，顯然在努力強調他們對「錢袋」的依附關係，他們維護資產階級秩序的合理性。現存的社會關係，左右著他們的行跡。當吳蓀甫鼎盛的時日，他們是吳公館的上客、知己，終日為吳府奔忙；當吳蓀甫日暮途窮時，這些人便又嚷嚷笑笑地簇擁那個身材高大的漢子——趙伯韜去了。

〔註4〕 湯瑪斯·門羅：《走向科學的美學》第117頁。
〔註5〕 《自然主義與中國現代小說》，《茅盾文藝雜論集》上集第92頁。
〔註6〕 《茅盾早期小說中的主要矛盾》，《茅盾研究論集》第563頁。
〔註7〕 《馬克思恩格斯全集》第1卷第253頁。

　　在杜家叔侄——杜學詩和杜新籜的形象裡，作品顯示的是「子夜」社會中反動統治階級所需求的後裔。工科大學生杜學詩，對國家、工業的前景是傾心仰慕獨裁專制的。他說，「什麼民族，什麼階級……我只知道有一個國家。而國家的舵應該放在剛毅的鐵掌裡，……而且任何人不能反對這管理國家的鐵掌！」至於杜新籜這個留法學生，「中國是怎樣的一個社會，他是向來了解的；也許就爲的這一點瞭解，所以在法國的三、五年中，他進了十幾個學校，他試過各項學科：園藝、養蜂、採礦、河海工程、紡織、造船、軍用化學、政治經濟、哲學、文學、藝術、醫學、應用化學，一切一切，他都熱心學過幾個星期或幾天」，因此，才得了「萬能博士」的雅號。顯然，具有如此廣博的「專長」，在半封建半殖民地的中國是爲國際資本家所歡迎的，是洋奴買辦的合適「人材」。事實上，杜新籜在思想上早已投靠了帝國主義。他認爲「中國這樣的國家根本就沒有辦法」，而人民的革命運動則是沒有教育的衝動罷了。——在他看來，這不會出亂子，因爲他「信任外國人的維持秩序的能力」。可以看出，這些論調同趙伯韜的「中國人辦工廠沒有外國人幫助都是『虎頭蛇尾』」，是相像而又合拍的。他「什麼也看不慣，但又什麼都不在乎」，是一個巴枯寧主義者。「他有理想麼？他的理想很多很多。」當他躺在床上的時候，他有異常多的理想，但當他離開床的時候，又陷於一切都看不慣的虛無之中。這樣的人生觀，腐朽而又頹唐。人生，在他看來只是遊戲，過一天算一天，「沉醉在美酒裡，銷魂在溫軟的擁抱裡」。從這種生活態度來看，杜新籜的未來自然足以步趙伯韜的後塵了。

　　在知識分子中，作品也提供了一個頹廢的詩人范博文的形象。他頗多憂悒感傷之情。他說：「詩是我的眼淚，也是愈傷心，我的詩愈精彩！」「布爾喬亞的庸俗的洋房，到處沾汙了淡雅的西子」。「——唉，都是金錢的罪惡。因爲了金錢，雙橋鎭就鬧匪禍了；因爲了金錢，資本家在田園裡造起工廠來，黑煙蔽天，損壞了美麗的大自然；更因爲金錢，農民離開了可愛的鄉村，擁擠到都市來住齷齪的鴿子籠，把做人的性靈汩沒！」這就是他的慨歎，但是他也把錢存在錢莊裡討生活。結果，錢莊倒閉了，他的詩神也和金錢一塊逃得無影無蹤。他靈牙利口，頗能以俏皮話和小聰明博得女性的歡心。不過，行動中卻是個懦怯者，害的是「軟骨症」。軟弱得因愛情追逐失敗而想自殺，想用自己美麗的屍體博得多情少女的愛憐，而實際上連自殺的勇氣也沒有。

　　在男性的知識分子群體中，李玉亭、范博文是寫得較充實的。他們多有

心態血肉，也不乏作家理念的濃染。其他的人物，思想面目自然是清晰的，但多在輪廓外缺乏深層的點化。這可能同原先有較大的構想，後來因時變異有關。但對某種形態的追索卻是理清念明的。例如李玉亭的品格特徵，如果同作家後來在《第一階段的故事》中由激烈的主戰論到宣傳失敗主義和不抵抗主義調頭的朱懷義和《鍛煉》中的陳克明相比，可以看出，作家對高級知識階層的形象的捕捉也是多有觀測和運籌的。他們都是大學教授，但性格迥異。陳克明則更趨向於積極的、知難而進的人物。他在作品中出現的時節，已經久歷風塵，甚至就性格的連續性來說，不難使人預想到李玉亭、朱懷義的經歷。生活的磨練使他觀察澄澈，信念堅貞。他耗盡心血，卻充滿了忍辱負重的精神。按照丹納的見解，在一個藝術家的筆下，許多人物都可見其因緣。茅盾的創作蹤跡也是如此：他對知識分子的觀念和體察應該說是多有側重，多所探求的，這才會在這一人物系列中顯示出作家的藝術功力。

《子夜》的心態圖式和徵象

一

　　人們對藝術這個「有意味的形式」可以有種種闡釋，但是，當欣賞者渾然於藝術之間，形成目不暇接之勢，不僅會從這有生命的機體中獲得豐厚的直感信息，同時在動態的進程中也必然地融匯著心靈的衝撞和情感的交流。這時節，「一切存在於空間的東西，甚至房間的四壁或直布羅陀的岩石，都應該讓其成為活動的表象；而一切發生於時間中的、甚至人們靈魂中的思想情感，都可以而且應當成為可以看得見的」。〔註 1〕也許正是如此，車爾尼雪夫斯基認為「心理分析幾乎賦予創作才能以力量的最本質的要素」。〔註 2〕勃蘭兌斯甚至說，整個文學史，就其深刻的意義來說，是一種研究人的靈魂的心理學，是靈魂的歷史。茅盾早在 1921 年對近代文學的解析中就已經注意到，近代文學的特點之一就是「心理解析的精研」。稍後，他在《人物的研究》中借用一位理論家的話說：「近代小說之犧牲了動作的描寫而移以注意於人物心理變化的描寫，乃小說藝術上一大進步」。〔註 3〕《子夜》的創作，使他早期創作中所顯現的心態刻畫的特點得以豐富地延續下來。從人物的心態變動中，揭示人的內心世界的真實情感，尋索心理世界與物理世界的種種矛盾和制約，從而使人物達到形神俱現的境地。

〔註 1〕　愛爾文・潘諾夫斯基：《電影的風格與媒介》，轉引自滕守堯《審美心理描述》
　　　　　第 332 頁。
〔註 2〕　《列・尼・托爾斯泰伯爵的〈童年〉、〈少年〉和戰爭小說》。
〔註 3〕　《小說月報》第 16 卷第 3 號。

　　《子夜》中的許多心態映像是直接地顯露出來的。茅盾長於心態寫實，深於揣摩心態的微妙變異，常在心理起伏中反射出現實的諸種制約的因素。不妨稱這一型為靜態的心態圖式。在這種情境下，作家似乎在靜觀的過程中，精細地展現人物心態移動的波紋。在事理的演化中，作家彷彿並無介入的印痕，卻又似乎無處不在的樣子。敘述人處於超然的冷靜、客觀的鏡角，同人物保持一定的距離感，有時是居高臨下的狀態，因此，顯得超脫，冷靜，客觀，自然也逼近真切的生活真實。但是，就在這靜觀的直露的心理刻畫中，作家滲入了對於生活的體味，對於人物的品評，他把人物的心理體驗同評解性的剖析有機地融合起來，造成有力的心理描寫的機制。對於吳蓀甫的心靈揭示，便是如此。作家時刻揣摩他的心理律動，捕捉人物在稍縱即逝的情勢下的心靈特點。人們欣賞《子夜》第十七章後半部，吳蓀甫在黃浦江夜遊後回到公館發洩內心煩躁的情節。「公館不像公館了！」——他在客廳裡叫罵，眼光掃過那客廳裡的陳設，在地毯上，桌布上，沙發套上，窗紗上，一一找出「訛頭」。他好像要對什麼咬一口似的，使得「威厲的聲浪在滿屋子裡滾，廳內廳外是當差們恐慌的臉色，樹葉蘇蘇地悲嘯」。這種暴跳如雷的情態發洩，自然有力地揭示出他的威權已處處顯露敗像，成為總崩潰的勢頭。但有些時候，似乎他的內心情態並不那麼直露，而是更為深沉地顯示著複雜的心境。例如吳蓀甫在「三條火線」下的心理狀態：

　　……吳蓀甫悶悶地鬆一口氣，就吩咐侍者拿白蘭地，發狠似的連呷了幾口。他夾在三條火線中，這是事實；而他已絞盡心力去對付，也是事實；在勝負未決定的時候去想勝後如何進攻罷，那就未免太玄空，去籌畫敗後如何退守，或準備反攻罷，他目前的心情又不許，況且還沒知道究竟敗到如何程度，即將來的計劃也覺得無從下手；因此他現在只能姑且喝幾口酒。他的心情有些像待決的囚犯了。

　　這裡，彷彿是作家和人物在一起咀嚼生活的真味，在不斷的設問、評解中揭開人物心靈的奧秘。這時，作家確乎不是冷靜的旁觀者，而是特定情態下的人物的剖析者。作家儼然是深入角色，入乎其內，出乎其外的靈魂的畫師。他不只是讀者理喻生活的再現者，而是一個誘導者。他在人物與讀者之間架起一座橋梁，把接受者引向體驗的深處，窺見人物心靈的條絲縷痕。這種細微的心態自然是發自主體內心的，卻又融匯著作家似乎不著印痕的評

析。有了這條理性的全能式的引帶，讀者自會曲徑通幽，彷彿窺見到大腦這個黑箱子的各個部位乃至它的神經元和軸突的電力磁場。

不過，心靈的空間畢竟是難於描繪的。腦科學的發展，依然不能把心理歷程斑斑顯現。但是，作家在揭示心靈奧秘的時節，一切空間的東西可以轉化為具有生命的現象，而人的心理世界的深層波瀾也會物化成可以看得見的形態。《子夜》對吳少奶奶物質生活同精神世界的矛盾的刻畫是細微而引人的。她置身在華貴的資本家的客廳裡，成為 20 世紀工業「王子」的主婦，但是「缺少了什麼似的」感覺時隱時現，卻常在心頭。作品用那一本破舊的《少年維特之煩惱》和一朵枯萎的白玫瑰，構成揭示她逝去的生活和夢幻，呈露她現實不平靜的心態的「獨白」。用歌德的話說，這「身外之物即心內之物，心內之物亦即心外之物」。破舊的書，枯萎的玫瑰，可以是破碎的夢幻的象徵，也是憔悴的生命的心聲。藝術從總體上說是表現人類情感的符號，而這兩件靜態的舊物，不妨視為連接這個少婦的歷史同現實、時間同空間的傷逝的心態的投影。藝術是束之於直觀的具體的，同時也引向抽象的模糊的聯想。《子夜》頗有意味的是以具有符號魅力的形象，將無形的、幽遠的情絲轉化為具體事物，把埋藏於心底深層的苦悶變為有形的物化形態。破舊的《少年維特之煩惱》和枯萎的白玫瑰的重複出現正顯示出作家的良苦用心。

> 「佩瑤！趕快叫他們收拾，今天晚上我們就要上輪船出碼頭。避暑去！」
>
> 少奶奶猛一怔，霍地站了起來；她那膝頭的書就掉在地上，書中間又飛出一朵乾枯了的白玫瑰。這書，這枯花，吳蓀甫今回是第三次看見了，但和上兩次一樣，今回又是萬事牽心，滑過了注意。

對這兩件第三次出現的小小的「道具」，吳蓀甫雖然又不曾注意，但是作家是「注意」的，吳少奶奶是「注意」的，而更為重要的是在於牽動讀者的視覺引發對吳少奶奶心態的「注意」。如此，無形的心態便活躍在有形的形象中。

二

自然，這依然屬於靜態地、直露地揭示心靈奧秘的手法。與此同時，作品更以間接的心理描寫，即透過人物的行動、對話來展示人物的心理活動。前者如屬直露的層次，後者可謂深層的體現。前者似乎一目了然，明朗顯現，

後者則比較隱蔽，更引人體味探尋。這種揭示心理的藝術，似乎並不著意於心理動向的心理描寫，更爲自然、本色，卻蘊藏著豐富的開掘的能量。在《子夜》中，這也是不乏例舉的。第四章吳府總管費小鬍子到曾滄海家討賬的一段描寫，就頗爲引人入勝。記得魯迅在品評陀思妥也夫斯基的深入人物靈魂的妙處時說過，「顯示靈魂的深者，每要被人看作心理學家；尤其是陀思妥也夫斯基那樣的作者。他寫人物，幾乎無須描寫外貌，只要以語氣，聲音，就不獨將他們的思想和感情，便是面目和身體也表示著。又因爲顯示靈魂的深，所以一讀那作品，便令人發生精神上的變化」。〔註4〕茅盾的心理解剖，也不時地給人以「顯示靈魂的深者」的審美感受。試看這個場面：

> 曾滄海在蒼茫的暮色中一見那人頷下有一撮小鬍子，便知道是吳府總管費小鬍子費曉生。
>
> 「好了，滄翁回來了。無事不敢相擾，就爲的三先生從上海來電，要我調度十萬銀子，限三天內解去，只好來和滄翁相商。」
>
> 費小鬍子開門見山就提到了錢，曾滄海不禁呆了一下。費小鬍子卻又笑嘻嘻接著說：
>
> 「我已經查過帳了。滄翁這裡是一萬二，都是過期的莊款。本來我不敢向滄翁開口，可是三先生的信裡，口氣十分嚴厲，我又湊不齊，只好請滄翁幫幫我的忙了，感謝不盡。」
>
> 「曉生兄，你眞忠心。我一定要告訴蓀甫另眼看待你！——說來眞叫人不相信，我的老姊丈一到上海就去世了！我這裡來了急電，要我去主持喪事。——今晚上打算就動身。一切我和蓀老三面談，竟不必費心了！」

這兩個人物，一是刀筆邪神，雙橋鎭上的「土皇帝」，一是「老狐狸」，吳府在雙橋鎭的總管；一個以「太上主人」自居，擺出隨時可以左右下屬的威勢，一個以退爲進，滿口「滄翁」，「幫幫忙」，「不敢……開口」之類的詞彙，卻「笑嘻嘻」地上門討債，自然是柔裡透剛，軟中有硬。僅從兩相對話中，便可見刀光劍影，進退角鬥的心聲。這裡，似乎並不著意於靜態的心理描寫，卻處處包容曲折、複雜的心理活動，包容一大堆「潛臺詞」。僅從「曉生兄，你眞忠心」這冷冷的雙關性的反語中，就透出了曾滄海內心裡深恨不移的氣勢。這句話，如果直白地加以詮釋，內含應該是：一、好，你費曉生，眞是

〔註4〕 《集外集·〈窮人〉小引》。

有眼無珠，竟然討賬到我門上。我是誰，你是誰！小心，你的飯碗就操持在我手裡。所以才有「我一定要告訴蓀甫另眼看待你」的話。二、表現了這個「不識相」的「土皇帝」的自我吹噓，擺出一副要人的架式，以此向費小鬍子施加壓力。「我這裡來了急電，要我去主持喪事」，這就把「太上主人」的身份拿出來了。可是，老狐狸費小鬍子對這位「滄翁」的斤兩早在心裡，不過終究是吳府的嫡親，回敬的話鋒自然要軟軟硬硬，柔裡透剛，針鋒相對，卻又含而不露：

> 「是。老太爺故世的消息，我們那裡也接了電報，卻不知原來是請滄翁去主持喪事。」

如果略加解析，這時費小鬍子的心理活動應該是：一、你接到「急電」了嗎？沒什麼了不起，我們那裡「也接了電報」；二、不過，你說的「主持喪事」，卻也未必。起碼我是未曾料到的，不必在這裡顯赫。

這些切合人物性格和處境的心理活動，雖然並不是用直接的形式體現出來的，但在動態的寫照中卻顯露出它的更為深層的意味。作家如果不是準確地把握住他的人物，不是特別注意到人物在特殊情境下的特殊心靈活動方式，不是捉住特殊性格的心理特點，是難於成為「顯示靈魂的深者」的畫師的。

「知人知面不知心」，這句俗話道出了作為社會的人的複雜的精神狀態以及這種狀態倏忽難辨的情境。就藝術創造來說，這也給作家提供了多方開拓的天地。言為心聲，可以通過語言揭示心靈的奧秘，也可以借助形體捕捉人的神髓。我國傳統文論中的以形傳神，形神兼備說，便頗近此理。《子夜》的許多篇章，都顯示出以形傳神的妙處，在細密的語言間時時留下了許多停頓和空白，而憑藉形之妙用，終使形神畢現。例如，第五章雙橋鎮失守後對吳蓀甫和林佩瑤的一段描寫幾乎是很少訴諸於語言的。這是雙橋鎮失守的第二天，在上海的報紙上只在一角上透露出幾行消息。這對吳蓀甫的影響，自然不會那麼簡單。可是吳蓀甫卻只是冷冷的一句話：

> 佩瑤！——你怎麼？——哼，要來的事，到底來了！

語式的簡短，語氣的轉折，恰好透出他此刻的心態。妙在這樣的語言以它的簡約和模糊性，對於同床異夢，充滿了「幽怨」與「遐想」的吳少奶奶來說，恰成雙關之勢。她抑制不住「心頭卜卜地又抖又跳」，「臉色在微現灰白以後倏地又轉紅了」，然後「立刻又變成蒼白」，乃至「神氣變得異常難看了」。這

裡沒有語言，只有移神變色的筆墨，卻造成了以形傳神的效應；似乎不在寫神，可形色的變化，恰恰狀出內心世界的劇烈衝突。這類情景及其出色的效應，並非絕無僅有。例如，小客廳裡的林佩瑤正在「玩味著她自己想像中的好夢」，不料現實中的雷參謀卻突然闖進來。兩人該有千言萬語罷！可是，「暫時兩邊都沒有話。一個頗僵的沉默。」這種「頗僵的沉默」，是心靈制約的形跡，是以靜傳動的，因而更加顯示出此處無聲勝有聲的藝術效果。

文藝創作總是以直觀性和具體性引發讀者的審美情致的。但是任何直觀性的藝術，包括長篇巨製的史詩，莫不以概括簡約，以一當十取勝的。簡約，或者說是節省律，被視為藝術品的重要特徵之一。在節省律的諸多表現中，空白、省略、停頓具有重要的生命活力。就創作主體來說，簡約被視為智慧、聰明的組織手段。列寧在《哲學筆記》中引錄過費爾巴哈這樣的一段話：「……俏皮的寫作手法還在於：它預計到讀者也有智慧，它不把一切都說出來，而讓讀者自己去說出這樣一些關係、條件和界限……」列寧對這話的批語是：「懇切」。想起齊白石的畫、魯迅的小說，也莫不得到這樣的領悟。齊白石筆下的游蝦，只在空疏的畫面上神態活現的幾筆，卻給觀賞者留下了寬廣的想像空間：那空闊的畫面就是群蝦得以遨遊的水面。魯迅的《故鄉》裡的閏土，許多時候在「默默的吸煙」，「只是搖頭」，這個苦得「像木偶人」的造型，載負著千言萬語的心音。《子夜》是史詩規模的長卷，但是它也尊重讀者的智慧，留下了節省的畫面。

從藝術接受的鏡角來說，這種空白、省略，一切匠心獨運的不完全的形，會造成更大的形式意味和刺激力。按照格式塔心理學的解釋，「當不完全的形（例如一個未畫出頂角的三角形〔△〕、一個缺一邊的正方形或是有一大段缺口的圓）呈現於眼前時，會引起視覺中一種強烈追求完整、追求對稱、和諧和簡潔的傾向，換言之，會激起一股將它『補充』或恢復到應有的『完整』狀態的衝動力，從而使知覺的興奮程度大大提高」。〔註5〕茅盾的心理描寫，有直露式的顯示，也交織著間接的動態表現。有的隱現在語言中，有的以形傳神，在簡約智慧的筆墨中顯示出心靈探索者的功力。

三

如果說，上述的心態圖式還傾向於直露的顯形的意識層面，那麼《子夜》

〔註5〕 滕守堯：《審美心理描述》第 112 頁。

中許多情境則屬於隱性的潛意識、無意識的層次，或者說更深層次的心態圖式。

「『潛意識』這個詞不能看成僅僅是意識領域裡所沒有的東西，而應當把它放到佛洛伊德關於心理『地形』模型理論的整體中去理解。在佛洛伊德的理論中，『潛意識』是一種動力潛在系統，是心理的一個區域或層次，是一個更大的力量衝擊系統的一部分。」〔註6〕按照佛洛伊德的見解，人的精神活動像冰山一樣，意識的領域是水面上的部分，它只占冰山的一小部分，潛意識的領域是水下的部分，這是絕大的部分。這潛意識的欲念，屬於原我的本能的動力，它時時要突破壓抑和制約，上昇到自我、超我的意識層面上來。潛意識的動力中，性感和愛欲的「利比多」，或稱性力的本能，起著重要的作用。茅盾在《子夜》的心態描寫中顯然注意到這個潛意識的隱性層次。一些心理變態、失態、移形變色都會在潛意識中呈露。四小姐蕙芳許多不可名狀的煩悶，也許無法從理念上，從意識的層次上理解，但是她那青春期的性感和愛的欲念，遵循「快樂原則」時時游動、出沒而又被壓抑的苦惱，卻情態畢現。這個十四歲已經發育得和「婦人」一樣的少女，到上海後便陷入深深的懊惱、煩悶之中。她對吳蓀甫說：「三哥！我剛到上海時，只覺得很膽小；見人，走路，都有一種說不出的畏怯。現在可不是那樣了！……我心裡時常暴躁，我心裡像是要一樣東西，可是又不知道到底要的是什麼！我自己也不明白我要些什麼；我就是百事無味，心神不安！」佛洛伊德的泛性論動力心理學說，是難於被人接受的，但是他的潛意識層次中性感的因素卻不能完全否定。四小姐蕙芳的苦悶心態，源於各種力的衝擊。她從封閉的古舊的鄉村來到「眼花繚亂」的大上海，一時間構成心理上、倫理觀念上的急遽轉化，生理上的變易也不無因由。《子夜》在隱性的心理刻畫中造成多維的鏡角，從而強化了心態圖式的豐富性。試看，四小姐在公園裡被一種奇異的景象吸引住了：「在棚角的一個木箱子上，有一隻猴子懶洋洋地躺在那裡，另一隻猴子滿臉正經的樣子，替那躺著的猴子捉蝨子：從它那種親愛的神氣，誰也會聯想到這一對猴子中間有些特別的關係，是一對夫婦！」於是，「四小姐看得呆了；像是快慰，又像是悲愴，更像是異常酸癢的味兒一齊在她心裡翻滾！」這是客觀的景象，也是四小姐心態的特殊感應。快慰，悲愴，酸癢的味兒，都是感情

〔註6〕《西方現代文學理論概述與比較》第135頁，湖南文藝出版社1986年版。

的流波，它們都以隱性情態潛露這個青春期的少女的性感，使她想逃避一切，形成變態心理，但是在她心裡不知道什麼時候生根的一條線又總牽動著她。她想避而不見，卻又難能排遣。她終於在惶惑中對張素素說：「他們全有伴。我是一個人！而且我總覺得心魂不定。」張素素笑起來了。什麼是四小姐的苦悶，她終於猜到了幾分：「光景大部分就是性的煩悶罷！」作品就是這樣地在潛意識的層次中揭示出四小姐的心態。這是隱性的多重因子的複合，自然也包涵性愛的衝動。

在潛意識的心態顯現中，對於幻覺、夢的描繪也是值得注意的。佛洛伊德認為：「夢似乎是介乎睡眠和蘇醒之間的一種情境」。「夢只是不規則的反應的產物或物理刺激所引起的心理現象。夢必定是醒時心理活動的剩餘，使睡眠受到干擾」。〔註7〕在《夢的解析》中，他認為夢是「願望的達成」。夢的程序看來是荒誕不經的，卻不無心理的牽動。正是在這個意義上，《子夜》關於夢、幻覺的觀照，經過奇異的景觀獲得了一定的現實意味。馮雲卿的女兒——紅杜鵑——大元寶的幻象，這自然荒唐，但在變形幻化中卻交錯著潛意識的意念。潛意識並非完全無意識，「思想和欲望都可以是潛意識的」。〔註8〕至於吳蓀甫的關於他同劉玉英的夢幻，卻在作家曲筆中隱性地揭示出他那荒淫的生活和腐朽的欲念。

應該提及的是，潛意識的層次的呈現，在《子夜》中顯然不只是性愛的內涵，它所涵蓋的內容要寬廣得多，豐富得多。僅以四小姐蕙芳的心態與吳蓀甫的幻夢來說，就大不相同。前者還不乏青春期性感的純真性，後者則是一種「同床異夢」的淫欲腐朽觀念的折射。如果以吳老太爺逃來大上海，便從眼前不時閃現的「雪白的半隻臂膊」，「一對豐滿的乳房」，「赤裸裸的一隻白腿」中所經受的刺激來說，雖然這似乎也同性感有關，主要卻是現代意識、風習同古久、封閉的倫理觀的對峙，文化心理層次上的抗衡的結果。這種文化心理、道德理念的撞擊，雖然不一定是意識的層次，很可能就是直感的潛意識的，就是說，「在完成行動時是不自覺的，在行為的時間和地點方面完全失去定向能力，行為的語言調節遭到破壞」，〔註9〕但在文化心理的比照中卻獲得了深切的審美價值。

〔註7〕 《精神分析引論》第 62 頁。
〔註8〕 《精神分折引論》第 8～9 頁。
〔註9〕 彼德羅夫斯基：《普通心理學》第 33 頁。

四

車爾尼雪夫斯基認為，心理分析可以具有不同的方向：一類作家熱衷於刻畫性格的輪廓；另一類作家善於描寫社會關係與生活衝突對於性格的影響；第三類作家樂於說明感情行動的聯繫；第四類作家精於剖析種種激情。〔註10〕這顯然是更為深切細緻地觀察的結晶。作家都是靈魂的畫師，但是每個人的秉賦體性又各不相同。比方說，有的研究者認為按照車爾尼雪夫斯基的分類，郁達夫似乎當屬第四類。他側重於心理表規，流露出濃鬱的主觀色彩。偏於內向的激情的傾瀉，絕不冷靜，作品溢蕩著感時憤世的情緒。對照之下，茅盾則是郁達夫的逆反形態：他是那樣冷靜，執著凝重於客觀的心理刻畫，彷彿在恪守早期的時代、環境對人影響的美學信念。如果也加分類，則應該放在善於描寫社會關係與生活衝突對於性格的影響的範圍裡。在他的作品中，不論是直接的心理剖白還是間接的內心展現，時時處處以環境或時代對人的影響構成他心靈藝術的中軸。時代同人、環境同人的關係，總是那麼貼近，作用得那麼迅速。在時空的變異中，在矛盾的交織中，大起大落也好，幽遠深邃也好，總是以冷靜的細密的刻刀在游動中刻畫人物的心態。從吳老太爺的直接的衝激的感應，到吳蓀甫的心緒的起伏暴躁，馮雲卿的自我摹寫，林佩瑤的對物傷逝，都是物我交移，物理世界同心理世界衝突的反射。如果說，郁達夫式的心態表現過於直露傷感，魯迅式的心理刻畫味深而志隱，需要更多的審美領悟，那麼，茅盾的心理刻畫則較重於多側面的展露。他在動態中寫人，在社會的衝擊中寫人。他直露地揭示心靈，也在變異中追逐人的情緒，時代、社會對於人的性格的作用與制約始終是他注意的中心。

研究者愈益注意到，在作家的藝術觀照中，人的認識範疇是以雙重的特徵呈現在作品中的。當作家展開人物的心靈世界時，處在各種關係中的人是作為認識的主體而活動著的。從吳老太爺、吳蓀甫到林佩瑤，莫不以他們自己的心靈特徵，按照主體的意識走向在游動著。不管是直露式的心理剖白還是借助語言、行為的體現，都只能是屬於他們的行動方式和思想方式，但是他們又無一例外地屬於作家審視的特殊客體，包括各自的思維、心理和潛意識狀態。這種心態作為客體來縷析的特徵，在《子夜》中更為顯著。這體現在作家的視角同人物間的距離感和評析的態度上，也體現在全部心理進程把握的冷靜度中，總之，《子夜》是把心理主體放置在客觀的位置上加以揭示

〔註10〕參見《列·尼·托爾斯泰伯爵的〈童年〉、〈少年〉和戰爭小說》。

的。它可能相對地淡化了感情的脈絡，卻強化了理性的光澤，這是同《子夜》的總體特徵統一的。

《子夜》的框架結構

一

談到框架結構，會使人不期然地把它偏置於形式的因素。實際上，框架結構只能是內容的外在體現。內容因形式而組成，形式由內容來充實。在內容同形式之間，框架是支撐、彌合的凝聚力。列寧說：「形式是本質的。本質是有形式的。不論怎樣形式都還是以本質為轉移的。」〔註1〕丹納對中世紀哥特式教堂建構的剖解，曾給人以信服的審美的佐證。他說，那是一定要以形式作為一種象徵，暗示莊嚴神秘的東西。正堂和耳堂的交叉代表基督死難的十字架；玫瑰花蕊連同它鑽石形花瓣代表永恆的玫瑰，〔註2〕葉子代表一切得救的靈魂；各個部分的尺寸都相當於聖數。〔註3〕他們排斥古代建築的穩固的基礎、勻稱的比例、樸素的美，而以富麗、怪異、大膽、纖巧、龐大、投合病態的幻想所產生的誇張的情緒與好奇心。〔註4〕總之，走進這巨大幽閉的教堂，內部罩著一片冰冷慘澹的陰影，只有感到渺小、恐懼而祈求上帝的庇護。聯想到中國帝王的宮殿，那長長的階梯遞陞的通道，那四宇飛張的宏大的屋頂，內室裡平面鋪開的巨大空間和面南而立的超然的寶座，莫不給人以威嚴肅穆，不可違逆的意蘊。

《子夜》的框架結構，是作為30年代初中國社會形象史的體現，來展現

〔註1〕 《列寧全集》第38卷第151頁。

〔註2〕 但丁以永恆的玫瑰象徵極樂的靈魂，在上帝身旁放出芬芳，歌頌上帝。

〔註3〕 吉祥之數，稱為聖數。

〔註4〕 參見《藝術哲學》第52頁。

農村與都市「交響曲」內涵的。因此，它避開了傳統小說的單一的線性建構，沒有牧歌式的風韻，自然也淡化了首尾扣連的情節，而代之以宏偉開闊，矛盾交錯，波瀾迭起，萬象紛呈的多維構置。全書縱橫聯結，開闔自如，眞是「駟牡異力，而六轡如琴；並駕齊驅，而一轂統輻」。〔註5〕如果以現代化的「光、熱、力」爲中軸，那「六轡如琴」、「一轂統輻」則呈現出動態多變，立體交織的狀態。可以說，宏偉的佈局和縝密的營造是《子夜》藝術框架的總體構築。或網絡，或間織，或組合，或深層，從不同的側面構成展現人物、事件、時空、情境的面面觀。

展開《子夜》的畫卷，宏偉的建構中囊括時代的風雲，政治舞臺上的糾葛，軍閥之間的戰亂，工農革命的風濤，工業巨頭間的競爭，金融市場上的火拚，而在細密的匠心獨運中，這紛紜的景觀都在矛盾、對立中運動著。從許多社會生活的側面匯成文化史和社會風俗史，顯示出社會本質的某些方面來。隨著情節的遞進，全書一百多個人物或正面或側面地活現在廣闊的歷史舞臺上。從資本家華貴的客廳到華懋飯店的隱秘包房；從衝鋒打仗一樣的交易所到籌謀對壘的益中公司；無論是「海上寓公」的哀聲歎息，還是鄉鎮地主煙榻間的陰黴氣味；無論是青年男女的高談闊論，還是工人草棚中的風雨串聯：一切都按照美的準則加以組合營造，在不協調中呈現出規則系列。全書內容豐富深厚，呈現出史詩的建構，而宏闊的審視同微末的構築又能協調統一起來。蘇聯作家卡達耶夫曾稱讚茅盾具有「巴爾扎克般的技巧」。巴爾扎克在《人間喜劇‧前言》中便認定他所寫的是「許多歷史家忘記了寫的那部歷史，就是風俗史」。實際上，《子夜》的藝術結構不僅得益於巴爾扎克和托爾斯泰，也積澱著曹雪芹的《紅樓夢》的構築的機運。茅盾是在中西文學的交融、同化中，建構起自己的史詩般的恢宏框架的。有人認爲，以《子夜》爲標誌的茅盾創作，形成了他由西方的和民族的兩種文學體交匯而成的創作結構，「這一結構的特徵是以現代精神爲主導的中西一體化」。結果是「民族智慧的古老成果彷彿取得了一種『新質』，攜了新風，促使茅盾的文學結構不可逆轉地迅速轉化爲『現代型』」。〔註6〕這見解不無道理。正是這種中西交匯所鑄成的巍巍大觀的藝術觀照，吸引著中外讀者的目光。日本評論家竹內好認爲，是茅盾的《子夜》打開了他對中國文學的眼界。這部「具有雄大的小

〔註5〕 劉勰：《文心雕龍‧附會》。
〔註6〕 吳福輝：《在與世界文學潮流的聯結中把握傳統》，《中國現代文學研究叢刊》1986 年第 3 期。

說骨架的作品，是中國現代文學中無可比擬的別具一格的作品」。這部小說，「有意識地取範於《紅樓夢》」，在人物配置和場面轉換上，「實在可以看到他很好地學習了《儒林外史》，又能使之跟西洋近代小說的樣式融合起來的痕跡」。〔註7〕這種熔鑄的新態，「給人以新的古典名著之感」。

二

《子夜》的藝術結構，就內在的主體來說無疑是吳蓀甫命運的悲劇史或民族工業的衰敗史。就豐富的內涵說，也可以說是社會風俗史。它的宏闊框架，正是時代史詩和「子夜」社會形象史的外化。

應該說，以人物性格、命運爲中軸的藝術建構，茅盾在《幻滅》和《虹》等長篇中便積澱豐富的經驗了。甚至使人物穿了「戀愛」的外衫，反射出時代的精神，這種「愛情視角」和結構形態也融貫其間。但在早期的作品中，這種結構方式畢竟尚呈現單一的線性的質態。《動搖》與《追求》在結構上呈現複線狀態，但又有失有機的聯繫。《子夜》的構置則不同。正如《安娜·卡列尼娜》，雖然也以人物的命運史爲中軸，但它的周圍顯得開闊得多。在《子夜》中，吳蓀甫是一切事件和人物的聯結的核心、矛盾的焦點，由此形成矛盾複合的網絡結構。有人曾以輻射結構來概括作品的特點，這大體切近實態。就此來說，確是反映了人是社會關係的總和的內蘊。不過，這種反映不僅是橫向的，也包容縱向的運動過程，就是說吳蓀甫的性格是在複雜的社會關係中嬗變發展的。

《子夜》是以吳老太爺逃滬、病危和吳府治喪開篇的。這個「序曲」，很有幾分古典小說中的「楔子」的韻味。但卻不像《紅樓夢》或《鏡花緣》那樣，在迷離撲朔或虛幻空靈的情境中曲折地反映生活，而是以急驟的筆觸引向了嚴峻的生活現實。第一，如果把長篇的情節中心從吳蓀甫的事業衰敗史和悲劇命運的發展史的視角來看，那麼，開篇關於吳氏父子身世的描寫，便成爲頗具機運的史筆結構。這情節，把吳蓀甫的性格形成引伸到歷史淵源中去，從而在吳氏父子的血肉關聯而又相互矛盾的直接描寫中，使人聯想到民族工業家的特殊性格。它在古老的封建社會的母體中生長起來，同封建階級既有血緣的聯繫，又有矛盾。第二，就共時的關係來說，吳老太爺這個足不出戶的「封建僵屍」，是「絕對不願到上海」去的。此番爲什麼倉皇而來呢？

〔註7〕 轉引自松井博光：《黎明的文學》第 167～169 頁。

「因為土匪實在太囂張,而且鄰省的共產黨紅軍也有燎原之勢」。吳老太爺的行蹤恰好傳出了農村革命「山雨欲來風滿樓」的趨勢。城市如何呢?二小姐芙芳在接吳老太爺的汽車裡對蕙芳說:「四妹,上海也不太平呀!上月是汽車罷工,這月是電車了!上月底共產黨在北京路鬧事,捉了幾百,當場打死了一個。共產黨有槍呢!聽三弟說,各工廠的工人都不穩。隨時可以鬧事。時時想暴動。」可見,城市工人運動也處於方興未艾的局面。《子夜》的原來計劃,就是寫成「一部農村與都市的『交響曲』」。後來計劃雖有變移,但是開篇的「序曲」便把農村同城市的革命風雲聯結、照映起來,展示大時代的風潮,這賦予史詩性以重要內涵。第三,吳府的喪儀自然是上海灘上的一件大事,這就為人際關係的描繪提供了開闊、自然的舞臺。茅盾說,「第二章是熱鬧場面。借了吳老太爺的喪事,把《子夜》裡面的重要人物都露了面」。〔註8〕其中有金融買辦、民族工業家、商人,有封建餘孽、軍官、政客,有醫生、教授和多種形態的女性,也有經紀人、交際花和工廠裡的人物。據統計,在吳府喪事中出現的主要人物就有近四十人。這些人物都以吳蓀甫為軸心,形成人際關係的矛盾網絡,這在結構營造上是頗具特色的。

作為民族工業家的事業悲劇史和 30 年代的形象社會史來說,以吳蓀甫為軸心來展現宏大的佈局也是十分有力的。這結構恰似「一轂統輻」,「六轡如琴」的統一。其中吳蓀甫同趙伯韜的廝拚是以 5 月「合作」,6 月鬥法,7 月決戰的激烈搏鬥貫通全篇的。5 月「合作」,是趙伯韜同封建餘孽尚仲禮密謀,拉吳蓀甫、杜竹齋上鉤,並以「初勝」的甜頭為誘餌。此次「合作」,吳、趙結成大戶「多頭」,以擊敗馮雲卿、李壯飛、何慎庵等形形色色的「空頭」為結局。6 月鬥法,大有變異。這時形成的是吳、趙由聯合轉為對壘、謀反、廝拚的局面。吳蓀甫同杜竹齋、王和甫等組成益中信託公司,作為反趙的大本營,形成以趙伯韜為「多頭」和益中公司為「空頭」之間的角鬥。幾經較量,以益中虧損八萬元栽了個「小跟頭」而停下來。7 月決戰,可謂生死搏鬥。這時益中改做「多頭」,趙伯韜則轉化為「空頭」。鬥爭的雙方,都用盡心機。吳蓀甫甚至把自己的絲廠、公館都作為賭注抵押出去,以背水一戰。正在這千鈞一髮之際,早已從「益中」脫身的杜竹齋又火線倒戈,轉向趙伯韜一邊,致使吳蓀甫徹底失敗。這部長篇的最初設想,擬以吳、趙兩大巨頭最後握手言和為結尾。但是,在深化藝術構思時,茅盾感到這樣的結局是不合理的、

────────────

〔註8〕 《〈子夜〉是怎樣寫成的》,《茅盾論創作》第 61 頁。

虛假的。正如阿 Q 必然走向「大團圓」的悲劇一樣，在《子夜》中，吳蓀甫敗而趙伯韜勝是 30 年代的「理所必然」。只有這樣，才能「強烈地突出工業資本家鬥不過金融買辦資本家，中國民族資產階級是沒有出路的」。〔註 9〕顯然，這條情節線索的設置，也是內在機制所決定的。「具體之所以具體，因為它是許多規定的總結」。〔註 10〕正是在這個意義上，通過吳蓀甫的悲劇命運，作品深刻地揭示了中國社會愈加殖民地化的危機。

自然，從吳蓀甫的命運悲劇史的鏡角審視，《子夜》的結構也不會如此簡單。《子夜》要寫的是民族工業家、買辦資本家、革命運動者及工人群眾許多方面。吳、趙之爭在作品中可以作為主要的矛盾之一被強化，而在諸多矛盾中，吳蓀甫則是一切矛盾的核心。事實上，就是吳、趙之爭這條線索，也遠為複雜得多。這不只聯結著政界，也牽動了軍閥混戰的戰局。「花了錢可以打勝仗，花了錢也可以叫人家打敗仗」的細節，便以歷史的真實揭開了軍閥戰亂左右公債市場的奧秘。吳、趙初次「合作」時，就是用一萬銀子一里路的代價，讓西北軍倒退三十里，從而取得公債市場的勝利的。不僅如此，公債的風潮波蕩著整個社會。吳蓀甫、趙伯韜的角鬥，實際上牽動了「子夜」社會的各個階級、階層人物，揭示了社會深層的卑污苟賤的狀態：經濟學教授李玉亭為金錢奔走游說，金融家杜竹齋背信棄義，土財主馮雲卿被腳下全是地雷的生活驚得目瞪口呆，交際花劉玉英兩頭牽線。看來是信筆拈來的花絮，莫不凝聚著思想的主體，看來是稍縱即逝的過客，無不以聲態笑貌活化在史詩般宏大建構的周圍。

三

如果把藝術審視的鏡角從吳蓀甫命運的悲劇史移向事態和運動的運籌設置，那麼整個框架就會顯現多線紛呈的間織狀態。這種間織結構，使得紛紜複雜的事變協調地形成有序的系列，既適宜展現都市生活多變的趨勢，也賦予審美主體以立體交錯的面面觀。就性格史的建構來說，矛盾呈現複合、凝聚的趨勢；就事態的運動來說，則現出離散、錯落的間織景象。

在《子夜》中，許多事態情節是共時的平行的，是多線紛呈的。金融公債市場的起落消長，是貫通始終的一條線索；工廠和都市的工人運動是另一

〔註 9〕《〈子夜〉寫作的前前後後》。
〔註 10〕馬克思：《政治經濟學批判》第 163 頁，人民出版社 1955 年版。

條線索；知識分子和女性群體所形成的「新儒林外史」是第三條線索；雙橋鎮的世態和農民運動是第四條線索。雖然農村方面的佈局未能很好地展開，以至第四章雙橋鎮的生活鬥爭的描繪，在全書中缺乏有機的脈絡，給人以孤立、游離之感，但是，紅軍革命鬥爭的伏線依然若隱若現地體現在作品之中。茅盾說：「為了使這本書能公開出版，有些地方不得不用暗示和側面的襯托了。」考慮到 30 年代白色恐怖的時代背景，作家的用心是可以理解的。作品開端，吳老太爺在惶惶不安的局勢中逃來上海；作品結尾時，吳蓀甫欲往牯嶺避暑時，正面臨「紅軍打吉安，長沙被圍，南昌、九江都很吃緊」的形勢：這條隱顯變動的脈絡，同樣貫穿在作品宏大的佈局中。

這樣，工潮、金融交易市場和農民運動以及「新儒林外史」的結構便形成平行交織，縱橫開闊的局面。就某一側面審視，自然是若斷若現，始末呼應的；就整體佈局說，多線分合，錯落有序。例如第一章虛寫了工人運動的形勢，第二章在「四鄉農民不穩，鎮上兵力單薄」的映照中，就實寫了莫幹丞報告「廠裡有些不妙」的情勢，第五章則寫吳蓀甫知才善用，提拔屠維岳的心機，第七章就正面推出了工潮風起的局面。正是一波未平，一波復起，時而淡化，時而濃染。這離散、間織的妙用，意味著敘述視角的轉移；對接受者說來，由於感知的理性作用，會在斷而復續，簡化空白中，創造組合成有序的條理。因為「知覺中的組織活動並不局限於直接呈現於眼睛的材料，而是把看不到的那一部分也列入到所見物體的真正組成部分」。〔註11〕聰慧的作家，正是在斷而復現中施展出創造才能的。

茅盾認為，在《子夜》的構思中是「用過一番心的」。這「用心」不僅用在開闊的框架上，更用在繁富細密的體察上，終成多線紛呈的結果，既總括時代風潮，又微察生活的浪花，在深邃中寓藏豐厚的容量。以裕華絲廠的工潮來說，這只是社會的一角，但在作家的筆下依然成為通向大時代的窗口。這裡，資本家同工人的鬥爭構成主潮，在波浪起伏間又分呈汪派同蔣派的鬥爭，資本家走卒間的權勢較量，黃色工會對工人的麻痺和欺騙，工人運動中的「左」傾勢頭和革命實際工作者同托派分子的混雜與矛盾等等複雜、膠著的狀態。宏大的框架與細密的開拓，豐富了史詩的內涵。

對實業界的困境的描寫，也是如此。直感的藝術觀照，給人的領悟總是繁富而又深厚的。這「困境」同軍閥戰亂攸關，也深隱著國際性的競爭。從

〔註11〕 魯道夫・阿恩海姆：《視覺思維》第 81 頁。

「金貴銀賤」到繅絲業的慘遭摧殘，無不揭示出國際資本吞併民族工業的魔影。對此，雷參謀同周仲偉的一段對話是可見端倪的：

> 雷參謀望著周仲偉，很正經地說：「大家都說金貴銀賤是中國振興實業推廣國貨的好機會，實際上究竟怎樣？」
>
> 周仲偉閉了眼睛搖頭。過一會兒，他才睜開眼來憤憤地回答：「我是吃盡了金貴銀賤的虧！製火柴的原料——藥品、木梗、盒子殼，全是從外洋來的；金價一漲，這些原料也跟著漲價，我還有好處麼？採購本國原料罷？好！原料稅，子口稅，厘捐，一重一重加上去，就比外國原料還要貴了！況且日本火柴和瑞典火柴又是拚命競爭……」

「紅頭火柴」周仲偉的火柴廠就是這樣出盤的。趙伯韜在金融界施展魔爪，就是爲了鉗制民族工業，所以他始終認爲「中國人辦工業，沒有外國人幫助都是虎頭蛇尾」。這就可見，作家在任何一個生活系列中，都把自己的審美感知引向深邃的天地。在多線紛呈的構建中，組合排列成色彩斑斕的時代畫譜。

四

茅盾在談到創作時說，大凡寫「熱鬧場面，既要寫得錯綜，又要條理分明，既要有全場的鳥瞰圖，又要有個別角落的『特寫』」。[註 12] 這確是經驗之談。適應都會生活瞬息萬變，起伏波動的狀態，注重時空變異的蒙太奇建構就成爲恰當的表現方式。這結構既可以把握事態的轉化，又著意場景的補移。它似乎是個別角落的特寫，卻在連綴多姿中造成整體性的時空景觀。

《子夜》全書共十九章，每章中以電影剪輯似的結構組合方式，切分成若干畫面。在縱向上，脈絡貫通，從橫向比照則烘托穿插，濃淡相濟。張弛起落之間，形成多樣統一的趨勢。一切都在喧囂的現代的都市律動之中，一切都在社會規律的機制中運動著。例如第三章，是由靈堂、彈子房、大餐間和小客廳這四個空間場景聯結在一起的。就時間運行審視，它無疑是蒙太奇手段的巡禮。這是吳府送殮的大場面，可是作家對靈堂著筆不多，且是以靜寫動：只有僕人的牢騷洩氣，「伴靈」女僕像一排「黑色的土偶」坐在凳子上，還有一班「鼓樂手」在抱著樂器打瞌睡。「他們已經辛苦了半天，現在偷空合

[註12] 《茅盾評論文集》（上）第 11 頁。

一下眼，在儲蓄精力準備入殮時最後一次的大緊張」。在全場鳥瞰的描寫以後，立即轉向了彈子房裡「死的跳舞」的特寫。這裡熱鬧的場景，同靈堂裡送殮前的沉寂恰好構成動與靜的對照。那邊的僕人像土偶一樣木然呆坐；這裡的有錢人——男人和女人扭在一起，「亂跳亂嚷」：一切都顯得十分不協調，一切都曲折地反映著「子夜」社會。緊接著，畫面又轉向了大餐間。這裡聚集著孫吉人、陳君宜、周仲偉和王和甫一班人，他們借吳府喪事的「舞臺」在拉吳蓀甫洽談生意。隔壁不時送來「靈堂」的哀樂，這邊的興致卻在「銀團」和公債交易上。吳蓀甫在大餐間裡儼然是盟主的派頭，到了小客廳同杜竹齋密謀時則亮出要吃掉朱吟秋的狠毒用心。場面的轉換，時空的變異，呈現出大都市五光十色的世態。如果說，彈子房和大餐間的場面在於揭示資本家的貪欲和頹廢的情境，那末，小客廳裡關於吳少奶奶和雷參謀的羅曼史的描寫，便成為別具風韻的穿插了。從學生時代的男女情愛到 20 世紀機械工業時代的「王子」的「現實真味」，給「子夜」的風俗史、社會史增添了生動的畫面。騰挪撲閃，彩色斑斕，形成有動靜，有張弛，有悲喜，有起伏的時空畫面。

其他章次也大致如此。如第六章，從空間聯結說，是從兆豐公園寫到吳府的大客廳。畫面卻分成四組：范博文同林佩珊情話綿綿卻又不得要領；吳芝生同范博文縱談情場事而各藏心機；四小姐為「猴夫婦」觸動心曲而惆悵無限；林佩瑤同林佩珊姐妹談心而使佩瑤徒添愁懷。中間插進對曾家駒的諷喻情趣，其餘都是關於知識分子和女性生活的描寫。可以說是關於愛情、婚姻的一章。有直接的心態刻畫，有間接的情感牴牾的對話，但隱顯之間都同金錢的罪惡攸關。輾轉錯綜，構成多樣統一的趨勢。

《子夜》的節奏與旋律

　　一般說來，節奏是音樂、詩歌和舞蹈所多注重的藝術手段。據說，中國古代的所謂「樂」，包容很廣。音樂，詩歌和舞蹈本來是三位一體的。隨著藝術的發展，相近的門類，包括戲劇、小說、繪畫和電影藝術都捕捉、品味起節奏的作用和美感特徵來。達・芬奇就曾認為音樂和繪畫都有節奏，音樂的抑揚頓挫的旋律相當於畫中包圍著物體表面的升降起伏的輪廓。目前，在電影藝術中，作為「視覺的節奏」，「形象的節奏」，時間和空間的節奏，也被日益深入地探討著。正像 19 世紀英國的文學家 W・帕特爾所斷言的：「現代的一切藝術都趨向於音樂。」事實上，節奏是自然的律呂，它隨著客觀世界的物質運動而勃發流轉。藝術既然帥法自然，也必然使它成為人化地體現美的世界的一種因素。不能這樣設想：在現實生活中只有金剛怒目，刀光劍影的時刻，而無雨過雲消，清風霽月的風光。大自然中重疊的山巒，起伏的波濤，寒來暑往，斗轉星移，莫不給人以起落升沉，疾徐變化的審美感知。勞動生活是藝術節奏的母體，這是人類在童稚年代便獲得的真知，但是發達了的人的審美意識，在經久的積澱和延續中衝開了封閉式的閥門，奔向了更加開放式的藝術世界。藝術中的節奏，不僅是強化生活，審美愉悅的需要，也是生活律呂地曲折再現與創造的結晶。

　　《子夜》，作為大規模地描寫中國社會生活的交響樂，自然可以舒徐從容地展開它的生活畫面，但是作家卻把人物的命運和事件的發展濃縮在兩個月的時間內表現出來。尖銳的矛盾紛爭，現代都市生活中光、熱、力的衝擊在人際關係上、人們情感上造成的波瀾，使它脫開悠遠流長，田園牧歌式的格調，而在緊縮的時序裡選取了激越急驟的節奏，把富於時代感的社會衝突，

都市生活中高速度的運動規律都融入藝術情境之中，這就使湍急激越，金戈鐵馬之勢，成為《子夜》這部長篇的主旋律。但是，作家的藝術之弓並非時時處處都拉得滿滿的。而是在自覺的表象運動中，悉心地體察事物運動的規律，精心地把握內容與形式的變化，冷靜地控制自己的情感，於是，在張與弛、濃與淡、悲與喜、動與靜等多種矛盾形態中獲得統一，使作品富於流動、起伏、變換的節奏感。茅盾在《讀書雜記·林海雪原》中曾經談及：「三十萬言的長篇，結構上是要費點工夫的。作者處理得還不差。例如，作者注意到章與章的節奏；寫了緊張的戰鬥以後，接著寫點舒緩的帶有抒情氣味的。」他自己的長篇《子夜》，早已就是這般調遣的。

《子夜》中起伏波動，變換有序的節奏感，是從特定情境中人物性格的內在情緒生發的。作家摸觸到客觀情勢的瞬息萬變，在人物心理、情緒的感應上所形成的升沉、逆轉的波瀾。譬如說，吳蓀甫在「子夜」社會中的命運是悲劇的，這是客觀歷史的必然，但是並不意味著時時、處處他都得處於悲劇的氛圍中。如果矛盾激發便一錘定音，一蹶不振，那將是另外的人物、另外的情境，而不是茅盾筆下的《子夜》了。事實上，就是馮雲卿、李壯飛，也在尋覓公債市場上轉敗為勝的機運。這就使悲和喜、升和沉的節奏在情節中不斷地波動著。第七章是吳蓀甫在「三條火線」中初戰的勝敗關頭。在現在看到的《大綱》中是這樣構想的：

> 故事佈置：1. 竹齋匆匆來談交易所的情形，並及家鄉暴動後的損失，併合朱吟秋之計劃將成而要止，信託公司（即蓀甫，吉人，和甫所擬辦者），談後即去，因要親自上交易所指揮。此時各人心情在陰暗與希望之間。2. 莫與屠來報告工潮大定。蓀甫心由陰暗而轉成光明，但同時竹齋來電話則謂公債回跌。蓀甫大驚。此時在外邊大客廳中則有少奶奶，博文，杜學詩，竹齋之子，佩珊，四小姐，阿萱等在閒談。蓀甫加入談了些時。3. 李玉亭來報告趙伯韜等陰謀吞併企業，朱吟秋正與趙押款交涉，並有發行公債之議等等。蓀甫又大怒且罵。可是公債最後暴漲的消息由韓孟翔帶來了。蓀甫終乃大喜。（重點為引者所加）

全章的基調是由陰暗而轉向光明的，即由悲劇氣氛轉向喜劇的氛圍。在《子夜》定稿時，情節雖然略有更移，基調還是一致的。全章充分注意吳蓀甫在情境變化中情緒的感應。時而心境陰暗，時而轉向光明；時而因故逆轉，

「大驚」,「大怒且罵」,又「終乃大喜」。吳蓀甫的情感起伏不止,升沉不定,在戲劇性的希望與失望、勝利與失敗、悲與喜、苦悶與歡快的情感和理念中波動著。這就賦予作品以有層次,有起落,有變化的節奏感。就具體情節來說,這一章(定稿)的開端時,是費小鬍子來吳府報告農村情況。這自然是吳蓀甫急切地想弄清家鄉農民暴動後雙橋鎮的經濟實況之時,可是吳蓀甫的急切心情同費小鬍子慢吞吞地答非所問恰成衝突,這就使吳蓀甫這個剛愎自用的「大亨」「不耐地叫起來,心頭一陣煩悶」。問起損失多少,又是「還沒弄清」,這就使吳蓀甫「愈說愈生氣」,乃至發起主子的淫威拍起桌子來。但是,如果作家不精心揣摩人物性格,在表現這種緊張局面時注意節奏性,那麼吳蓀甫可能成為莽張飛,而不再是有膽有識的資本家了。因此,看著費小鬍子挨在那裡不吭聲,吳蓀甫反而捺著性子又問:「我們放出去的款子,估量是還可以收回幾成呢?」這是一種誘發性的發問,也是一種克制性的忍耐了。

「這個——六成是有的……」

「你為什麼不早說呢!」

可以想見,如果對這次詰問,仍舊是一問三不知,那吳蓀甫的忍受將是有限度的,要知道,正處於初次交戰的決勝期呢!恰在這種箭在弦上的緊張時刻,費小鬍子慢吞吞地說出了「六成」這個具體數字。這六成,就意味著還有六七萬元的現款,就意味著這種實力在吳蓀甫的調遣下將能部署新的攻勢。正是如此,時刻可以發作的吳蓀甫這時「口氣卻平和得多,而且臉上也掠過一絲笑影」。古人說,文似看山不喜平。但這種跌宕起伏的筆致需要合乎自然,而排除人為的跡像。只有順應特定情勢下的主客觀因素,符合人物性格的邏輯發展,這種張弛疾舒,化緊張為平和的節奏才是引人入勝的。有關馮雲卿的描寫也是如此。這個「詩禮傳家」的土鄉紳鑽到十里洋場的大上海,竟然做起公債的手腳,自然是要倒楣的。這決定了他的悲劇性。可是他圖謀東山再起之途,卻滿塗上一層喜劇色彩。他唆使女兒去鑽狗洞探取公債消息的勾當,便是一幕齷齪的悲喜劇。正是在這裡,揭穿了封建倫理的神聖面紗,使得情節在悲喜交錯的節奏中發展著。

《子夜》是一部都市和農村生活的交響樂,是一幅波瀾起伏的畫卷。現代化的都市生活,本身就是色彩斑斕,光怪陸離的景象。要把它充分地而又恰到好處地表現出來,這不僅需要作家有敏銳的感受能力,同時要有濃淡相

宜，疏密得體的筆致。沒有富於節奏感的藝術調遣，也會事與願違。《子夜》中既有濃針密線，又有淡墨輕描，濃淡藏露莫不給人以富於節奏美的分寸感。比方說，蔣（介石）閻（錫山）、馮（玉祥）的中原大戰，是作品的重要組成部分。但是作品中除了一個頗有點「文人氣質」的雷參謀外，在畫面上並沒有出現過一兵一卒。不過，在似乎輕描淡抹的襯景間，卻無處不感到遠遠近近的炮火硝煙。僅以三十萬兩銀子買通西北軍退走三十里地的細節來說，似乎是神來之筆，卻把中原大戰同公債市場上的火拚有機地聯結了起來。它同公債市場的勝負是那樣休戚相關，可是寫起來卻只有這麼幾句：

> （尚仲禮）：「雖然是有人居間，和那邊接洽過一次，而且條件也議定了，卻是到底不敢說十拿九穩呀。和兵頭打交道，原來就帶三分危險；也許那邊臨時又變卦。所以竹翁還是先去和蓀甫商量一下，回頭我們再談」。
>
> 「條件也講定了麼？」
>
> 「講定了。三十萬！」趙伯韜搶著回答，似乎有點不耐煩。杜竹齋把舌頭一伸，嘻嘻地笑了。

淡淡幾筆，點出了公債同軍閥戰爭的關係，至於整個過程則統統略去。只是到了結帳期交代一下「中央軍在隴海線上轉利」的消息。這筆法會使人們想到中國繪畫中畫龍的妙處。龍在雲中，只要看到它的頭、爪牙、鱗甲，就會聯想到它的全身。「善藏者未始不露，善露者未始不藏」，就在這藏與露、濃與淡、虛與實之間，使人見其全般。事態演示是如此，人物描寫也莫不如此。吳蓀甫同趙伯韜之爭是全書的中心線索。相比之下，對吳蓀甫則濃墨揮灑，對趙伯韜便較為淡筆輕描。如果說，吳蓀甫是正面的、實寫的，趙伯韜則是側面的、虛寫的筆墨較多。比方，趙伯韜同外國資本家的聯繫，他對中國民族工業所施加的種種手段，大都是從間接的言談行跡中透露出來的。這樣，有濃淡，有隱實，有藏露的妙處，正好顯現出節奏的美感來。

德國的電影理論家齊格弗里德·克拉考爾在他的《電影本性》中曾對高度緊張的寂靜有這樣的體會：「當音樂在極度緊張的時刻突然中止，讓我們僅僅面對著無聲的畫面時，這種效果反而變得更加強烈。」的確，在有才華的藝術家手裡，寂靜也可以獲取最響亮的音響效果。長篇《子夜》以急驟的旋律映現出工潮、公債、農村的「如火烈烈」的局面，也不時地把筆鋒突然轉向沉靜的場面。哀婉淒惻，幽怨蕩溢，這時候真的會使人覺得緊張的音律突

然中斷了,但是卻又靜中寓動,那沉寂的場面反而更加顯得熱烈。四小姐蕙芳的哀怨,吳少奶奶的遐想,都給人以寂靜中最響亮的音響效應。又比方,在吳老太爺的喪儀期間,靈堂右首的大餐室裡擠滿了人。這裡在談「標金」,那裡在議「關稅」;每擔絲要納稅多少,外洋銷路受日本絲競爭;絲價低落,洋莊清淡:整個客廳充溢著混濁的銅臭氣味。正在這時,突然——

　　……一刹那的沉默。風吹來外面「鼓樂手」的鎖吶和笛子的聲音,也顯得異常悲涼,像是替中國的絲織業奏哀樂。

　　通過沉默,空間的音響的轉換,有層次地顯示出了節奏的效應。喧雜的紛爭,自然激越緊迫,扣人心弦,而突然的沉默,表面的靜止形態,更加反襯出喧鬧的情境,同樣動人心魄。可見,在恆動的世界中,突兀的靜態描寫也是一種樂音。動靜之間,是相互作用,相互轉化的。如果說,音樂中的節奏是運用各種音符,通過對時間的有規律的分割,在輕重緩急和抑揚頓挫的變化中形成的,那麼,《子夜》中情感的起伏,事態的隱顯,場景的轉換,矛盾的動靜,不也是一種有節奏的音樂嗎?而在有層次、有張弛的變化中,激越湍急的情勢則構成它的主旋律。

《子夜》的視點與時空調遣

一

　　小說的視點，作為藝術構成的元素似乎並不那麼切要，卻潛移默化地在牽動讀者的視野，乃至影響藝術的生命。

　　研究者曾把小說的視點分為內的視點與外的視點兩途。都顯現在茅盾的創作中。前者，可以《腐蝕》為例。這部長篇的視點似可分為兩層：一是虛擬的這部日記的獲取者，他宣洩了作者的憤激之情，為整個的藝術構想確定了基調；二是日記的主人公趙惠明，這是深邃的內視點的持居者。就特務政治的內幕來說，她是狐鬼群體中的一分子，同時，又貌合神離以矛盾的心理思辨著事態，因此構成內在的情態網絡。作品以主人公的內心感應為軸心，反射出霧重慶社會的各個側面：從政治上的大波大瀾，到民族危難的矛盾蹤跡，從特務的血腥罪行，到社會風範的烏煙瘴氣。這種感應有很大的主觀色彩，卻在瞬息變易中反映出大千世界。長篇《子夜》則屬於外的視點小說。這是離開了所有的人與事件的直接參預者的範圍所採取的全知的視點。這種視點，不受個人感知、經驗的約束，可以上下幾十年，縱橫八百里，可以居高臨下，對人物事態進行品評，可以深入肌裡，洞察人物的內心思緒，可以把握情境的變異進程，也可以總括紛紜的全局，所以被稱為「神」的態度。意思是這個默默的隱形的敘述者，似乎並不存在於藝術情境之中，卻又無往而不在。他隨著情節的波瀾，「神與物遊」，時而講吳老太爺的內心衝動，時而敘述吳蓀甫的魄力，時而揭示吳少奶奶矛盾的兩重性格，時而介紹土頭土腦的封建地主，時而光顧形形色色的知識階層和女性群。全書的一百多個人

物，似乎都在他的掌心上跳動。

這裡，如果捉住它的特徵，同造型的雕塑、繪畫，同長於直觀的戲劇、電影加以比較，便不難發現，這正是敘述文學獲得諸多自由的妙處。造型藝術自然可以寫意，但它要靠直覺的瞬間形態來體現，電影、戲劇不乏內心的剖白，那要靠獨白或對話來揭示，而外視點的小說，既可以借助對話、獨白，又可以注重綜合百態，深入肌里，千波萬流地傾瀉出時間流程和空間轉換中的一切來。

這種視點的長處，在於靈活自如，伸縮有致。不過，一味從外視點加以敘述，如果不加調節，也會失之呆板平淡，或者造成不合理的猜度和藝術審美上的不快。早些時候的讀者，由於不習慣作者的調遣乃至提出：這般的描寫窺測，你怎麼會知道？如果在《子夜》這樣的長篇中只是客觀地冷靜敘述，自然會失去藝術魅力。於是，作家在調遣生活時便會轉換藝術視點，從外的視點的總體構置中交織進內視點的運籌。這就使人物的刻畫和藝術情趣不斷地出現波瀾迭起的狀態。對吳少奶奶——林佩瑤的刻畫，便是這樣構成的。當吳老太爺乘坐的車子開進吳府時，一陣女人的笑聲從那五開間的洋房裡傳出來，接著是高跟鞋錯落地閣閣地響，兩三個人形跳過來。「內中有一位粉紅色衣服，長身玉立的少婦，嫋著細腰搶到吳老太爺汽車邊，一手拉開了車門，嬌聲笑著說：『爸爸辛苦了！二姊，這是四妹和七弟麼？』」這依然是以敘述人全能的外視點，在作客觀的描寫。可是在一股濃鬱的香氣中，吳老太爺看去——

> 一團蓬蓬鬆鬆的頭髮亂紛紛地披在白中帶青的圓臉上，一對發光的滴溜溜的轉動的黑眼睛，下面是紅得可怕的兩片嘻開的嘴唇。

這「亂紛紛」的頭髮，「白中帶青的圓臉」，「紅得可怕」的嘴唇，自然是吳老太爺的感應。在這個封建的「古老僵屍」的眼裡，林佩瑤的影像被異化變形是毫不足怪的。亂、怪、荒誕、可怕，是吳老太爺對「子夜」上海的全部感知。從這個意義來說，這視角的轉換，衝開了敘述人全能的視野，也間接地刻畫了吳老太爺的形象。真是無獨有偶。過不了兩天，在吳府的喪儀中雷參謀遇到了林佩瑤。雷參謀謙遜地回答著吳少奶奶的問話，「眼睛卻在打量吳少奶奶的居喪素裝」：

> 黑紗旗袍，緊裹在臂上的袖子長過肘，裙長到踝，怪幽靜地襯出頎長窈窕的身材；臉上沒有脂粉，很自然的兩道彎彎的不濃也不

淡的眉毛，眼眶邊微微有點紅，眼睛卻依然那樣發光，滴溜溜地時
常轉動，——每一轉動，放射出無限的智慧，無限的愛嬌。

這真是視點轉換中的奇異情趣。同一個吳少奶奶，從敘述人冷靜的視角
審視，比較客觀地活現出她的聲態特徵。描述是細膩的，在視角與人物間保
有距離感，也夾雜有切要的審美品評。僅只「長身玉立」一句，便捉住了這
位少婦的優美造型。可是，在吳老太爺的眼裡，則被醜化變形，這時的吳少
奶奶幻化成妖冶怪異的影像。而在她過去的情人雷參謀的眼裡，她則是美上
加好。在他細微的「打量」中，乃至溢出特有的體驗和情態來。比方，「怪幽
靜地」，「眼睛依然那樣發光」，「放射出無限的愛嬌」，這種充滿情態的體驗都
是雷參謀所特有的，它不僅超出了時間和空間的範圍，而且融化了久遠的浪
漫蒂克的體味。這體味是主體對客體的體驗的結果，因此也必然地滲透情感
的因素。可見，視點的調節和轉換，在作品藝術效應上會產生奇妙的效應。

二

《子夜》不獨在全知的視點中，時時轉換方位、視角以造成不同的藝術
效果，同時也在變易時間的流程和空間的跨度。不難想見，如果全然按照時
間的自然流序加以鋪敘，勢必單調平淡，難於反映現代大都會的瞬息萬狀。
何況《子夜》的故事是在兩個月的時間中完成的，平板地線性描述也無法展
現作品的恢宏構圖。於是，作品突破時空的沉滯的線狀系列，使得它的藝術
世界，在現實奔流的主航道上上下左右，隱顯升伏，把現實同歷史的因緣，
把都市與農村、金融市場與工廠車間交相織映。吳老太爺唯其置身在「子夜」
的現代社會，他才顯得古舊而僵化，他的生命在象徵的深長意蘊中倏忽即逝。
但是，敘述人以全知的外的視點，對這個人物的社會經歷、思想作派、信仰
抱負，卻作了囊括縱橫的深遠的拓展。他坐在全新的「雪鐵龍」汽車裡，驅
馳在「三百萬人口的東方大都會上海」的長街上，而依然捧著《太上感應篇》，
念念「萬惡淫為首，百善孝為先」的古訓，這未免古怪而可笑。這是古舊的
存在同「子夜」的現實所形成的逆反差距。但是有誰知道，當時間的流序逆
轉到「三十年前」，吳老太爺還是一個「頂括括的『維新黨』」呢？那時節的
維新，便很有幾分離經叛道的真味。這說明，在敘述人全知的視點中，吳老
太爺的蹤跡也是有起有伏的。展開吳老太爺的家族史，則是「祖若父兩代侍
郎」，這個時間的跨度更顯得幽遠流長。這時候，從時間上不僅畫出了一條跳

躍的縱線,在空間上又把歷史的狀況同現實的際遇縫合起來,從而深化了人物性格,使讀者在立體感知中獲得了更爲豐富的審美信息量。對於杜新籜的刻畫也是如此。從現實情境審視,他「信任外國人的維持秩序的能力」,他具有「沉醉在美酒裡,銷魂在溫軟的擁抱裡」的頹廢的人生態度。不過,這依然是平面的表象。當生活向深層突進,打破封閉式的境域,隨著時空跨度的延伸,人們就愈加看清了杜新籜的來龍去脈,使得這個形象逐步地活化起來。他在法國的三五年,恰好同今天密切地聯結起來。那時,「他進了十幾個學校,他試過各項學科」,因此獲得了「萬能博士」的雅號。今昔映襯,時空交錯,人物的豐富性和眞實性便活現在讀者的面前。長篇的藝術表明,作家的敍述視點,時而縱向開掘,時而橫向延展,既有宏觀的剖視,又有微觀的探察。細微處如數掌上脂紋,超脫時只是點點疏雨。就時序來說,可以在固定的時間段作精緻的刻畫。對此,作家在《子夜》的大綱、提要中已經做了具體的構想,不過也注意使時序倒置,錯綜交織,作今昔的對比和照應。這在林佩瑤的刻畫中,便顯得適度得體。人們在吳府的華貴的客廳中,看到的吳少奶奶是充滿了幽怨和矛盾的情思的。如果讓時光倒流,隨著外視點的切入,人們看到她七八年前在教會女校讀書時則是另外一種影像:

> 那時候,十六七歲的她們這一夥,享受著「五四」以後得到的「自由」,對於眼前的一杯滿滿的青春美酒永不會想到有一天也要喝幹了的;那時候,讀了莎士比亞的《海風引舟曲》和司各德的《撒克遜劫後英雄略》的她們的一夥,滿腦子是俊偉英武的騎士和王子的影像,以及海島、古堡、大森林中,斜月一樓,那樣的「詩意」的境地,——並且她們那座僻處滬西的大公園近旁的校舍,似乎也很像那樣的境地,她們懷抱著多麼美妙的未來的憧憬。特別是她——那時的「密司林佩瑤」,稟受了父親名士氣質,曾經架起了多少的空中樓閣,曾經有過多少淡月清風之夜半睜了美妙的雙目,玩味著她自己想像中的好夢。

這段美妙的文字,把現實中的林佩瑤同昔日的林佩瑤有力地銜接起來。如果沒有時間序列的交錯,空間跨度的擴大嬗變,也就不可能形成今昔的對比度。華貴客廳中的少婦,完全是入世的,而昨天的密司林佩瑤卻充滿了超世的夢幻。終於,物欲戰勝了理念,她只得把二重的苦悶壓在心底。這種時間和空間的情勢所形成的反差愈大,藝術效應也就愈爲濃烈。時空的調遣使

得《子夜》的各個側面、各種人物構成立體的網絡，有力地浮現出現代都會的林林總總。

由於在藝術表現中，客觀的物理時間已經轉化成心理時間，或主體感應的外化手段，它的停滯延駛就都在主體的調遣之中。吳少奶奶七八年前的嚮往，自然可以構成一個心理閃念，也可以細膩鋪陳爲波濤起伏的恆長時間段；吳老太爺三十年前的史實，在外的視點下可以綿延成無限的時間距離，也可以瞬息即逝，一筆帶過：或長或短，或停或駛，這藝術的調遣都在主體的把握下沿著藝術的規律而馳騁。它的分寸感與藝術效應，常常是相輔相成的。

這樣探討《子夜》的藝術，是否把 30 年代的創作和 80 年代的批評方法雜湊在一起了呢？不是的。姑且不說茅盾在《子夜》的創作中已經自覺地運用了時空的觀念，而就時空調遣的精密度來說，也無可置疑的。從構思的大綱中得見，有時一天的時間他也得反覆敲定。就空間來說，同一時間內的上海、香港、北平以及蔣、閻、馮中原大戰的戰場、紅軍活動的村野，都在他的視野之中。僅就作品的意蘊來說，一個作家的藝術感覺常常是潛藏得很深的。愈是偉大深厚的作品，這種蘊藏量就愈爲豐富。所以，西方的學者例如牛津大學的大衛・霍克斯認爲，《離騷》有很多藝術語言在時空處理上常有兩三層結構。王維、杜甫詩中的時空意境，也引起西方學者不絕的讚歎。如果從接受美學的鏡角觀察，藝術接受者本身，對於藝術審美的客體從來就不是消極的。他是欣賞者，同時也兼有藝術發現、創造者的身份。一個藝術的品評者，總是以自己的審美觀去掘發作品中可能發現並蘊藏很深的東西。批評的職能，不是人云亦云，或者一般的複敘，而是探幽發微，揭示文學客體的底蘊，揭示它的規律。而眞理性的認識，也會從初級本質到更深的層次的把握。正是如此，《子夜》中的視點和時空調遣問題才會被自然地提出來。

但是也應該看到，《子夜》的時空調度同現代派的心理時間、空間的錯雜相較，依然保有自己的特色。事實上，相似的現象並不意味著相同。《子夜》在敘述中雖然時時引伸突破，排除單維型的線狀結構故事的方式，從畫面縱橫挺擴造成立體交叉的復合式總體，但是這種調遣和交錯是互補的，它起伏而不雜亂，豐富而趨向統一。或者從人物性格生發，或者以事件展擴爲基點，放得開，收得攏，開闔自如。這種敘述是網絡的，卻又筋絡分明，呈現有序狀態。現代派的心理時間，誠然可以造成奇特的藝術效應，但也包容很大程度的隨意性和荒誕性。因此，離奇、錯雜有時便失卻有機的系統控制。

有人曾以英國當代小說家 B‧S‧約翰遜的《不幸者》爲例，說明它的隨意性。它把一個人到某城市採訪足球賽的信息和他在這城市中的好友的死穿插起來，這自然是可以的。但是過去同現在，足球賽的信息同朋友的憶念任意交錯，結果這種隨意性同書的順序裝訂發生了矛盾，作者就只得把他的書一部分一部分寫起來印行，分裝在一個盒子裡，除第一部分和最後部分外，由讀者隨意排列閱讀。〔註 1〕一般說來，藝術上的奇特、怪誕並不是全然要不得的。怪誕可能包含著對常規的不合理現象的反省，也許是對陳規的一種突破，因而，也意味著對美的一種探求。但也正如魯道夫‧阿恩海姆所說的：「同一組樂音，用某種序列排列起來也許會構成一支易於理解的曲子；而當把它們隨意攪混在一起時，卻只能組成一片嘈雜的聲音。正如同是一組顏色，按照一定的配置組合，就可以形成一個有機的整體；而按照另一種配方去配置，就只能成爲一堆毫無意義的雜亂無章的顏色」。〔註 2〕《子夜》以上海的都市爲生活重心，以現實爲基本的聯結點和軸心，結構宏偉而又嚴密，在自覺的時空引伸中構成網絡的思維形式，時空交織，起伏錯落，有轉換，有照應，既發揮了全知的外視點之長，又在總體上構成有層次、有變異，節奏分明的畫面，使得思維空間和時序雖有變化卻並不離奇錯亂，從而構成互補映襯的有機系列整體。

三

　　《子夜》所採取的全知的視點，對於人物和事件大抵都保持一種冷靜的態度，或者說對於事態有一定的距離感。但是，全然的客觀態度是不可能的。誠如任何創作一樣，長篇是作家對豐富的社會生活能動地體驗的產物。既然是一種藝術感知和體驗，便不可能停留在被動地接受客觀信息上。事實上，在藝術感知中引起審美注意，造成定向反射趨勢的，經常是激發審美主體情感的事物，或者不妨說是藝術體驗的反饋過程，是情感的交融過程。在藝術感受中，「視覺形象永遠不是對於感性材料的機械複製，而是對現實的一種創造性的把握，它把握的形象是含有豐富的想像性、創造性、敏銳性的美的形象」。〔註 3〕這種創造性的想像，既有所增殖，也有所排除，每一個細微的變

〔註 1〕　參見金鍵人：《小說的時間觀念》，《文學評論》1985 年第 2 期。
〔註 2〕　《藝術與視知覺》第 481 頁。
〔註 3〕　同上書，第 5 頁。

化始終交織著情感與理智的因素。因此,《子夜》在比較冷靜的敘述中,也必然映現著作家理性的解析和情感的融合。就是說,敘述人還是「介入」事態的。只是在《子夜》中有時表現得比較隱蔽,有時則較爲直接地「介入」罷了。例如:

> 吳蓀甫獨自在車裡露著牙齒乾笑。他自己問自己:就是趕到交易所去「親臨前線」,究竟中什麼用呀?……不錯!今天他們還要放出最後一炮。正好比決戰中的總司令連自己的衛隊旅都調上前方加入火線,對敵人下最後的進攻。但是命令前線總指揮就得了,何必親臨前線呀?——吳蓀甫皺著眉頭獰笑!心裡是有一個主意:「回家去等候消息!」然而他嘴裡總說不出來。他現在連這一點決斷都沒有了!儘管他焦心自訟:「要鎮靜!即使失敗!也得鎮靜!」可是事實上他簡直鎮靜不下來了!

這段描述,是深入肌里的,吳蓀甫的心理波動清晰地一一映現出來。這敘述保持平直、客觀的特色,但終究離不開敘述人的解析和評斷。有人稱這種方法叫「法庭的配置」,意思就是在敘述中依然反映出評斷和裁判的目光。「他現在連這一點決斷都沒有了!」「事實上他簡直鎮靜不下來了!」——這分明是敘述人裁斷的聲音。當然這依然是比較隱蔽的,只有當讀者悉心地注意那個「他」字,才感到敘述人和人物的間距,從而理會到後面的斷語。

不過,在有些時候敘述人的感情色彩就顯得分外濃烈。或者不妨說,有時是充滿情態地直接「介入」的。這情境自然可以是同情的,也可以是厭惡的、鞭撻的逆態的顯露。試看:「見鬼!中國都是你們這班人弄糟了的!」這是借杜學詩的嘴對曾家駒的鞭撻。實際上,這個拿某省某區分部第二十三號國民黨黨證的傢伙,只是個「小蘿蔔頭」,承擔不了「中國」如何的責任。這裡,分明地顯示出敘述人借題發揮的義憤。它的暗示性和力度,都是超越直接描述的事物本身的。如果認爲這畢竟是人物的語言,那麼這樣的敘述就更爲直接了:

> 這位五十多歲的老鄉紳,在本地是有名的「土皇帝」。自從四十歲上,他生了一位寶貝兒子以後,他那種貪財吝嗇刻薄的天性就特別發揮。可惜這位兒子名爲「家駒」,實在還比不上一條「家狗」……

對曾家駒父子的這段描寫,借助褒詞貶用,反義詞的對照以及敘述中的否定

情態，對於醜惡的、否定的人物的鞭撻是十分顯露的。它已經超出了一般事理評析的範圍，而以敘述人的視點介入事態，加以諷喻和批判的，真是「情以物遷，辭以情發」。由於對這些人物從審美心理上就是厭惡的，作家對言詞間貶斥的色彩便不加隱避了。這些或直露或隱蔽的「介入」，都是融合在敘述的視點之中的。有時是冷靜的、理性的色澤較強，有時便充滿了情態，或隱或顯地傾瀉出來，造成敘述描寫藝術上的起伏波動的變化。

有些時候，貫注的情感溶入事態，外化的物態事象便會扭曲變形，或者造成虛幻的影像，這就更強化了作品的諷喻力度和戲謔的韻味。試看，當馮雲卿受到何慎庵的指點，在心裡划算著要用女兒的千金之體去探取趙伯韜的信息時是什麼樣子：他送客回來，站在天井中對著幾盆嬌紅的杜鵑和一缸金魚出了一會神，忽然忍不住獨自笑了起來，乃至突然又撲索索落下幾點眼淚。就在這種不正常的心境下，幻象在他的濕潤的眼前浮現出來：

> 那嬌紅的竟不是杜鵑，而是他女兒的笑靨，旁邊高高聳立的，
> 卻是一缸大元寶。

這種幻覺，是一種失態、變形，是主體情態對客體的幻化。從生活的實境和常規來說，這自然是虛假的、奇特的，但是馮雲卿的心理特質卻藉此得以突現出來。這女兒的笑靨同大元寶的聯結，是作家有所選擇的「蒙太奇」，也符合馮雲卿輾轉流動的心境。一切都攝於敘述人的視角，一切都滲入情感的色素，一切都是情同理的統一。這種藝術上的幻影和變形，正是在近乎荒誕中愈益顯露出真髓。

《子夜》的象徵和隱喻

　　茅盾的創作以嚴峻的現實主義藝術方法而著稱，不僅在人物塑造上規定了「最近似的典型性格」的準則，而且在史實上也可以達到「無懈可擊」的地步。即便如此，在藝術實踐中，他仍然多所探求，多所吸取，同化熔鑄，創造新境。例如，他對象徵主義的逃避現實，破壞思想邏輯，把藝術引向神秘主義是反對的，但是他認為象徵主義的技巧卻可以為現實主義作家所吸收和利用。〔註 1〕象徵主義是反對現實主義，排斥理性崇拜直覺的。這在茅盾的創作中恰成逆反形態。但是，在技巧和方法上，象徵主義的「對應論」觀點〔註 2〕——認為大自然神秘玄奧，萬事萬物都相互應和；人的各種感官會互相影響，互相轉換，構成「聯覺」與「通感」現象；物理世界同心理世界可以互相感應、契合，等等，在茅盾的審美觀照中不能說沒有同化、契合的印跡。

　　自然，象徵作為藝術手法來說，並非完全是舶來品。研究者曾不斷地從《詩經》的《碩鼠》、《鴟鴞》等詩篇中闡發它的寓意，而楚辭《離騷》中的「江蘺」、「辟芷」、「秋蘭」、「芙蓉」這些幽花香草，似乎作為藝術的符號而成為高潔的品德的象徵。這些傳統的藝術積澱，對於注意中西合壁的藝術大家茅盾來說，早已化為藝術創造的力量。

　　人們通常認為，象徵是在直接描寫的物象中蘊藏著超越性的潛在的含蓄的內容。因此，它會在直接描繪的物象實體中給人以深遠的啓示和聯想。按照黑格爾的見解，「象徵一般是直接呈現於感性觀照的一種現成的外在事物，

〔註 1〕　參見《夜讀偶記》第 64～65 頁。
〔註 2〕　參見陳慧：《西方現代派文學簡論》第 41～42 頁。

對這種外在事物不直接就它本身來看，而是就它所暗示的一種較廣泛較普遍的意義來看」，「象徵所要使人意識到的卻不應是它本身那樣一個具體的個別事物，而是它所暗示的普遍性的意義」。〔註 3〕因此不妨說，象徵的物像是作家觸發性靈的媒介，它凝注著作家的理性精神，也是接受者審美聯想、感應的起點。在那血肉的實體中寓蘊著心息相通的意旨。象徵，就它暗示的曖昧性而言，同隱喻性的藝術表現是很貼近的。它們都交互滲透地糅合在《子夜》的現實主義藝術整體中。整個的藝術範式是寫實的，可謂情真意切的再現，現象與本質的密相契合，但就某些側面、某種視角來說，又實中透虛，具有間接性的張力，以某一事物引發另外的事物，造成活脫、寬廣的審美聯想，暗示更為廣泛的普遍的意義。

《子夜》就象徵和隱喻的藝術情境來說，可以相對地界分為三種形態。

第一，是整體性的象徵。這從茅盾早期創作的《蝕》、《創造》中便可見其發端。茅盾說：「《創造》中，我暗示了這樣的思想：革命既經發動，就會一發而不可收」。〔註 4〕早期的這種象徵構想，也許還留有生澀的印痕，而《蝕》、《虹》、《子夜》、《霜葉紅似二月花》等命題，作為整體性的象徵，似已是有意識的藝術追術。這些命題，都法乎自然景象，但作家所寓託、暗示的意蘊卻深遠得多。作為創作命題，是「人化的自然」，是作家思想的物化，因此會造成社會化的通感或聯想。《子夜》的象徵意旨正在於此。茅盾在《〈子夜〉朝文版序》中說：「這部小說以上海為背景，反映了中國人民在中國共產黨領導下進行長期的反帝反封建鬥爭中的一個階段；這個階段的鬥爭是殘酷的，情況是複雜的，然而從整個形勢看來，這是黎明前的黑暗，所以題為《子夜》。」〔註 5〕這就宣示出從總體上借助自然景觀暗示通過黑暗走向黎明的寬廣的社會意義。正如契訶夫以陰森可怖的《第六病室》象徵專制制度下的沙皇俄國，高爾基在《海燕》中以暴風雨象徵革命一樣，都是在整體的對應中喚起深遠的審美聯想。

這種整體性的象徵，也可以理喻為主題性象徵。這種象徵中，理性意識與藝術的感性形式間，是有間距的。可以說，它是以模糊的「子夜」的意念，提供了寬泛的指向性的領悟機運。這種若即若離的情境，可能正是題旨深蘊的妙處。

〔註 3〕　《美學》第 2 卷第 10～11 頁。
〔註 4〕　《我走過的道路》（中）第 11 頁。
〔註 5〕　《茅盾全集》第 3 卷第 556 頁。

　　第二，是局部性的象徵。如吳老太爺的象徵意味，就是顯而易見的。以這形象本身來說，也可以說是整體性的，但就全書的構置來審視，這情節及人物來滬後的暴死，卻又屬於局部的。作為一個封建地主，吳老太爺和馮雲卿、曾滄海等構成同一階級的不同形態的人物系列，從而顯示出形象的豐富性和事物的千差萬別。但是，他的潛在涵義卻使人聯想到古老的封建社會的解體，而他捧頌的《太上感應篇》則是作為封建道德理念的象徵加以強調的。馬克思說，「人的感覺，感覺的人性——都只憑著相應的對象的存在，憑著人化了的自然，才能產生」。〔註 6〕「相應對象」的熔鑄，是象徵的重要機制。吳老太爺自從騎馬跌傷了腿成了「半肢瘋」以來，就不曾跨出書齋半步，不曾經驗過書齋以外的人生，唯一坐臥不離的法寶便是《太上感應篇》，並且想以此來規範他的「金童玉女」——四小姐蕙芳和七少爺阿萱。誰知一來到上海這「魔窟」，法寶頓刻失靈，「金童玉女」相繼變異，吳老太爺也一命嗚呼。就此來說，形象的實體不時傳遞著相對應的信息，造成象徵性的通感。也許為了深化這種意旨，作品借助林佩珊與范博文的嘴這樣地解釋道：

　　　　「難道老太爺已經去世了麼？」

　　　　「我是一點也不以為奇，老太爺在鄉下已經是『古老僵屍』，但鄉下實際就等於幽暗的『墳墓』，僵屍在『墳墓』裡是不會『風化』的。現在既到了現代大都市上海，自然立刻就要『風化』。去罷！你這古老的僵屍！去罷！我已經看見五千年老僵屍的舊中國也已經在新時代的暴風雨中間很快的很快的在那裡風化了！」

這段話，出自有點詩人氣質，愛說俏皮話以討得女孩子歡心的范博文之口，有它性格化的特徵，但也正是借助范博文的身份寄寓了作家的意向，從而借助對應的形象把讀者帶到超越性的象徵意境。由此可見，在寫實的藝術中適當地吸收象徵的手法，不僅會強化藝術魅力，而且能實中透虛，深化作品的思想。不過，這種隱喻與象徵有時也會給人以理念意識過大而感性實體貧弱的狀態。這時就會顯出它的不協調性。實體過份簡化，必然會導向理念大於形象的趨勢。

　　比照之間，林佩瑤在小客廳裡沉思的處境也許更耐人尋味。那隻關在籠子裡的鸚鵡只是一個細節。這對於闊綽的資本家的客廳來說，是很恰切的點綴。這個「小東西」不時地叫出「不成腔」的「話語」，使吳少奶奶從「悵想

〔註 6〕《馬克思恩格斯論藝術》（一）第 204～205 頁。

中驚醒」。它有時也發出一聲怪叫，衝擊著小客廳中的沉鬱的空氣，這該是作品情境氛圍的需求吧。然而，它的存在，也會給人一種心理上的衝擊，從而在吳少奶奶與鸚鵡之間產生某種暗示性的聯想。正如影片《傷逝》中，子君和涓生在困境裡對坐溫習愛的「功課」時，手中纏繞的毛線突然掙斷了，正如影片《母親》中工人罷工示威時襯接春天的冰河解凍的壯觀畫面，這些都是以藝術描繪的直接性喚起間接性的超然的聯想，它給人們的啟示會因審美接受層次不同而異，但有一點是相同的：隱喻的指向要比實體豐富、深邃、開放。誠然，現實主義的某些情節、細節可能就是為了增強寫實度，渲染生活氣氛，但是，精心的作家在任何細微的機運中都想取得「一石三鳥」，發人深思的效應。吳少奶奶在華麗的客廳中的情境，不是很有幾分金絲籠中的鸚鵡的韻味嗎？這個曾經幻想過騎士和王子影像的少女，如今卻投身於 20 世紀機械工業時代「王子」的懷抱了。資產階級華貴的客廳，優越的生活，自然投合她的胃口，但是，那個只想抓錢，滿臉紫泡的丈夫卻使她深感「缺少了什麼似的」，於是在愛情、玄想的幻滅中，只好充作「金絲籠中的金絲鳥」，在幽怨中過著二重生活。如此看來，吳少奶奶與鸚鵡之間所引發的暗示性的苦澀韻味的聯想，這種象徵性的比照並非是牽強的吧！這種暗示具有弦外之音、象外之旨的指向，它把隱喻和象徵的藝術魅力導向對人的命運乃至人生道路的思索。

如果說，這種解釋也許重於批評主體的領悟的成分了，那麼《子夜》第十二章，當吳蓀甫在旅館中向劉玉英面授機宜，決心同趙伯韜火拼時，突然切入的一個細節應該說是頗具匠心的：

> 這時花玻璃上出現兩個人頭影子，一高一矮，霍霍地在晃。吳蓀甫陡的起了疑心，快步跑到那窗前，出其不意地拉開窗一望，卻看見兩張怒臉，瞪出了吃人似的眼睛，誰也不肯讓誰。原來是兩個癟三打架。

這細節的插入，自然也有烘託氣氛，活化生活氣息的意義，但是，它所寓含的潛在內容顯然比畫面藝術實體提供的東西要多得多。作家也許唯恐人們還不在意吧，所以接下去寫道：「窗外那兩個癟三突然對罵起來，似乎也是為的錢。『不怕你去拆壁腳！老子把顏色你看！——這兩句跳出來似的很清楚。』」到這裡，誰會認為這細節是「閒筆」呢？這精妙的構想，正是象徵或隱喻的妙用。從兩個癟三之戰到趙伯韜與吳蓀甫這兩巨頭之爭，還不都是為了現金

在拚死拚活！

同樣的，當范博文在兆豐公園裡為情愛受阻，異樣的惆悵襲上心頭時，眼前出現了幾個西洋小孩在大池子裡放小帆船的情景。作品寫道：

驀地風轉了方向，且又加勁，池子裡的小帆船向左一側，便翻倒了。

這裡，在景與情、物與人的銜接上，無疑深化著人生的旨趣。作品說：「這一意外的惡化，范博文的吃驚和失望，實在比放船的幾個西洋孩子要厲害得多！人生的旅途中也就時時會遇到這種不作美的轉換方向的風，將人生的小帆船翻倒！人就是可憐地被不可知的『風』支配著！」景語，情語，在敘述人的藝術描繪中深化起來，象徵的意味恰到好處地得到了點染、彌合。

第三，貫穿性的象徵，或者說是情節性的象徵。如果說，局部性的象徵是某些情境中造成對應性的聯想和隱喻的話，那麼貫穿性的象徵則主要是在情境的更迭中不斷出現，貫穿在情節的更移中，形成重疊反覆的印痕，從而達到深化思想，濃染形象的旨意。例如，吳老太爺的那本《太上感應篇》，作為理念化的「道具」或者「符號」，作家為了強化它的使命是時刻調遣著讀者的審美目光的。吳老太爺剛剛下船，坐進了汽車，便「銳聲叫了起來」：「《太上感應篇》！」原來這隨身的法寶遺落在雲飛號大餐間裡了。黃綾套著的書取來後，「吳老太爺接過來恭恭敬敬擺在膝頭，就閉了眼睛」。汽車馳過市區，在現代化的大都會的性感刺激中，「『萬惡淫為首』！這句話像鼓槌一般打得吳老太爺全身發抖」。在吳府人群的扶持下，吳老太爺走進燈火輝煌的大客廳。「吳老太爺的心只是發抖，《太上感應篇》緊緊地抱在懷裡。」終於，在一再的強烈的刺激中，吳老太爺臉色像紙一般白，嘴唇上滿布著白沫，「黃綾套子的《太上感應篇》拍的一聲落在地下」。吳老太爺給抬到小客廳裡去準備搶救了——

留在大客廳裡的人們悄悄地等候著，誰也不開口。張素素倚在一架華美碩大的無線電收音機旁邊，垂著頭，看地上的那部《太上感應篇》，似乎很在那裡用心思。

反覆的疊印，不斷強化著這「道具」的象徵意味。

對於林佩瑤手中那本破舊的《少年維特之煩惱》和枯萎了的白玫瑰的描繪也是如此。作為幻滅的愛情的象徵，它是那流逝的天風，流逝的夢的見證。雷參謀把它重新交回林佩瑤時說得很清楚。後來，當林佩珊為情愛思緒所苦

時，又在姊姊的房中看到了「那本破書和那朵枯萎了的玫瑰花」。最後，當吳蓀甫事業敗北要去牯嶺避暑時，這些什物又從吳少奶奶的膝頭「掉在地上」。這些小小的道具，時時牽動著人物——作家——讀者的心，在不斷復現中強化著象徵的意韻。

至於不時出現在作品中的雷聲閃電，自然是一種環境、氣氛的渲染，可是它的藝術效應卻是多方面的。可以作為人物心理描寫的映襯，也可以是社會風雲變幻的象徵和隱喻。例如，「還沒有閃電。只是那隆隆然像載重汽車駛過似的雷聲不時響動。」「房裡的空氣異常嚴肅。雷聲在外邊天空漫漫地滾過。」第十三章工潮的起伏中，雷聲是時有聽聞的。當屠維岳收買朱桂英不成時，「這時外邊電光一閃，突然一個響雷當頭打下，似乎那房間都有點震動」。這種自然景象的映現，既是隱喻屠維岳心靈的震撼，也是社會風雷的象徵。劉勰說：「隱之為體，義生文外，秘響旁通，伏採潛發……使玩之者無窮，味之者不厭矣。」〔註 7〕真是「深文隱蔚，餘味曲包」，象徵和隱喻的妙用在《子夜》中不斷誘發接受者之情思。

〔註 7〕 《文心雕龍・隱秀》。

《子夜》的色彩美與藝術效應

一

　　色彩同繪畫的密切因緣是不言而喻的。查理・勃朗克在《藝術構圖原理》中認為，「形狀和色彩的結合對於創造繪畫是必需的，正如男人和女人的結合對於繁殖人類是必需的一樣。」〔註1〕魯道夫・阿恩海姆則擴而大之：「嚴格說來，一切視覺表象都是由色彩和亮度產生的。」〔註2〕事實在不斷地延展著。現代科學的相互切入滲透，鄰近藝術家族的交相作用，使得色彩美和藝術效應的探求早已在音樂和文學創作中拓展開來。研究者認為，人們不能像欠缺知性的生物一樣只用肉眼觀察物體，而必須以精神的目光觀看大自然。心理學家阿爾蘭德曾對不拘有無通感的十個人進行試驗，讓他們聽十種聲音並選出相應的顏色來。結果大多數人的選擇是：「低音為紅色，中音為橙色，高音為黃色或橙色，同時他們都傾向於低音是暗色，高音為亮色。」〔註3〕另一位心理學家金斯伯格的切身體驗是：在鋼琴由低音到高音的過程中，顏色也隨著音調的變化為黑色——黑紅色——火紅色——草綠色——淺綠色——藍色——灰色——銀灰色，等等。〔註4〕作家是憑藉語言的材料再現、表現生活的，然而他所感知的色彩卻更加細密繁富，他是把五顏六色組成的藝術審美世界塗抹在人們心靈上的。

〔註1〕　《藝術與視知覺》第 459、454 頁。
〔註2〕　《藝術與視知覺》第 459、454 頁。
〔註3〕　西田豐：《各國禁忌色彩》第 137、138 頁。
〔註4〕　西田豐：《各國禁忌色彩》第 137、138 頁。

　　事實上，顏色是借助光的作用造成人們對客觀世界的綜合感知的因素之一。藝術家基於自己的心態和感覺，總是賦予作品以特定的色澤和格調。它造成獨特的藝術空間，展現特有的審美價值。接受者則沿著這個物化的領域，審視著藝術色調的冷與暖、色度的明與暗，並以此探尋色彩美所喚起的審美聯想和藝術效應。前些年間，日本的評論界曾在總體上對現代中國文學進行明暗的論比。他們認為，在 20 年代，以魯迅為代表的創作雖然極力刪削黑暗，裝點歡容，努力使作品獲得一些亮色，但整個畫面的底色是「黑漆漆的」，許多主人公的命運被黑暗所吞噬，可以說，陰暗的氛圍和色調構成作品的基調。40 年代的解放區的文學，則是一種純淨、明朗的色彩與格調。這比照，無疑是特定時代的社會機制和創作意向所融會成的色調。在 20 年代與 40 年代的現代文學中間，30 年代的現代中國文學則構成光明同黑暗的交織氛圍。茅盾的《子夜》正體現出這種特徵。美國的評論者也意識到它近於「農村田園式的『過去所熟知的社會』轉移到『充滿黑暗與光明的城市』」。〔註 5〕可以說，這種黑暗同光明的強烈照映，不僅是《子夜》的客觀美感效應，也是作家主體追索所造成的情境。《子夜》的命題本身就是從黑暗向光明轉化的象徵。它最初擬名為《夕陽》。正式出版時，定名為《子夜》。茅盾解釋說，「夕陽」取自前人「夕陽無限好，只是近黃昏」的詩句，以喻蔣政權當時表面上正處全盛時代，實際上是「近黃昏」了；而《子夜》不僅包容舊中國黑暗的情境，同時也概括通過黑暗走向黎明的思想。子夜是黑暗的時刻，但這是黎明前的黑暗。書名的更易，反映茅盾創作思想的不斷深化和昇華。對於中國人民即將衝破子夜的黑暗走向黎明的確信，構成《子夜》的重要思想內容。顯然，這裡的色度已經脫開了客觀自然的色素，是精神沉入物質之中而構成的藝術審美感知的物化情境，成為社會象徵的反映。如果說，中國現代文學從它孕生時就深深地浸染了濃鬱的「感時憂國」情分，就具有敏感於時代和民族苦難的社會功能，那麼，作品中色度的變異無疑是一種審美心理的反射，是「現代中國作家以他們對中國社會物質和精神的失調的執著的擔憂來推動他們小說的想像，從而在他們的小說中基本上表達了這一意識形態的進程」。〔註 6〕這，可以說是《子夜》色調的深層內蘊。

　　自然，《子夜》的色彩美並不是迷離撲朔的心影或接受者一般的心理聯

〔註 5〕　李歐梵：《論中國現代小說》，《中國現代文學研究叢刊》1985 年第 3 輯。
〔註 6〕　李歐梵：《論中國現代小說》。

想，而是可感的藝術境域。正是如此，才顯得斑斕悅目。那麼，這部反映現代都市全景式的小說，是由怎樣的顏色塗抹成的呢？應該說，它的設色構圖不是單一的藍色、灰色或紅色，而是一種駁雜的顏色組成的，成為用全色裝點成的大幅油畫。諸多色彩，斑駁陸離，也許使人感到並不那麼和諧勻帖，卻突現出現代都會生活的「光，熱，力」的世界。這裡的光，是亮度的反映，而亮度則是色彩的同宗。熱與力，雖然並非視覺的體驗，卻通過物理的現象，造成觸覺和視覺的通感：

> 太陽剛剛下了地平線。軟風一陣一陣地吹上人面，怪癢癢的。蘇州河的濁水幻成了金綠色，輕輕地，向西流去。……暮靄挾著薄霧籠罩了外白渡橋的高聳的鋼架，電車駛過時，這鋼架在橫空架掛的電車線時時爆發出幾朵碧綠的火花。從橋上向東望，可以看見浦東的洋棧像巨大的怪獸，蹲在暝色中，閃著千百隻小眼睛似的燈火。向西望，叫人猛一驚的，是高高地裝在一所洋房頂上而且異常龐大的霓虹電管廣告，射出火一樣的赤光和青燐似的綠焰：光，熱，力！
> （著重點是引者加的）

這裡，且不說空間上的突兀聳立，交錯繁雜的立體畫面，僅只油彩的塗抹，便充分地把黃昏時刻五光十色的大上海點染了出來。碧綠，暝色，青燐似的綠焰，火一樣的赤光，真是光怪陸離，多樣統一，構成現代都會生活的社會光譜。人們在色彩的討論中認為，黃色是一種愉快、安靜的色素，藍色是一種抑鬱的悲哀的色彩，而紅色則是一種充滿了刺激性的色彩。在《子夜》中的物理世界，各種色素造成的強烈反差正突現出這個萬象雜陳的「光，熱，力」的世界。有的是靜態的景象，有的是動態的流波，有的在空間閃著光焰，有的是籠罩大宇的暮靄，就此說來，作家用色彩所構成的信息網絡是總體性的，現代大都會的氛圍。

二

研究者認為，色彩在藝術上的效應，總是同人們的意識、社會的心理和民族的風習密切關聯的。因此，在人物塑造中，色彩的運籌起著重要的作用。

從色彩的探求中可見，人們對色彩的社會心理、審美感受，不僅因人因時而異，不同的國度、不同的民族所積澱下來的審美觀念也是大相徑庭的。在我國古代，黃色便是象徵尊貴、聖潔、莊嚴的顏色，所以帝王的朝服是黃

色的，神聖的經卷也多以黃色作爲裝飾。在敘利亞，黃色則象徵死亡的顏色。《子夜》在人物肖像的描寫中，對色彩的選擇是同民族傳統中的色彩觀和積澱中的民族心理聯結著的。或者不妨說，是民族心理的外化，同時又凝聚人物的性格特徵。在中國的戲曲舞臺上，白臉象徵奸詐，紅色表示忠勇，紫臉顯示剛毅的氣質，這似乎已構成一種模式。杜竹齋的一張白臉和吳蓀甫的醬紫色的方臉，一個多疑奸詐，一個剛愎自用，便近於這種臉相的社會性的體現。實際上，這也是一種自然的人化，或人的對象化的物我融會狀態，而民族的審美心理則可以視爲中介或聯結點。這同西方以白色象徵純潔、清淨便有些不同。不過，屠維岳的白淨而精神飽滿的臉相，卻給人以驕蹇自負，精悍幹練的印象。這說明《子夜》中人物臉色的塗抹，雖近於民俗卻並非臉譜化的。例如，狹長的臉，有幾莖月牙式的黃鬚的馮雲卿和小圓臉兒，鼻樑旁邊有幾粒細白麻子的劉玉英，就是各具「丰姿」的。很難說這裡的「黃」或「白」又意味著什麼。

　　《子夜》的色彩藝術，在人物性格同環境的關係中也得到了充分的體現。這在《子夜》的整體藝術構思中就已經設定了。《子夜》的《提要》裡便有這樣的構想：

　　　　一、色彩與聲浪應在此書中占重要地位，且與全書之心理過程相結合。

　　　　二、在前部分，書中主人公之高揚的心情，用鮮明的色彩，人物衣飾，室中布置，都應如此……

　　　　三、在後半，書中主人公沒落心情，用陰暗色彩。衣飾，室中布置，亦都如此。房屋是幽暗的。

　　　　四、前半之背景在大都市，熱鬧的興奮的。後半是都市的陰暗面或山中避暑別莊。

　　　　五、插入之音樂，亦復如此。

在定稿時情節雖然有所變化，但是基本色調和人物性格是同構同調的。有時環境、色彩、人物心境彷彿黏著一起，甚至使人疑慮這般設色著墨是否過於機械統一，從而失去了深層的回味餘地。例如，當吳蓀甫心緒鬱悶時，「雨是小些了，卻變成濃霧一樣的東西，天空更加灰暗。吳蓀甫心裡也像掛著一塊鉛」。當他旗開得勝，「開市大吉時，便是「太陽斜射在他的臉上，反映出鮮艷的紅光，從早晨以來時隱時現的陰沉氣色現在完全沒有了」。

　　不過，有時恰恰構成逆反狀態，使色彩成為人物心理狀態的對立物。在這種情況下，突現的則是人物的心理世界同客觀環境的衝突和失調。吳老太爺到上海後的際遇便是如此。吳老太爺的思維模式和精神境界自然是古久的、封閉式的、超穩定型的，而現代化的大都會生活方式與處境則是喧鬧的、開放式的、色彩萬千的，這就形成了雙向的逆反的狀態。當他坐在「雪鐵龍」的汽車裡，那感受是：

> 汽車發瘋似的向前飛跑。吳老太爺向前看。天哪！幾百個亮著的燈光的窗洞像幾百隻怪眼睛，高聳碧霄的摩天建築，排山倒海般的撲到吳老太爺眼前，忽地又沒有了。……長蛇陣似的一串黑怪物，頭上都一對大眼睛放射出叫人目眩的強光。啵——啵地吼著，閃電似的衝將過來，……他眼前是紅的，黃的，綠的，黑的，發光的，立方體的，圓錐形的，——混雜的一團，在那裡跳，在那裡轉；他耳朵裡灌滿了轟，轟，轟！軋，軋，軋！啵，啵，啵！猛烈嘈雜的聲浪會叫人心跳出腔子似的。（著重點是引者加的）

這裡的動態的幻變的光波和色彩，對於久居都市的人來說，可能司空見慣，甚至會獲取一種快感，但在吳老太爺這個古老「僵屍」的直覺中，卻無疑是荒誕的光色的世界。實際上，這些變動的色彩和光影，在他的官能中都轉化成一種異化物。這種光怪陸離的物理世界和他古久封閉的心理世界尖銳地衝撞著，使他不能自己。

　　匈牙利的美學家貝拉‧巴拉茲曾經指出，一位畫家能夠畫出一張羞紅的面孔，但他決不能畫出一張蒼白的臉由於羞愧而慢慢地變成玫瑰色；他能畫出一張蒼白的面孔，但他決不可能畫出臉色變白這一富有戲劇性的現象。〔註7〕這說明，藝術家的筆雖然可以攝取生活的斷面，並使之化為永恆，卻難於在一幅畫中、同一色塊上留下事物的流變過程。作為小說家的茅盾，在《子夜》中恰恰能夠運用藝術手段彌補了這種審美的需求。他不僅在色彩的變動中揭示了人物的心境情態，同時，沿著人物情緒的變化，用細膩的色彩塗抹出人物的生理的心理的感應進程。例如對吳老太爺的描寫：「兩圈紅暈停在他的額角」。「額角上淡紅轉為深朱」。「他眼前是紅的，黃的，綠的，黑的，發光的，立方體的，圓錐形的」，他「臉色青中帶紫」，「臉色是紙一般白」，終於「額角上爆出的青筋就有蚯蚓那麼粗，喉間的響聲更急促了，白

〔註7〕參見《電影美學》第257頁，中國電影出版社1979年版。

沫也不住的冒」。僅就色彩的轉化變異來說，便精細地刻畫出這個脆弱僵硬的生命在強烈刺激下走向垂危、消亡的歷程。這是小說家的長處，也是《子夜》頗見功力的所在。據頗爲精密的研究者說，在人們周圍的社會環境中，能分辨出來的顏色大約有一萬七千種。在黑色與白色的過渡的序列等級中能夠分辨出來的灰色可達二百種，從紫色到紫紅色的色譜系列中也可以分辨出一百六十種色彩來。吳老太爺的心態色相的變化當然沒有必要以百種計，僅作品所示也已足見作家設色著墨豐富而又細微準確的特長。可以說，在色彩的變化和把握中，深切地刻畫了人物的心理變異。色相的轉換構成了心理變化和生理變化的交匯點。

三

在通常情況下，文學作品中的色彩因素似乎並不顯出獨立的價值，卻又無處不展現它的生命力。它是作品中特定時空境域的塗料和凝固劑，是物象的外衫，是界分形象的重要標誌，因而也是整體藝術建構的不可缺少的因素。不難想像，如果《子夜》失卻了諸多色素，生活將難以辨析，情境便不得賞識，一切美的感知則將蕩然無存。

不過，從人們在作品中感受到它的存在，到意識到它的深層價值，還有一段距離。正如整個創作是從表象到意象並轉化成形象和群體一樣，這無聲無息的色彩雖係天地自然之物，卻並非簡單地鑲嵌在作品中成爲借用的裝飾品。《子夜》中那一切自然景色和怪模怪樣的都市風情，以及人們的神色裝扮、事物的變異，都是經過「精神沉入物質之中」的融合、外化的形態，是人化了的自然。這樣，這看來似乎是表面顏色塗料的東西就蘊滿了情態血肉，從而具有了獨特的藝術生命。它在整體的藝術框架中，悄悄地然而積極地顯示「自我」的情感特徵，乃至有分寸感地造成倫理、政治傾向上的審美評價。

《子夜》是重理性的，但並未完全淡化了情態的因素。不妨說，它的理性品格正潛寓著我國現代作家的憂時憤世的社會功利精神。正是這樣，在《子夜》的調色板上，設色的情態因素便時時透露出來。

> ……杜竹齋的長子新擢，剛剛從法國回來的，卻站在一旁只管冷眼微笑，滿臉是什麼也看不慣的神色。

這裡只是靜態的描寫，似乎也沒著什麼顏色，但只「滿臉是什麼也看不慣的神色」一句就虛裡透實地畫出了這人的神態臉相，並且蘊潛了主體品評和辨

識的成分。這樣，杜新籜表面的神色，就在幾分模糊狀態中顯示出內蘊，使現象和內涵化成一體。要是認爲這個例子也許還有些朦朧，還要加上若干的聯想成分，那麼再看一例：當曾滄海被雙橋鎮農民的「無數的鋤頭、紅旗，還有同樣紅的怕死人的幾千隻眼睛」所嚇倒或激怒，他的「臉色變成死白，手指簌簌地抖，一個踉蹌就躺在煙榻上」，滿眼「兇狠狠地閃著紅光，臉色也已經變成鐵青」。這倏忽的轉變，從色彩的嬗變中自然具現出人物的情態，同時也細密地傳遞出主體的審美示意和品評，使主體與客體的情態物色渾然如一。這時，看來是「外在的因素」，卻透露出「它裡面還有一種內在的東西——即一種意蘊」（黑格爾語），這正是主體情態示意的結晶。「死白」與「鐵青」的臉相，「紅的怕死人的幾千隻眼睛」和曾滄海滿眼「兇狠狠地閃著紅光」，是客體變形移色的寫照，也體現作家主觀體驗的態度。

　　自然，這種富於明顯的情態的色彩，並非時時可見。有時爲了增強人物的對比度，爲了使人物肖像更加鮮明而有生氣，或者在整體上造成色彩豐滿的氛圍，也會造成一種頗爲引人注目的色彩空間。比方說，吳蓀甫「臉上的小皰一個一個都紅而且亮起來。杜竹齋的臉色卻一刻比一刻蒼白」。這「紅而且亮」與「一刻比一刻蒼白」，自然有它的內因，但是在色彩上所形成的鮮明對比卻在細微處顯示藝術的情趣。再如，「忽然從外間跑來一個人，一身白色的法蘭絨西裝，梳得很光亮的頭髮，匆匆地擠進了丁醫生他們這一堆，就像鳥兒揀食似的揀出了一位穿淡青色印度綢長衫，嘴唇上有一撮『牙刷鬚』的中年男子」。這裡的「一身白色」和「淡青色」衣著，顯然著意於從一般中化出個別，從色彩的點染中顯示各自的特色。同時，就穿著打扮的色彩感來說，也是對大都會上海的以吳府爲中心的資產階級上流社會的生活情調的逼真寫照。正如女性群中二小姐的淡藍色的薄紗夏裝，林佩瑤的粉紅色衣服，張素素的蘋果綠色衣著，林佩珊的淡黃色衣服，都在五顏六色中顯示著自我。從這些細微處，也可見作家細緻的色彩感知能力和精雕細刻的筆墨。

　　如果不是拘泥於固定的模式探討問題，那麼可以說，色彩在《子夜》中既是襯托一切的底色，又是塑造人物揭示情感的手段。它是作品中必不可少的內容。如果《子夜》失去了色彩的調配，那將是一個多麼單調的藝術世界啊。

　　《子夜》的色彩美在於它的真實、蘊藉和自然。它的五光十色，紛紜照映，正是社會情境的顯現。

《子夜》的文體和語言風格

一

　　文學是語言的藝術。但是，孤立地來賞鑒品評，便難以眞切地揭示作品的藝術思想特質。劉勰在《文心雕龍・章句》篇中說：「夫人之立言，因字而生句，積句而成章，積章而成篇。篇之彪炳，章無疵也；章之明靡，句無玷也；句之清英，字不妄也；振本而末從，知一而萬畢矣。」立言，遣詞，熔材，謀篇，是同通體相關聯的。局部和整體之間，相互制約也相互作用。對語言的藝術，就要從文章、文學語言的總體風格——文體學的範疇加以考察。自然，這裡提及的文體學是狹窄的，並非指研究文學以外的各種文體。別林斯基認爲，「可以算作語言上的優點的，只有正確、簡練、流暢，這是縱然一個最庸碌的庸才，也可以從按部就班的艱苦錘鍊中取得的。可是文體，——這是才能本身，思想本身。文體是思想的浮雕性，可感觸性；在文體裡表現著整個的人；文體和個性、性格一樣，永遠是獨創的。因此，任何偉大作家都有自己的文體。」〔註1〕作爲偉大的革命作家，茅盾的創作深切地反映了他所處的時代，同時以他的作品形成文體和語言風格，使他的文體在整個結構系統中顯示個人的秉賦。

　　《子夜》是茅盾的文體和語言風格成熟的標誌。如果以共時的文學現象爲參照系，可以說，魯迅的藝術語言近於以白描、寫意爲重心的描寫語言，茅盾的《子夜》則重於以工筆的精雕細刻來表現生活的特徵。它把細密的描述同深邃的剖析融合起來，狀物陳事，曲折迴翔，具有浮雕性的美感；在豐

〔註1〕　《別林斯基論文學》第 234 頁，新文藝出版社 1958 年版。

富的詞彙中顯露出藝術表現的可感性，而又飽和生活的容量。

> 靈堂右首的大餐室裡，滿滿地擠著一屋子的人。環洞橋似的一架紅木百寶櫥，跨立在這又長又闊的大餐室的中部，把這屋子分隔為前後兩部。後半部右首一排窗，望出去就是園子，緊靠著窗，有一架高大的木香花棚，將綠陰和濃香充滿了這半間房子；左首便是牆壁了，卻開著一前一後的兩道門，落後的那道門外邊是遊廊，此時也擺著許多茶几椅子，也攢集著一群吊客，在那裡高談闊論；「標金」，「大條銀」，「花紗」，「幾兩幾錢」的聲浪，震得人耳聾，中間更夾著當差們開汽水瓶的嗤的聲音。但在遊廊的最左端，靠近著一道門，卻有一位將近三十歲的男子，一身黃色軍衣，長統馬靴，左胸掛著三四塊景泰藍的證章，獨自坐在一張搖椅裡，慢慢地喝著汽水，時時把眼光射住了身邊的那一道門。這門現在關著，偶或閃開了一條縫，便有醉人的脂粉香和細碎的笑語聲從縫裡逃出來。

這段文字是吳府喪事的寫照，也可以說是大餐室的一個特寫。從總體性的鳥瞰到人物肖像素描，歷歷在目。賀拉斯在《詩藝》中說：「詩歌就像圖畫：有的要近看才看出它的美，有的要遠看；有的放在暗處看最好，有的應放在明處看，不怕鑒賞家銳敏的挑剔；有的只能看一遍，有的百看不厭。」〔註2〕讀《子夜》的文本，需要仔細揣摩，時有遠近不同的層次，這「滿滿地擠著一屋子的人」的空間，以細密的工筆狀寫層次分明。首先，這大餐室的格局，被「環洞橋似的一架紅木百寶櫥」切分為前後兩部。前部如何？這是以後要觀賞的，只用「滿滿地擠著一屋子」這種模糊語言一筆略過。後部的建構卻赫然開朗，室內室外景物參差。從聽覺感受到的是「惡俗」的貪欲和現金的聲浪以及「開汽水瓶的嗤的聲音」；從視覺感知來說，「環洞橋似」的百寶櫥便給人以立體感；紅木的傢俱與綠色的花棚，遠近之間相映成輝。充滿半間房子的花的香鬱，和偶爾「逃」來的「醉人的脂粉香」，則從嗅覺上給予大餐間以濃鬱的氣息。至於對遊廊最左端的雷鳴的肖像描繪，從年齡、軍裝到馬靴、胸章造成細膩入微的美感特徵。讀這些文字，只有從文體學的範疇似更能捕捉到它的特徵和風韻。

《子夜》的文體美是細密迴翔而充滿風采的。這種風采，並非西方文體學所標誌的「裝飾文體」，也排除了他們所追求的「體面原則」，〔註3〕就此而

〔註2〕 《詩藝》第156頁，人民文學出版社1962年版。
〔註3〕 參見《西方現代文學理論概述與比較》第57頁。

論，可能有失高雅華麗。它文氣剛健清新，起伏跌宕，因時致異，而又綽約多姿，但不失之繁縟浮麗。如果說，屠格涅夫在敘事小說中引進了優美的散文，托爾斯泰在自己的文體甚至結構中顯現出道德說教和歷史的思考，那麼，《子夜》的語言和文體中則不時地插進了一些論辯性的情節。這些高談闊論，似乎同藝術的直感形式相左，然而卻是題材所涵蓋的內容；會有傷所謂詩韻，卻保有自我的文體特徵。可以說，為了豐富這部都市小說的生活，舉凡時代、軍政、公債、工業以及資產階級客廳中的特殊詞彙、某些特別術語，都鑲嵌在敘事文體中，成為再現生活的語碼。「巧言切狀，如印之印泥，不加雕削，而曲寫毫芥」，「體物為妙，功在密附」，〔註 4〕從總體上來如此品評《子夜》的文體風格可能是不為過的。

二

就文體風格來品味，《子夜》給人的深切印象是它的客觀性。在許多回憶錄中，都一再介紹茅盾即使在講述非常具有情緒性的事物時也是頗為冷靜的。但是，即便如此，也難免在藝術語言中潛露主體性的情態。因為，從廣泛的意義上說，從藝術感知起便滲入了作家的情感。所以，現在有人甚至認為「情感的形式」是藝術的「審美細胞」。

可以說，滿蘊情態的諷刺描寫語言，是《子夜》文體美的另一特徵。魯迅曾經指出：「諷刺的生命是真實。」這種諷刺藝術的生命，來自情真意切，這是作家提純了的心理體驗的外化形態。《子夜》中許多諷喻的畫面，自然會使人發笑，同時也使人感受到作家的嚴肅態度和對醜惡事物的憤懣感情。正如馬克思所說：「我把可笑的事物看成是可笑的，這就是對它採取嚴肅的態度」。〔註 5〕唯其是嚴肅的，情偽才畢現，而可笑，則是假、醜、惡的事物本身的性質所決定的。透過富於喜劇美感的諷刺語言，在作品否定的藝術形態中體現出作家的正面理想。兩者的有機統一，正是作家藝術表現的高超之處。

《子夜》的藝術諷刺是辛辣的。在對「海上寓公」馮雲卿和老地頭蛇曾滄海的描寫中，都有深切的體現。曾滄海在煙榻上噴雲吐霧的幻夢中，多麼想能接近「新貴」呀，只是感到「人老不值錢了」！這種失落感，從心態裡

〔註 4〕 《文心雕龍‧物色》。
〔註 5〕 《馬克思恩格斯全集》第 1 卷第 8 頁。

揭示了封建地主同國民黨「新貴」的矛盾。恰在此時，他那個寶貝兒子拿來了一本什麼書和第二十三號「中國國民黨黨證」。他頓感這「非同小可」，連聲鄭重囑咐：「收藏好了，收藏好了！」正是在這無限「鄭重」中，十足顯露出他的可笑，可惡和可憎。因為他所奉為最寶貴的東西，恰是現實中最卑污的東西。作家是在人物的心理天平和現實的社會價值間，尋取到矛盾的焦點，體現了諷刺的情感。誰知正在曾滄海得意忘形的時刻，小孫子一泡尿淋下來了，淌滿了一椅子，又滴在地上。他「瞥眼看見了撒了一泡尿的小孩子的腳下有一本書」：

> 從兒子手裡看明白了那本濕淋淋的書原來是《三民主義》的時候，曾滄海的臉色陡的變了。他跳起來跺著腳，看著兒子的臉，連聲叫苦道：
>
> 「糟了，糟了！這就同前清時代的聖諭廣訓一樣的東西，應該供在大廳裡天然几上的香爐面前，才是正辦，怎麼讓小孩子撒了尿呀！給外邊人曉得了，你的腦袋還保得住麼？該死，糟了！」

這段諷刺的筆墨，帶有幾分漫畫色彩。就在這「收藏好了，收藏好了」和「糟了，糟了」的「非同小可」聲中，人們看到了他那卑污的靈魂，同時也感受到作家對國民黨反動派以及他們的爪牙的憎惡和鞭撻。是他們把孫中山的《三民主義》明裡奉為經義，暗裡卻任意踐踏；是他們借用這塊「招牌」乘機尋隙，鑽營利用。所以，作家在刻畫這個老地頭蛇的時候，才意在筆端，墨含奧府，把內心的情態透過這誇張的戲謔性的形式顯示出來。茅盾說，他在寫農民暴動和曾滄海頭上頂了一本淋過尿的《三民主義》等細節時，是很費了一些斟酌的。這就說明，諷刺的動因在構思時早已意在筆先，鑄成作家的意象，轉化在文體中。唯有「為情造文」，才會在語言運籌上做到辛辣而深切。

這種諷刺的力度，在對「海上寓公」馮雲卿的描寫中，更顯得猛烈。這個「詩禮傳家」的講面子的地主，下定決心要撕破臉皮唆使女兒用千金之軀去鑽狗洞，探取消息了。他看著女兒一對好像微笑的眼睛，心裡立刻想出「最不體面的一幕」。作品寫他腦子裡滾來滾去只有三個東西：女兒漂亮，金錢可愛，老趙容易上鉤。他忽然發狠，自己打了一個巴掌，咬著牙齒，心裡罵道：「老烏龜！這還成話麼？……你，馮大爺，是有面子的地主，詩禮傳家，怎麼聽了老何的一篇混帳話，就居然心中搖搖起來了呢？」當他送走了女兒，待要回去的時候，猛然在大門旁白牆上看見用木炭畫著的就是一個「極拙劣的烏

龜」。這段描繪真是「圖物寫貌」，「擬容取心」，鞭撻諷刺，老辣透底。而「極拙劣的烏龜」一語，更是寫實寫意，妙語雙關！

如果按照文學理論的一般區分，上述富於情趣的甚至「戲劇化」的描繪似乎可以稱為情境性反語，那麼《子夜》中也不乏描述性反語的妙用。在這方面，敘述者以他特殊的語調，彷彿是在客觀地講述故事，卻有意無意地構成傳達反語的媒介，把作家的意向情態反映出來。例如在描繪工賊威迫工人們復工時，這樣敘述道：「這是決戰的最後五分鐘了！這一班勞苦功高的『英雄』，手顫顫地舉著『勝利之杯』，心頭還不免有些怔忡不定。」加了引號的英雄，卻手顫顫地舉著「勝利之杯」，這本身就是諷刺味十足的矛盾狀態，而用「勞苦功高」的定語來修飾這加了引號的英雄，就更加重了敘述人的否定情態。這些反語，都是描述性的，借助褒詞貶用的逆態修辭格，反義詞的對照或映襯，深刻地顯示出諷刺的力度。表面看來，似乎是在肯定或褒舉某些事物，實際上恰恰在詞義的婉轉中造成相反的藝術效應，以致越是著意褒舉之處就越顯得滑稽可鄙。例如，對曾滄海的這段介紹：

> 這位五十多歲的老鄉紳，在本地是有名的「土皇帝」。自從四十歲上，他生了一位寶貝兒子以後，他那種貪財吝嗇刻薄的天性就特別發揮。可惜他這位兒子雖名「家駒」，實在還比不上一條「家狗」……

這夾敘夾議中，特別顯現出敘述人的反諷意味。寓詼諧於莊重之中，在類似肯定的語式中鑲嵌著對稱的反語，雖名「家駒」與實在「家狗」構成諧趣性的比照，驅辭遣意，妙合無垠。作品的諷刺語言，在言與物、言與情的隱顯、對應的變異中顯示出藝術魅力。

三

活現人物的性格語言，是《子夜》文體美的又一特徵。

魯迅在《看書瑣記》中講述高爾基很驚服巴爾扎克小說裡對話的妙處：接受者僅僅看了對話，便好像目睹了說話的那些人。這確實道出了性格化語言的奧妙。《子夜》的人物語言、對話，也是頗見功力的。作家對筆下的一些主要人物，都比較準確地捉住了他們品格的特徵，以及在不同情境下的思想、情感和心理狀態。吳蓀甫的語言基調是很自負的，充滿了剛愎自用的氣度。在談吐中經常出現的是不容辯釋的肯定語彙或強硬的命令式的句式，如

「立刻」、「一定」、「要」之類的話。他對屠維岳說：「維岳，『不一定』我不聽，我要的是『一定』！」他不但對下屬使用這般指令性的語言，對杜竹齋等人也時常如此。為了吃住朱吟秋的繭子，他幾次說，「不行——竹齋！不能那麼消極！」「竹齋，一定不能消極！」這些強硬性的言詞，都是他的地位、貪欲以及特有的心理狀態在具體情勢下的自然流露。因而，隨著情勢、性格的變化，語言也在變化著。最後，在夜總會裡同趙伯韜談判時，他雖然說連五十萬元的借款也用不到，並且加上了「當真」字樣，但接著便只能發出「哦——」這類含混無力的聲音了。

趙伯韜的語言，在狂妄、高傲的基調中摻和著粗鄙下流的市儈氣質。「人家說我姓趙的愛玩，不錯，我喜歡這調門」，「她不是人，她是會迷人的妖精」等，就是顯例。

杜新籜雖然比趙伯韜年輕，但從他在漢語中摻雜法文，在現代漢語裡裝點頹廢的舊詩詞這一點來看，顯然是文白雜糅，中西合混的封建、買辦的洋腔舊調，讀來不倫不類。試看：

> 「一個剛到上海的人，總覺得上海這地方是不可思議的。各式各樣的思想，在上海全有。譬如外邊的麥歇曾，——噯，你們都覺得他可憎，實在這樣的人也最可憐。——四姨，你自然認識他，我這話可對？」

別人稱曾家駒為曾老二，杜新籜便以法語「麥歇曾」——曾先生相稱；對於上海，他似乎也頗有通達的觀念，不過，就在這新派的觀念中卻保有舊倫理的意識，所以對四小姐竟然稱起「四姨」來。這使得四小姐本人都有點出乎意外：「真沒想到一位比她自己還大幾歲的紳士風的青年竟稱她為『姨』，她不由得笑了一笑」。作家就是在這遣詞造句的細微處也不放過呈現自己的人物性格的機會的。至於老地頭蛇、刀筆邪神曾滄海，這是個「滿腹經綸」的「遺老」式的人物，當然觀念是陳舊的，心機是刁詐的。那脫口而出的「識途老馬」、「聖諭廣訓」，「虎門無犬種」再和他所嫻熟的「私煙燈」的數目，「卡子」上的私貨狀況，真是獨具一格。見到兒子的黑色硬紙片的「黨證」，他說：「這就出山了！我原說，虎門無犬種！——自然要大請客囉！今晚上你請小朋友，幾十塊錢怕不夠的罷？回頭我給你一百。明晚，我們的老世交，也得請一次。慢著，還有大事！——抽完了這筒煙再說。」短短的句式和不斷轉化的語意，裸露出他那狡詰的心機。這情境在他應付費小鬍子討債時的

那段對白中，也得到深切的反映。語言本身自然是全民的社會交際的工具，但誠如斯大林所指出的，個別的社會集團、個別的階級對於語言遠不是漠不關心的，他們把特別詞彙、特別術語強加到語言中去，竭力想利用語言為自己的利益服務。因此，在趙伯韜、曾滄海的語言中出現的「同行語」以及一些僵死、陳舊的詞彙當然也就成為「性格化」的因素了。

附錄一　《子夜》出版紀事

一

《子夜》是 1933 年 1 月由上海開明書店出版的。

正式出版前，它的第一章曾以《夕陽》爲題，印行在 1932 年 1 月版的《小說月報》第二十三卷新年號上，署名「逃墨館主」。可惜的是該期雜誌未及發行，便在上海「一二‧八」事變中毀於戰火。1932 年的 6～7 月間，長篇的第二章、第四章又以《火山上》、《騷動》爲題，先後發表在《文學月報》的創刊號和第二期上。1933 年 9 月，《茅盾自選集》再版時也曾將《騷動》收入。1934 年 4 月印行第三版時又抽去。這自然同同年 2 月國民黨對左翼文化書刊的查禁攸關。

《子夜》最初的命題曾設想爲《夕陽》、《燎原》、《野火》等。在現存的《子夜》手稿扉頁上，豎寫的標題便是《夕陽》，下面橫書著英文：

A Romance of modern China in transition

In Twilight $\left\{ \begin{array}{l} \text{a navel of} \\ \text{industrialized China} \end{array} \right\}$

大意是發生在中國現代大變動時期的故事。夕陽。描寫中國工業發展的一部長篇小說。全書定稿時，經過反覆推敲，作家決定把書名改爲《子夜》。「夕陽」——涵蓋著舊中國的社會日薄西山，一派混濁、暗淡，黑暗即將吞噬一切的景象，而《子夜》，不僅包蘊著黑暗的社會氛圍，也涵蓋著通過黑暗走向黎明的景觀。子夜是黑暗深濃的時刻，也是黎明前的黑暗。茅盾說，「《子夜》

即半夜,既已半夜,快天亮了;這是從當時革命發展的形勢而言」。〔註 1〕書名的更易,反映出作品思想的不斷深化和昇華。

《子夜》初版封面上「子夜」二字,據說是由葉聖陶先生篆書的。內封的題簽下反覆襯書著斜行的英文仍然是:

The Twilight: a Romance of China in 1930

大意是:夕陽(或黃昏)。1930 年發生在中國的故事。有人說,這底版是茅盾設計的。茅盾說,這是他們——指開明書店編輯——搞的。不過,仍然留著從《夕陽》到《子夜》過渡的印跡。

《子夜》初版於 1 月。正式發行後,立即引起廣大讀者的興趣。「三個月內重版四次;初版三千部,此後重印各為五千部;此在當時,實為少見」。〔註 2〕於是,許多報刊競相介紹。《文學》雜誌中一則《文壇消息》說,這部大規模地描寫中國社會生活的巨著,銷路是空前的。北平《晨報》的消息記述,「某書店曾於一日內售出至一百餘冊之多」。「以此推測,則《子夜》讀者之廣大與熱烈,不難想像云。」陳望道在當時文化界的交往是頗為廣泛的,他又是大江書鋪的主持人,他對該書的銷行情況亦有同感。他說:「向來不看新文學作品的資本家的少奶奶、大小姐,現在都爭著看《子夜》,因為《子夜》描寫到她們了」。當時的上海小報上,曾有這樣一則軼聞:青年作家芳信娶曾為舞女者為妻,後因家用不給,妻乃重操舊業,聊得微資,補助日用。忽有一男子來跳舞,自稱是茅盾,芳信之妻固知有作家曰茅盾,新作曰《子夜》,今忽逢其人,且與跳舞,不勝驚異,歸告芳信。芳信疑之,因未嘗聽說茅盾到舞場也,因囑妻,如彼再來,可向索《子夜》,並須簽名。芳信之妻如教行事。但所得之《子夜》,只簽「MD」,而且此人以後也不再來了。〔註 3〕此人為什麼冒名茅盾,不在本書考察之列,但從中也可見《子夜》出版後的盛況之一斑。

《子夜》出版後,茅盾便和孔德沚在 2 月 4 日一起到北四川路底公寓拜訪魯迅,奉贈《子夜》留念。在該書的扉頁上寫著:「魯迅先生指正 茅盾一九三三年二月四日」。魯迅在 2 月 9 日給遠在國外的曹靖華的信裡快慰地說:「國內文壇,除我們仍受壓迫及反對者趁勢活動外,亦無甚新局。但我們這

〔註 1〕 《我走過的道路》(中) 第 113 頁。
〔註 2〕 同上書,第 122 頁。
〔註 3〕 茅盾:《我走過的道路》(中) 第 123 頁。

面……茅盾作一小說曰《子夜》，計三十餘萬字，是他們所不能及的。」〔註4〕
這「我們」與「他們」之間，便界分了敵我雙方或左右文藝陣線的形勢。3月
20日，魯迅在《文人無文》中進而公開指出：

> 我們在兩三年前，就看見刊物上說某詩人到西湖吟詩去了，某
> 文豪在做五十萬字的小說了，但直到現在，除了並未預告的一部《子
> 夜》外，別的大作都沒有出現。〔註5〕

《子夜》的成功，有力地鼓舞了左翼文藝戰士。有人回憶，在當時左聯
召開的一次會議上，大家曾對茅盾的《子夜》的出版表示誠摯的祝賀。〔註6〕
《子夜》傳到了東京。1933年，東京的「左聯」支部曾舉行關於《子夜》的
討論會。據杜宣回憶，出席討論的人數出乎意外之多，後來成為捷克著名的
漢學家的普實克院士當時正在東京，也來參加討論會並作了精闢的發言。繼
之，由中國共產黨著名人士林基路和張維冷、杜宣三人，以將近一年的時間
把《子夜》改編成四幕七場話劇。中華留日劇人協會將劇本印出並準備排演。
但由於日本侵華戰爭迫在眉睫，同志們無心留在日本，紛紛回國，未能演出。
不過，由此可見《子夜》在文學青年中的影響和作用。〔註7〕

《子夜》出版的盛況，不能不引起國民黨反動政府的注意。1934年2
月，《子夜》和其他一百四十餘種書籍一起，便被扣上「共產黨及左傾作家
之作品」，「內容鼓吹階級鬥爭」等罪名而遭查禁。後來幾經書店老闆的請求，
《子夜》才列入「應行刪改」一類，准予發行。「檢查老爺」對這部名著批
道：「二十萬言長篇創作，描寫帝國主義者以重量資本操縱我國金融之情形。
P97至P124譏刺本黨，應刪去。十五章描寫工潮，應刪改。」〔註8〕這裡所
指的第九十七到一百二十四頁，即是描寫農村革命風潮的第四章。如此，《子
夜》便遭「肉刑」而殘缺不全地發行了。

不過，敵人的森嚴文網難於阻擋住人民群眾的意志。不久，一種為「保
存這成績」的翻印版出現了。在《翻印版序言》中說：

> 《子夜》是中國現代一部最偉大的作品。
> 《子夜》的作者，不僅想描寫中國社會的真像，而且也確能把

〔註4〕　《魯迅全集·書信·330209致曹靖華》。
〔註5〕　《偽自由書》。
〔註6〕　金丁：《有關「左聯」的一些回憶》，《新文學史料》1980年第1期。
〔註7〕　杜宣：《雨瀟瀟》，《憶茅公》第295頁。
〔註8〕　參見《晦庵書話》第48頁。

這個社會的某幾個方面忠實反映出來。

《子夜》的偉大處在此,《子夜》不免觸時忌,也正因此。

它出版不久,即被刪去精彩兩章(第四章及第十五章);這樣,一經割裂,精華盡失,已非復瑰奇壯之舊觀了!

本出版社有鑑於此,特搜求未遭刪削的《子夜》原本,重新翻印,以享讀者……

天才的作品,是人類的光榮成績,我們為保存這個成績而翻印本書,想為尊崇文藝、欲窺此書全豹的讀者們所歡迎的罷。

救國出版社〔註9〕

這個「救國出版社」在哪兒?由誰組成?至今尚不得其解。但由此足見讀者對《子夜》的擁愛和進步人士衝破「文化圍剿」的實績。而《子夜》也在這樣的鬥爭中風行全國,乃至迅速地傳到國外。據不完全統計,截至 1951 年止,《子夜》的開明書店本共銷行二十六版。〔註 10〕如果每版以五千冊計,總印數為十餘萬冊。這在舊中國的出版業是頗為可觀的數字。1946 年 4 月,據《文聯》第一卷第六期《新書消息》報導,《子夜》曾由吳天改編的劇本,已印行。

二

30 年代《子夜》的出版,在社會上引起強烈的反響。一時之間,便盛傳有《子夜》續篇將出世。唐弢在《晦庵書話》中對那情境有所記述:「《子夜》發行以後,讀書界傳出消息,說是續集定名《黎明》,不久即可問世。急得很多人前往書店探問。我知道作者尚未動筆,一時不會出版。有一次,到開明書店買書的時候,也情不自禁地問了一聲:《黎明》來了沒有?回憶當時這個舉動,一方面,固然是急於想讀一讀第二部,另一方面,也反映了長夜待旦,積憤欲吐的心情。我們不僅渴望茅盾先生的《黎明》早日寫成,同時渴望時代的『黎明』早日到來」。〔註11〕

《子夜》究竟有無續篇呢?這從茅盾 1936 年 9 月致黃旭(言語)的信中,可以獲得一點信息。信裡說:「《子夜》寫成後,自己越看越糟,當時曾計劃用別的題材另寫一長篇。後來也搜集了若干材料,但終於未動筆。一則自忖

〔註 9〕 《晦庵書話》第 67～71 頁。
〔註 10〕 開明書店 1951 年 12 月版記載,印行 26 版。據山東師範學院中文系編的《中國現代作家著作目錄》統計,印行 22 版。
〔註 11〕 《晦庵書話》第 73～74 頁。

尚未成熟，二則是忙於寫短文忙於雜事。今得先生鼓勵，明年當抽出時間再來計劃一次。惟看目前那種瘟情形，則此預想中之長篇，或許寫成了也不能出版」。〔註 12〕可見，《子夜》出版後茅盾確實準備另寫一部長篇，並且進行了準備。那麼這部預想的長篇是否即《黎明》呢？茅盾構想中的長篇同當時「那種瘟情形」頗不協調，他覺得很可能「寫成了也不能出版」。就此看來，新的長篇在基調上同《子夜》或《黎明》有關，同讀者的「長夜待旦，積憤欲吐」有關，它之不容於當局是一定的。《子夜》不也就是被「檢查老爺」以「鼓吹階級鬥爭」等罪名橫遭查禁的嗎？當然，這預想中的長篇究竟是什麼樣子，依然不清楚。僅就「計劃用別的題材」這一點來看，同《子夜》的連續性大概不會很大。

時間到了 1955 年，茅盾又在構想一部新的長篇。這年的 3 月 2 日，從他同《中國青年報》編輯部的通信中得知，這是一部以中國共產黨對資本主義工商業進行社會主義改造為題材的長篇小說。茅盾在信中說：「說起來非常慚愧，我的小說稿子還是去年秋和你社一位同志說過的那種情況：擱在那裡，未曾續寫，也沒有加以修改」。「何時能續寫，以至還此文債，自己沒有把握，同時也十分焦灼。不過，始終老想完成這個計劃的。」

應該說，這部新的長篇的題材同《子夜》的關聯是比較密切的，就時代和人物的命運來說，好像稱為《子夜》的續篇也無妨，當然不一定命題為《黎明》了。這部長篇已經開手，開頭就有十萬字，看來是部洋洋大觀的巨著。有關這部長篇的情況，許多人曾談及。周而復在《永不殞落的巨星》中說：「有一次德沚夫人告訴我，茅公寫好一部長篇，可是他不願意拿出來。」陳白塵在回憶中說，茅盾解放後所寫的一部長篇小說，在沈師母口中透露過，卻從來未將原稿示人過，究竟是被抄去還是被毀掉，或者被藏在何處，也無人知道了。

看來，已經命筆是無疑的。所以他會被創作的激情煎熬著。他在給《中國青年報》信裡表達的那「十分焦灼」的心情，是可以理解的。遺憾的是，這部為眾所矚目的長篇終竟未能完成。那麼開手的部分，是否保存了下來呢？筆者為此曾請教過茅公的家屬。但直到目前為止，已動手的部分或構思的綱要，都還未有下落。

〔註12〕《茅盾書簡》初編第 103 頁，浙江文 2 出版社 1984 年版。

<h1 style="text-align:center">三</h1>

1978 年 11 月 26 日，茅盾爲《子夜》在西德重版寫的《致德國讀者》中說：「通過文學作品，各國人民可以增進互相瞭解。現實主義的文學作品反映了光明與黑暗的搏鬥，反映了人民革命的主流，它是時代進軍的號角。」「在這個意義上，《子夜》如果能夠幫助德國讀者對本世紀三十年代中國人民所經歷的艱苦卓絕的革命鬥爭有一個大概的了解，那將是我的絕大榮幸。」《子夜》正肩負這樣的使命，傳到世界各地，加入了世界文學的畫廊，受到進步文化工作者和廣大讀者的歡迎。它先後被譯成俄文、英文、德文、日文和捷克、波蘭、蒙古、朝鮮文字，成爲各國人民的精神財富。

《子夜》問世後的第二年，即 1934 年，蘇聯《青年近衛軍》雜誌第五期便發表了伊文翻譯的《子夜》的片斷——《罷工之前》。1935 年《國際文學》上發表了普霍夫根據英文轉譯的《子夜》的一章《暴動》；1936 年哈爾科夫出版的《中國》文學作品集轉載了這篇譯文。1937 年蘇聯國家出版社出版了魯德曼、和夫合譯的《子夜》。據戈寶權在《抗戰前後中國文學在蘇聯》一文中介紹，該書是一大厚冊，書前有蕭三的序文〔註 13〕和譯者寫下的《茅盾創作之路》的長篇論文。該文說：「茅盾是當代中國文學界公認的左翼的巨匠，是中國人民革命鬥爭的積極參加者。他把自己的整個創作同革命相連起來。」到了 1939 年，蕭三從莫斯科來信說，《子夜》將在那裡再版。1952 年，莫斯科國家出版社又印行了魯德曼譯的《子夜》。1955 年國家文學出版社出版了費德林主編的《茅盾選集》，《子夜》收入其中。1956 年，國家文學出版社出版的三卷本《茅盾文集》中，第二卷就是《子夜》。

在日本，《子夜》的最早傳遞者是增田涉。他在 1936 年 7 月到上海訪問魯迅時，會見了茅盾，並得了《子夜》的初版本。同年 9 月《中國文學月報》第十八期上，發表了他的《茅盾印象記》，其中包括對《子夜》的評價。1938 年的 6～8 月，改造社出版的《大陸》雜誌發表了《子夜》開頭部分的譯文，題爲《上海的深夜》。可惜後來中斷了。1951 年千代田書房出版了尾坂德司翻譯的《子夜》，題名爲《深夜中》。1962 年岩波書店出版了小野忍、高田昭二的《子夜》譯本。在《解說》中，小野忍認爲這部作品「顯示出當時半殖民地的中國的縮影」，這不僅是「充分發揮了茅盾的特色的成功之作」，也是「中國現代文學的代表作」。1963 年，平凡社出版了竹內好的譯本，書名改爲《黎

〔註 13〕此文題爲《論長篇小說〈子夜〉》，後來載《茅盾研究》第 2 期。

明前——子夜》。竹內好同樣給予《子夜》以很高的評價，認爲這「是一部具有雄大的小說骨架的作品，是中國現代文學中無可比擬的別具一格的作品」。「在一九三三年能夠出現這樣的作品也是中國文學上值得自豪的事」。〔註14〕

在其他亞洲國家中，蒙古國家出版局在 1957 年出版了古日斯德譯的《子夜》。茅盾爲蒙文版寫了序言。波·古爾巴扎爾在《蒙文版〈子夜〉前言》中認爲，「《子夜》是眞實反映二十世紀二十至三十年代處於子夜時期中國社會資產階級狀況的長篇巨著」。〔註15〕1958 年，越南河內文化出版社出版了張正、德超譯的《子夜》。譯者在《前言》中認爲這部長篇是作者「站在革命的立場和民族的立場上而創作」的。1960 年 5 月，朝鮮國立文學藝術書籍出版社出版了李永奎翻譯的《子夜》。該書收入出版社編輯的《世界文學選集》第七十一卷，書名改爲《黎明之前》。朴興炳在《前言》中說：「茅盾的《子夜》的出現，是繼偉大魯迅不朽之作《阿 Q 正傳》之後在中國現代小說和中國現代文學整個領域裡開關先河的又一巨大收穫。」〔註16〕

在歐洲國家中，據埃德加·斯諾在 1936 年爲《活的中國》一書寫的序言中介紹：「茅盾大概是中國當代最傑出的小說家。他的《子夜》已有英、法譯本。」〔註17〕德國對《子夜》的譯介也是較早的。1938 年德累斯頓威廉海奈出版社出版了弗朗茨·庫恩翻譯的《子夜》。這是根據 1933 年上海開明書店的初版翻譯的，書名改爲《黃昏的上海》，同茅盾最初擬定的《夕陽》頗相近。不過，譯者在翻譯時常以自己的審美素養，「大段大段地對原書加以概述或總括，並進行了章節方面的移置和調動」，〔註18〕有些關於經濟理論的討論也被刪去了。到了 1978 年，聯邦德國柏林歐伯爾包姆文學政治出版社又出版了新的版本。這次是在弗朗茨·庫恩譯本的基礎上，由英格里德和漢學家沃爾夫岡·顧彬參照 1977 年北京版《子夜》校訂的。顧彬博士在《德文版〈子夜〉後記》中說：「《子夜》是中國現代第一部偉大的作品，它的意義和作用至今仍未有絲毫衰減。」〔註19〕此外，捷克斯洛伐克自由出版社 1950 年出版了雅羅斯拉夫·普實克翻譯的《子夜》。普實克是「布拉格學

〔註14〕《黎明的文學》第 167 頁。
〔註15〕《茅盾研究在國外》第 171～172 頁。
〔註16〕同上書，第 185 頁。
〔註17〕同上書，第 17 頁。
〔註18〕《茅盾研究在國外》第 206 頁。
〔註19〕參看馬樹德：《〈子夜〉德文版在西德重新發行》，《世界文學》1979 年第 5 期。

派」的漢學家。他在《捷文版〈子夜〉序》中說,「早在一九三九年～一九四〇年間(《子夜》)就譯成了捷克文,但由於德國納粹書報檢查機關的蠻橫無理,致使該書未能公開發行。這樣就推遲了十年,直至一九五〇年才得以同捷克廣大讀者見面。」〔註20〕這位漢學家對《子夜》的評價是相當高的。他認爲:「茅盾的長篇小說是一個範例。它體現了一部傑出的文學作品所能夠具有的卓越價值。因爲它所可能觀察到的那些東西,較之科學研究所揭示的知識更深刻和更巨大,而且其中具有革命的意義。」〔註21〕繼之,匈牙利於 1955 年出版了《子夜》;波蘭於 1956 年出版了《子夜》;阿爾巴爾亞於 1957 年出版了《子夜》;保加利亞於 1959 年出版了《子夜》。

在美國,應該提及的是革命作家史沫特萊女士。據茅盾回憶,她在 1935 年就請人把《子夜》譯成英文,可惜一直未能出版,不過茅盾應邀爲之寫下了較爲詳細的傳略。此外,據美國雜誌《中國現代文學通訊》的主編邁克爾‧戈茨說,過去由於「政治態度對於這個領域中學者所採用的研究方式的影響」,對茅盾、蔣光赤、胡也頻等作家研究較少,「近二十年左右,西方學者對中國現代文學的認眞研究獲得了相當發展」。夏志清的《中國現代小說史》一書,由於思想傾向和審美標準的不同,在關於茅盾的章節中有許多見解是中國讀者所不能同意的,但他仍然不止一次地認爲《子夜》是「重要的長篇創作」,「在《子夜》裡,茅盾繼續以小說的手法來反映中國近代史的一頁」,「《子夜》包羅人物和事件之大之廣,乃近代中國小說少見的一本」。

1921 年,茅盾在《小說月報》和《學燈》上,曾相繼宣稱,新文學所負荷的使命,「就他本國而言,便是發展本國的國民文學、民族文學;就世界文學而言,便是要聯合促進世界的文學」。「我們的最終目的是要在世界文學中爭個地位,並盡我們民族對於將來文明的貢獻」。〔註22〕茅盾正以《子夜》及其他創作,促進了世界文學的交流,貢獻了我們民族的文化力量。

〔註20〕 《茅盾研究在國外》第 126 頁。
〔註21〕 同上書,第 195 頁。
〔註22〕 《文學和人的關係及中國古來對文學者身份的誤認》,《小說月報》第 12 卷第 1 期、《學燈》1921 年 2 月 3 日給李石岑信。

附錄二　直觀的「實物教授」
——《子夜》版本修改比照談

一

　　如果從版本學考察，1954 年由人民文學出版社重排印行的《子夜》，修改是比較大的。《重版說明》中略謂：「本書最初出版於 1933 年 1 月，1952 年 9 月，由本社根據開明書店紙型重印。現經作者修訂，重排出版。」這次修訂，總計達六百二十餘處。〔註1〕修訂最多的章節第十五章達六十處，最少的第十九章是三處。

　　魯迅在《不應該那麼寫》中曾借蘇聯作家惠列賽耶大的話說：「……在這裡（指文字加工、修訂——引者），簡直好像藝術家在對我們用實物教授。恰如他指著每一行，直接對我們這樣說——『你看——哪，這是應該刪去的。這要縮短，這要改作，因為不自然了。在這裡，還得加些渲染，使形象更加顯豁些』。」〔註2〕如果把《子夜》的初版本同 1954 年版加以比照，會獲取這樣的深切的印象：事情經過了二十年，許多地方留下了時代的印跡和作家思想觀念、審美經驗變易的走向。這時，《子夜》已經印行了二十餘版，但是，面對新中國的讀者，作家仍然以嚴肅認真的態度，字斟句酌地推敲，精益求精地加工潤色。此次修訂，充分體現出作家一絲不苟的精神。由是，這修訂

<hr>

〔註1〕　關於《子夜》版本修訂情況，日本的是永駿先生曾有《茅盾〈子夜〉校勘記》發表在《塵兒島經大論集》1971 年 6 月版。這裡據初版本和 1954 年版校勘中的統計。

〔註2〕　《且介亭雜文二集》。

的版本對人們來說，無疑是進行思想內涵和藝術的研究的「實物教授」。

二

茅盾說，《子夜》的創作對工人罷工、農民運動的感受缺乏應有的深度，這是憑藉第二手材料的緣故。但是，對那時方興未艾的革命運動他是極為關注的。因此，在《子夜》的修訂中，強化作品中這方面系列人物的思想神態，濃染作品的情態並使之更加鮮明而具有分寸感，便成為側重點之一。例如：

〔初版〕還有些死不回心轉意的女工們，想在門口「攔」人呀！

〔修訂版〕還有些堅強的女工們想在廠門口「攔」人呀！

〔初版〕憤怒像暴風似的卷起來了。那些人的眼睛裡都放出要吃人似的凶光。

〔修訂版〕憤怒像暴風似的卷起來了。

〔初版〕阿金的丈夫搶前一步，揪起阿金的頭髮，惡狠狠地問。

〔修訂版〕阿金的丈夫搶前一步，怒聲問。

語言是思想的直接現實，是思想的外衣。作家的藝術感知借語言符號吐露出來，使得美醜得失間具有豐富的寓潛量和分寸感。在例（一）中，工人們在絲廠老闆尅扣工資，延長工時的壓榨下，爆發求生存，爭取合法權益的鬥爭，因此用「死不回心轉意」來修飾女工們的積極行動似有失情態分明的分寸感，至少是褒貶的界限比較模糊。修訂時改為「堅強的女工們」，雖然只是抽象的修飾性定語，但敘述人的情感趨向異常明晰，肯定讚譽之情溢於詞表。可見，幾個字的更動，思想意蘊便有轉化，不獨深化了人物形象，同時也顯現了作家的旨趣意向。後兩個例子都是描繪雙橋鎮農民暴動時的農民形象的。前者是泛指群體的情緒，後者則具體寫阿金的丈夫。說「憤怒像暴風似的卷起來了」，這是具有吸引力的。用「暴風」來比喻憤怒的勢頭、深度、規模和動態，都是十分恰切而富於形象感的。但說農民的眼睛裡都放出「要吃人的凶光」，便有失分寸。這同當時某些人把農民運動侮蔑為殺人放火的暴行容易混淆起來，所以修訂時乾脆把後半句刪掉了。這樣，乾淨俐落，似乎失去了形象的具體渲染，卻在簡約中更顯貼切。關於阿金丈夫的描寫也是這樣。阿金是被曾滄海霸佔去的，阿金的丈夫當然憤怒。但是寫他「揪起阿金的頭髮，惡狠狠地問」，便有失美的感受。而且這冤頭債主是地主曾滄海，如此對待阿金也有粗暴之嫌。因此，在刪訂中改為「怒聲問」，便頗為得體。同

樣，在描寫雙橋鎮農民暴動時，群眾的神態也有所反映。

〔初版〕似乎還哼了一聲「啊喲」！這老婦人倒退幾步，就縮
在屋角裡索索地發抖。

〔修訂版〕似乎還叫了一聲「啊喲！」

這個老婦人，不妨說只是由於情境的需要才加以描述的，作家在修訂時仍未
略過。就情境趨向說，這是雙橋鎮農民暴動時，曾家駒乘火打劫，搶虜殺人
的場面。老婦人是無辜者、受害者。但是說她「縮在屋角裡」並且「索索地
發抖」，便顯得過份失態，所以在修訂時，保留「似乎還叫了一聲『啊喲！』」
就夠了。

對於反面人物，也有個如何鮮明、深化的問題。例如：

〔初版〕這聲音使得曾家駒一跳。他糊里糊塗舉起手槍來對床
上發射了。

〔修訂版〕這聲音使得曾家駒一跳。他慌慌張張舉起手槍來對
床上發射了。

這是寫那個領取了「第二十三號國民黨黨證」的曾家駒，殺人行凶時的心態
的。從「糊里糊塗」改為「慌慌張張」，即由意識不清晰或無意識的行為改成
既潛露出殺人打劫者恐慌的神態，又活現出他的畏怯行跡。這樣，就使人物
形象的醜惡和意識的自覺度都分明起來，敘述人的態度也愈見清晰。

三

真實是藝術的生命。研究者曾就生活的真與藝術的真，藝術總體的真與
細節的真以及真與美的關係，進行了多維的思索。恩格斯談到細節同總畫面
的關係時指出：「……這種觀點雖然正確地把握了現象的總畫面的一般性質，
卻不足以說明構成這幅總畫面的各個細節；而我們要是不知道這些細節，就
看不清總畫面。」〔註3〕《子夜》無疑是著眼於 30 年代都市與鄉村全景總畫
面的藝術，但是嚴格的現實主義的藝術準則使作家對細節的刻畫細密、精微，
貼切、真實，在局部和整體的和諧中顯露出功力。《子夜》修訂時，或則濃縮，
或則增益，即使是幾個字的增刪，也以畫龍點睛之筆使得語意深化，貼切自
然，形象逼真起來。例如對吳老太爺剛到上海乘車時的描繪：

〔註3〕《反杜林論》，《馬克思恩格斯選集》第 3 卷第 60 頁。

〔初版〕五月夜的涼風吹在衣襟上，獵獵地作響。

〔修訂版〕五月夜的涼風吹在車窗上，獵獵地響。

就總畫面說，這也算是閒筆吧，但作家並不放鬆對這情景的捉摸。在一般情況下，涼風吹在衣襟上，這是自然的事，而對於行車的描寫，說風吹在車窗上更為貼切得多。從層次感說，風也只有通過車窗才能吹拂到衣襟上。變「獵獵地作響」為「獵獵地響」，也本乎自然。記得莫泊桑在《論小說》中說過：「不論一個作家所要描寫的東西是什麼，只有一個詞可以表現它，一個動詞可以使它生動，一個形容詞可以限定它的性質。因此就得去尋找，直到找到這個詞，這個動詞和形容詞，決不要滿足『差不多』……」〔註4〕《子夜》的修訂正體現出這種「尋找」盡美的過程。從「衣襟」到「車窗」的變化，從文字的簡練，無不凝結著嚴肅、真切的用心。這類現象實在是不少的。例如，一陣風吹進窗來，「還帶進了一張小小的花葉」，改「花葉」為「樹葉」；「牆壁上那幅絲織的《明妃出塞》圖」，改「絲織」為「緙絲」：一個字的改動，無不準確而豐富地傳遞著內涵。「緙絲」是我國特有的工藝美術品。這種產於蘇州，盛於宋代的工藝，是以細蠶絲為經，色彩豐富的蠶絲作緯，將繪畫移植於絲織品的上品。緙絲的《明妃出塞》圖懸在吳府小客廳的牆上，恰當地宣示主人的闊綽生活。

當然，真實的細節只是總畫面的局部。如果把細節生發開去演化成情節，這對現實主義藝術自然是十分重要的。在這方面，馬克思致斐·拉薩爾的信中和恩格斯致敏·考茨基的信中都有精闢的觀點，且為大家所熟習的。作為嚴峻的現實主義藝術作品，《子夜》在語言風格上也遵循著客觀、冷靜的描寫準則，在修訂時對此作了進一步的努力。例如，初版寫李玉亭到華安大廈去找趙伯韜，好久才被引進一套精緻的客房。恰好劉玉英浴後披著雪白的毛巾從浴室走進臥室。作品在一段富於感覺性的文字後寫道：

一張小圓臉，那鮮紅的嘴唇就是生氣的時候也像是在那裡笑。

是妖冶的化身，是近代都市文明的特產！……

一張小圓臉和鮮紅的嘴唇，自然仍屬描寫性語言。對於寫商品化了的人物劉玉英乃至間接地寫趙伯韜的腐朽生活來說，都是必要的、自然的。但緊接著：「是妖冶的化身，是近代都市文明的特產！」這雖然很有幾分激情地反映了敘述人的觀念，但畢竟有些離開了「從場面和情節中自然而然地流露出來」

〔註4〕 《古典文藝理論譯叢》第 3 輯。

的軌跡。這種格外點明的情緒化語言，同《子夜》的整體格調也是不和諧的。因此修訂時把這樣的語句刪去了。

這樣的例子還有。試看對吳蓀甫的兩則描寫：

〔初版〕……而那個久在吳蓀甫構思中的「大計劃」，此時就更加明晰地兜住了吳蓀甫的全意識。他又渾身充滿了大規模地進行企業的活力和野心了！

〔修訂版〕……而那個久在吳蓀甫構思中的「大計劃」，此時就更加明晰地兜住了吳蓀甫的全意識。

藝術創作有一種逆反的現象，有時需要精微真切，如吳府牆上的畫點明是「緙絲」，信息量可以豐富，感覺的層次也得以昇華，而有時，又需要模糊，在彷彿是不清晰中形成感知上的空白，這就給想像留下了餘地。這是相信讀者的智慧的表現。說在吳蓀甫同杜竹齋交談後，一個「大計劃」明晰地兜住了他的「全意識」，便在模糊中留下了想像的天地。如果再加上「他渾身充滿了……活力和野心」，這似乎是具體了，但失之於直。文學上的直有時是會同拙連結在一起的。有處寫吳蓀甫複雜的心緒時，也有類似的顯現。如說他剛剛想到益中公司的事，又想到劉玉英的誘惑；想到八個廠堂而皇之的進攻，「又現出了那八個廠二千多工人的決死的抵抗和反攻，——」在初版時，破折號後面是：「空前的暴動，他們的『寶座』搖搖坍崩！」修訂時這些話刪去了，在「抵抗和反攻」的後邊便留下了一串空白，給讀者以創造的想像空間。這點，似近於接受美學的準則。在接受美學看來，讀者從來就不是一個受動的消極因素，而是一個積極的創造力量。作品的必要省略，正給予接受者以能動的力量。

四

語言是人類社會最重要的交際工具。時代的變化，社會的轉移，必然引起語言的變易。特別是許多政治色彩比較強烈的詞彙，它的變化就更為明顯。這在《子夜》中也留下了不同的印痕。

在 30 年代，為了通過國民黨檢查官的耳目，使得作品能夠面世，在初版時使用的某些政治色彩較強的詞彙現在顯然有些悖時了。例如在敘述語言中出現的「共匪」、「共黨」、「武裝農匪」等字樣，在 1954 年版都改成了「共軍」、「共產黨」、「武裝農民」等正面語言，這是符合廣大讀者的審美情感和接受

需要的。

但是，另外一種詞彙和語言的修訂便值得思議或辨別了。例如：

初　版	修　訂　版
汽車夫	司機
看護夫	女護士
餐間	餐廳
皮夾	皮包

這種現代化的修飾，有利於當代讀者（特別是年輕一代讀者）的接受和理解，可以縮短讀者同作品時代的距離感，但是，因此也就淡化了作品的歷史感和社會風情。任何語言現象都是一定社會歷史的產物。有些詞彙可能具有較長的生命力，有些卻在悄悄地黏合社會、歷史變遷的印跡。30 年代叫「汽車夫」，50 年代便代之以「司機」，「看護夫」也轉化爲「女護士」等等，這是否一定要改呢？例如，是否一定要將「茶博士」（《水滸傳》）改爲服務員，「司天臺」（《西廂記》）改爲天文臺，乃至將「眼腦」（《西廂記》）改爲眼珠呢？顯然這是不合適的。一則，會使作品失去歷史的風貌，二則又會破壞作品的風韻、格調。所以，在編輯《茅盾全集》時，考慮到諸多因素，對「司機」等等詞彙恢復了初版的原貌。

五

如果把初版和修訂版加以比照，許多關涉到性愛的感覺性的描寫，花費的筆墨是不少的。初版時，多有性感的自然的描繪，修改本則大幅度地淨化了。這呈現出作家的社會責任感和審美意念的轉化。現在看來，有些地方是改得很好的。文字簡約了，卻在示意性的描寫中，用模糊的語言給以必要的表現。例如，第十八章四小姐蕙芳在吳府中亭子裡被范博文姦污的情節，修訂本用「她猛可地全身軟癱，像醉了似的」語言已經傳述了當時的情境。這對反映上海灘的花花世界，描繪蕙芳和范博文的形象都是需要的。而初版時一些比較細緻的手筆，看來顯得有些拖累了。

但是，就總體上說修改本有關性感的描寫，卻有過分淨化的態勢。顯然，在傳統的觀念中，性感的描寫是較爲敏感的藝術空間。文學的健康和美的準則自然要注意，不過也不必以陳舊的道學家的目光封閉自己。節外生枝式的性感的挑逗，不會增強作品的藝術魅力，但生活和情節的需要卻不必完全抹

煞。這種分寸感，在驗證著作家的思想、道德觀念和審美情操。就此說來，反映舊世界的上海灘上的林林總總，恰當的性感的描寫似乎也不必過分迴避。如何才能得體，也是值得思索的。

後 記

　　拙著《論茅盾的生活與創作》於 1980 年在百花文藝出版社出版後，曾得到國內和國外一些茅盾研究者的鼓勵。但作者自知，這本書只是一種過渡形態的東西。就對茅盾的藝術感知和領悟來說，它是很粗疏的。就研究的視野來說，它還過於狹窄。因此，很想從茅盾作品的實際出發，進行多維的深層的探討。1983 年，《茅盾全集》編輯委員會成立，蒙一些同行的信賴，責令我進行《子夜》的注釋、校勘的工作。在比較細緻的校讀中，醞成了《子夜》的研究框架，《〈子夜〉的藝術世界》便是在這樣的情況下生成的。

　　實際上，對於《子夜》這樣一部作品的把握，自己始終處於不斷地困惑與嬗變的過程中。這自然緣於客體的豐腴和深邃，同時也來自於時空運動中自身觀念的變異。就此來說，想起有人把文學作品的品評看成是一個過渡，認為品評永遠處於主體與客體的辯證紐結裡，這似乎也有一定的道理，不過，我篤信歷史的美學的批評準則。因為失此，將會偏離文學的本體，也會偏離開產生作品的歷史實際。隨著歷史的距離拖長，人們的審美情趣自然會有變化，但若失去歷史的美學的準則，將難能把握分寸。在寫作中，我力爭超越自己，在觀念和方法上不斷更新，但是力不從心之處，是分明可見的。

　　在撰寫過程中，應種種需求，有些命題先後在《文學評論》、《中國現代文學研究叢刊》以及香港的《抖擻》、日本的《咿唔》等雜誌上發表過。這次成書，這些部分當然從總體要求出發再次加以充實和修訂。

　　本書是吉林省社會科學研究的規劃項目之一。在撰寫和出版過程中，有關同志曾給予精神和物質上的幫助。有關資料也曾得到日本是永駿教授的幫助。在此一併致以謝意。

作者

1990 年 3 月於長春